# 몽유도원

2

이 책은 〈가즈오의 나라〉 개정판입니다.

# 몽유도원 2

**초판 1쇄 발행** | 2010년 3월 1일
**초판 3쇄 발행** | 2010년 4월 1일

**지은이** 김진명 **발행인** 이대식
**편집진행** 김화영 **마케팅** 이승현 **디자인** 모리스

**주소** 서울시 종로구 평창동 92-6(우편번호 110-846)
**문의전화** 02-394-1037(편집) 02-394-1047(마케팅)
**팩스** 0505-115-1037(02-394-1029)
**홈페이지** www.saeumbook.co.kr
**전자우편** saeum98@hanmail.net

**발행처** 새움출판사
**출판등록** 1998년 8월 28일(제10-1633호)


ISBN 978-89-93964-11



- 잘못된 책은 바꾸어 드립니다.
- 책값은 뒤표지에 있습니다.

# 몽유도원

## 2

김진명 장편소설

새움

# 차례

# 울란야호이의 동료들

하바로프스크에서 나리타까지는 두 시간의 비행 거리였다. 아파트에 돌아와 짐을 풀어놓자마자 목욕탕에 들어간 상훈은 더운물에 들어앉았다. 뜨거운 김 속에서 느긋해진 기분으로 상훈은 울란야호이의 전설을 흉내 냈다는 일본인들을 생각하기 시작했다. 가토의 메모로 보아 가토와 에이지가 그 일원이었던 것은 틀림없는 듯했다.

울란야호이의 일본인 일곱 명은 같이 갔던 한 사람을 죽이고는 피를 나누며 맹세를 했다. 그들이 그 멀고도 먼 시베리아의 울란야호이까지 가서 했던 맹세는 무엇일까? 도대체 어떤 일본인들이 무슨 이유로 거기까지 갔을까?

우선은 그들의 정체를 파악하는 것이 가장 중요한 일이었다. 그들은 무엇을 하던 사람들이었을까? 온갖 추측을 다 해보던 상훈의 뇌리에 지난번 사할린 한국동포협회의 김창린 씨 얘기가 떠올랐다.

'공사 감독의 따귀를 후려갈기던 군인이 있었어요. 에이지 대위였지.'

이어서 가토를 추적한 이마무라 반장이 알아온 정보도 생각났다.

'가토는 게이오대학을 졸업하고 육군 장교가 되어 있었다고 노파가 증언했어요.'

동지니 배신이니 하는 가토의 메모 구절과 연결되면서 이들의 신분에 대한 얘기들이 범상치 않게 여겨졌다. 에이지와 가토는 무슨 이유로 시베리아에 갔을까? 에이지가 대위 계급이었다면 같이 학교를 졸업한 가토 또한 비슷한 계급이었을 가능성이 높았다. 육군의 위관 장교인 이들이 같이 바이칼에 간 이유가 무엇일까.

일단 이들이 군인의 신분으로 울란야호이에 갔다면 육군의 기록을 뒤져보는 것이 나을 것 같았다. 시베리아까지 갔다 왔다는 생각이 상훈으로 하여금 더욱 악착같이 이들의 과거를 추적하게 만들었다.

다음날부터 상훈은 접촉할 수 있는 한의 육군 자료를 샅샅이 뒤졌다. 그러나 상훈이 아무리 뒤져도 육군의 전투부대가 바이칼에 출병했던 기록은 없었다. 다만 블라디보스토크 부근에 진주했던 것은 뚜렷한 기록으로 남아 있었다.

다음날 의회도서관에 간 상훈은 다시 한 번 시베리아에 출병한 사단들의 기록을 살폈다. 1918년 체코군단 사건으로 일본이 시베리아에 7만 3천 명이라는 대병력을 출병시킨 이래 1922년까지 약 5년간 주둔했던 기록을 샅샅이 뒤지던 상훈은 주둔군 사령부의 기록에서 흥미 있는 대목을 발견했다.

1918년 10월 30일 흑해함대 사령관 코르작 제독을 환영하여 사단의 전 장병이 분열 및 열병식을 하다.
1918년 10월 31일 블라디보스토크의 러시아 수비대 대장이 부대에 와서 코르작 제독을 호위해 가다.

이렇게 시작된 사령부의 기록은 1920년 3월 초까지 간헐적이지만 끊이지 않았다.

코르작 부대 전멸.
코르작 부대 생존자 3명 신문.
금괴 수송에 관한 정보 획득, 총량 500톤.

일련의 연결성이 있는 이 기록 중에서 상훈의 주의를 확 잡아당긴 것은 맨 마지막의 기록이었다. 500톤이나 되는 금괴 수송에 관한 정보 획득이라는 것은 무엇을 말하는 것일까? 기록에 의하면 일본 육군은 코르작 부대의 동향을 면밀히 주시하고 있었다는 얘기였다. 왠지 모르게 이 코르작 제독의 부대에 관한 기록이 울란야호이의 동지와 무슨 관계가 있을 것 같은 본능적 예감이 들었다. 자료를 덮은 상훈은 바삐 학교로 돌아와 러시아 관계사를 전공하는 같은 과의 이시다를 찾았다.

「우등생이 웬일이야, 나한테 커피를 사주면서 물을 게 있다니.」

「자네 전공이야, 싸게 가르쳐줘.」

이시다는 기분이 좋은 모양이었다. 같은 과의 가벼운 친구들에 비해 상훈은 조용하면서도 정이 가는 친구였다. 상훈은 복사해온 자료를 이시다 앞에 내놓았다. 이시다는 역사를 전공하는 외에도 역사의 뒤안길에 있었던 야사나 기담을 많이 아는 친구라 이런 유의 정보를 얻는 데에는 더할 나위 없이 적당한 친구였다.

「이게 뭐야?」

「블라디보스토크에 머무르고 있던 일본 육군 사단의 정보장교가 본국의 육군본부에 보내는 보고서야.」

「음, 코르작 부대에 관한 정보군.」

「이때의 상황을 좀 설명해줘.」

이시다는 잠시 보고서를 살피더니 매우 불행한 역사상의 사건이라며 눈살을 찌푸렸다.

「1919년 11월에 시작된 일이었지.」

「러시아혁명 직후군.」

「볼셰비키가 차르를 축출한 후 차르를 추종하는 귀족과 군대들이 모스크바를 탈환하고 차르를 구출하려 했지만 전투에 패배하고는 도주했지.」

「그래서?」

「코르작은 유명한 차르의 장군이었어. 미국에 갔다가 일본을 경유하여 옴스크로 가서 독립정부를 세운 거야.」

「그 다음은?」

「도처에서 붉은 군대에 쫓긴 이들은 결국 영국 첩보대의 권유대로 시베리아를 횡단하여 블라디보스토크로 목적지를 정했어.」

「블라디보스토크, 그 먼 데까지?」

「러시아의 볼셰비키 혁명을 경계하던 영국은 동맹관계에 있던 우리나라에 연락을 해서는 군대를 블라디보스토크에 주둔시켜 이들을 맞아들이도록 했지. 당시의 군국주의 정권에게는 매우 반가운 제안이었어. 그래서 정권은 사단 병력을 블라디보스토크에 주둔시키고 스파이를 서시베리아 지역에 보냈어.」

상훈은 고개를 끄덕였다. 예감이 맞아 들어가는 순간이었다. 이시다는 상훈이 무슨 생각을 하는지 모른 채 이야기를 계속했다.

「시베리아를 횡단하던 차르의 추종자들은 말할 수 없는 고통을 겪어야만 했지. 그들이 출발한 때는 한겨울이었는데, 그 해는 마침 수십 년 만의 혹한이 닥쳤어. 인가도 한 채 없는 시베리아 벌판 한복판에서 수도 없이 많은 사람들이 자고 나면 쓰러지곤 했지. 말은 추위에 쓰러지고 자동차는 연료가 다하여 가지를 못하고, 군인과 귀족들, 부녀자와 아이들을 포함하여 125만이나 되던 사람들이 바이칼호의 서안에 도착했을 때에는 이미 상당수가 죽거나 낙오됐어.」

「낙오된 사람들은 어떻게 되었지?」

「낙오란 죽음을 의미하는 거지.」

「차라리 돌아가는 것이 낫지 않았을까?」

「돌아가기에는 이미 너무 먼 길을 와버린 거야. 그 전에는 돌아가면 잡혀 죽는다는 공포감으로 돌아가지 못했고, 그런데 정작 더 무서운 일은 바이칼호에 도착하고 생겼던 거야.」

「바이칼호에서 무슨 일이 생겼는데?」

「호수는 꽝꽝 얼어붙어 있었지. 추위에 지치고 피로한 사람들이 얼음 위를 걷는 것은 엄청난 비극을 초래할 수밖에 없는 일이었어. 무려 30만이나 되는 사람들이 얼음판 위에서 낙오하게 되었지. 그래서 우리의 주둔군이 기다리는 블라디보스토크까지 살아서 간 사람은 손에 꼽을 정도였어.」

「그런 일이 있었나?」

「그럼.」

「…….」

비참한 사건이었다.

「그런데 자네는 왜 이 보고서를 들고 왔어? 설마 행방불명된 금괴를 찾으려는 것은 아니겠지?」

「금괴가 행방불명되었나?」

상훈의 귀가 꿈틀했다.

「여기에도 있다시피 주둔군은 이들이 싣고 오던 군자금에 주목하고 있었지.」

「군자금?」

「이들은 귀족이기 때문에 많은 금은보화를 갖고 있었어. 또 군대를 양성하여 볼셰비키 혁명을 깨뜨려야 한다고 생각했기 때문에 엄청난 액수의 군자금을 마련하여 출발했던 거야.」

「그러면 그 많은 군자금이 모두 일본군의 손에 들어갔겠군?」

「그렇지 않아.」

「그러면 그것들은 누가 가졌어?」

「바이칼이지.」

「바이칼이라구?」

「그래. 모두 바이칼의 밑바닥에 가라앉아버렸어. 30만이 넘는 사람들의 시체와 함께.」

「얼음이 녹으면서 모두 가라앉았다는 얘기인가?」

「그렇지.」

「살아간 사람들이 가져가지 못했을까?」

「내가 알기로는 그 군자금을 차지했다는 사람은 없는 것 같아.」

엄청난 비극의 뒤에는 흥미 있는 역사의 수수께끼가 있었다.

「일본군에서는 당연히 이 군자금에 촉각을 곤두세웠겠군.」

「그렇지. 이에 대해 일본 육군에서는 군자금을 획득하려는 계획을 세웠지만 이미 그해에는 불가능해지고 말았어. 볼셰비키 정부가 의외로 급속히 강화되었기 때문에 그들과 대립하는 것을 피하려 했지. 아마 더 큰 이유는 그들의 관심을 유발하는 것을 경계해서였을 거야.」

「포기하고 말았나?」

「아니지. 기다렸어.」

「언제까지?」

「결과적으로는 영원히라고 말하는 것이 낫겠군.」

「고마워.」

그러니까 일본군은 소비에트 정부의 신경을 건드리지 않기 위해 공식적으로는 모르는 체하고 있었다는 얘기였다. 그렇다면 상훈의 예감은 정확히 들어맞았다. 공식적으로 모른 체하고 있으면서 비공식적으로는 금괴의 행방을 수소문해야 했다면, 그 방법이란 스파이를 계속 파견하는 것이다. 에이지와 가토는 그 금괴의 행방을 탐지하기 위해 그 지역에 파견되었을 가능성이 짙었다. 그렇다면 두 사람은 시베리아에 출병한 부대에 근무했을 것이었다. 울란야호이의 동지들이란 두 사람과 함께 바이칼 부근에 갔던 사람들을 말하는 것이 분명했다.

상훈은 며칠간에 걸쳐 시베리아에 출병한 부대의 기록들과 장교의 근무상황을 샅샅이 뒤졌다. 그러나 이상하게도 가토나 에이지의 이름을 찾을 수는 없었다. 뿐만 아니라 부대의 작전일지나 근무일지에도 바이칼에 장교를 파견했다는 기록은 찾을 수 없었다.

빠짐없이 부대의 기록을 찾았지만 아무런 성과를 얻지 못한 상훈은 일단 닛코의 이마무라 반장 집으로 전화를 했다. 자신이 시베리아에서 돌아온 것도 알릴 겸 그간 무슨 성과라도 있었는지 알아보아야 했다. 전화를 받는 반장의 목소리는 반가움에 겨워 감격스럽기조차 했다. 한달음에 도쿄로 내려온 반장은 이제는 도쿄대학교의 지하 학생식당이 경찰서의 간부식당이라도 되는 양 익숙하게 줄을 서서 배식을 받았다.

「하하, 이제 여기에서 공부나 하시지요.」

「원, 박 선생님도. 제가 도쿄대학 갈 머리가 됐으면 지금쯤은 경시총감으로 앉아 있지 시골 경찰서에서 형사반장을 하겠어요?」

말은 이렇게 하면서도 이마무라는 기분이 나는 모양이었다.

「그래 시베리아 여행은 잘 다녀오셨어요? 몸은 여전히 건강하시구요?」

「네, 염려 덕분에 잘 다녀왔습니다.」

「전화를 받고 얼마나 반가웠는지……. 사건을 떠나 이제 정이 들었나 봅니다.」

「어려운 사건으로 인연이 맺어져서 그런가 봐요.」

「지나고 보니 우리 일본인과 한국인은 그 뭐라나, 마음이 맞는다는 그런 표현이 있는데…… 아, 그 정서적으로 같은 데가 있어요. 이제껏 몰랐지만 이번 기회에 그런 걸 느낄 수 있었어요. 박 선생님과 같이 수사를 하던 기억이 어찌나 자꾸 떠오르던지, 사실 그래서 박 선생님 가시고 나서는 하나도 성과가 없었어요.」

이마무라는 좋아하는 계란덮밥을 연신 떠가며 칭찬인지 변명인지 모를 말을 정겨운 목소리로 주워섬겼다.

「사실 선대의 역사는 한국과 일본이 공유하고 있는 것이 많아요. 두 나라는 정서뿐만 아니라 나라의 운명도 비슷하기 때문에 앞으로 진정한 의미에서의 협력이 필수적입니다.」

식사를 마치고 두 사람은 학생 상대의 찻집에 들어가 자리를 잡았다. 상훈이 차를 가지고 오자 이마무라는 일어나 받았다.

「시베리아에서는 무슨 성과가 있었습니까?」

「울란야호이라는 말에 담긴 전설을 알아냈습니다. 바이칼호

옆 어느 마을에 있었던 전설이더군요. 그런데 에이지와 가토를 포함한 여러 사람이 바이칼에 가서 전설과 비슷하게 어떤 맹세를 하고 돌아왔습니다.」

「무슨 이유로 거기에 갔을까요?」

「확실한 이유는 모르겠지만 군인의 신분으로 어떤 사명을 띠고 갔던 것 같습니다.」

「네? 군인이라구요?」

「그렇습니다.」

차를 마시며 상훈이 코르작 부대의 참사에 대해 설명을 하자 이마무라는 눈이 휘둥그레졌다.

「세상에, 그런 일이 역사에 있었어요?」

「인류 역사상 가장 처참했던 죽음의 현장이죠.」

「여자와 어린애도 있었을 것 아닙니까?」

「헤아릴 수 없을 만큼의 귀족 부인과 어린이들이 그 부대를 따랐죠. 모두 볼셰비키의 타도 대상이었으니까.」

「어마어마한 재물을 지니고 있었겠군요?」

「바로 그겁니다. 일본 육군은 특히 그들이 운반하는 금괴 500톤에 신경이 집중되어 있었죠.」

「그런데 그 금괴의 행방은 어떻게 된 겁니까?」

「오늘날까지 밝혀지지 않았어요. 다만 일본 육군이 매우 오랫동안 집요한 관심을 갖고 그 금괴의 행방을 탐문했어요.」

「그래서 무슨 결과가 있었나요?」

「잘 모르겠어요. 하지만 여기서 우리는 에이지를 살해한 자를 찾아낼 수 있다는 말입니다.」

「네? 어떻게요?」

「제 가정입니다만, 에이지와 가토를 포함한 여러 사람이 울란야호이에 갔습니다. 그들은 거기서 모종의 맹세를 했습니다. 에이지가 그 맹세에 어긋나는 행동을 하려고 했기 때문에 가토는 '울란야호이의 맹세를 잊었단 말이냐?'라는 메모를 남겼고 결국 에이지는 살해됐습니다. 그렇다면 범인은 당시 에이지, 가토와 함께 울란야호이에 갔던 사람 중 하나일 것입니다.」

「아, 굉장한 것을 알아내셨군요.」

「그러나 아무리 당시의 기록을 살펴봐도 누가 에이지와 같은 시기에 울란야호이, 즉 바이칼 부근에 갔는지는 나오지 않습니다.」

이마무라는 너무나 뜻밖의 얘기에 입을 벌리고 상훈의 얘기를 듣고 있었다. 그로서는 이렇듯 역사를 더듬는 것이 사건 수사의 길이 될 줄은 생각도 하지 못했던 것이다.

「에이지와 가토는 군인입니다. 그들이 바이칼로 가야 했다면 그 이유는 오로지 금괴 때문입니다. 블라디보스토크의 부대에서는 코르작 부대의 생존자 세 명을 취조했으므로 그 당시 상황을 가장 잘 알고 있습니다. 그러나 이상하게도 아무리 그 부대의 기록을 더듬어도 바이칼에 부대원을 보냈다는 기록은 없습니다.」

「그런 게 기록에 남겨지기나 할까요?」

「기록에 안 나온다 하더라도 최소한 에이지와 가토의 근무 기록은 있어야 하지 않을까요. 그런 것이 하나도 없어요.」

「아, 잠깐만요.」

오랜만에 이마무라의 표정이 자신 있게 펴졌다. 상훈은 반장의 입에서 무슨 얘기가 나오나 싶어 그의 입술을 주시했다.

「저의 부친은 관동군에 근무했었습니다. 부친의 군 시절 얘기를 늘 들었는데, 그런 일이라면 전투 사단에서 관여할 일이 아닐 것 같습니다.」

이마무라의 자신 있는 표정에 비례하여 상훈의 얼굴도 밝아졌다.

「그런 일을 담당하는 부서가 따로 있습니까?」

「있지요.」

「어디입니까?」

「육군참모본부.」

「육군참모본부라구요?」

「네, 그 시절 같으면 육군참모본부에서 그 일을 했을 것 같군요.」

「육군참모본부에 그런 일을 전담하는 부서가 있습니까?」

「그렇습니다. 참모본부의 정보국 소관일 것 같습니다.」

상훈의 얼굴이 희망으로 활짝 펴졌다.

「기록을 찾아봐야 하겠군요.」

그러나 상훈의 활기찬 표정에 비해 이마무라의 표정은 과히 밝지 못했다.

「정보국의 활동은 비밀을 요하는 것이 많았던 만큼 기록으로 자세히 남겨져 있을 것 같지 않군요.」

「그렇긴 하겠지만 두 사람의 이름 정도는 찾아낼 수 있을지도 모르지요.」

이마무라 반장에 비해 상훈의 표정이 여유가 있는 것은, 상훈이 묵은 서책을 뒤지는 것을 전공으로 하고 있기 때문일 것이다. 이마무라는 전혀 예상치 않은 순간에 큰 도움이 되어주었다.

「참모본부의 기록에서 무엇인가 나오면 바로 연락드리겠습니다.」

「처음 들을 때는 옛날이야기 한 토막 같았습니다만 이제 곰곰 생각하니 무슨 연관이 있을 것 같은 추리군요. 어쩐지 일이 풀릴 것 같은 희망이 생깁니다.」

이마무라는 한층 밝아진 얼굴로 상훈과 악수를 나누고 닛코로 내려갔다. 아무리 이번 사건이 역사라는 특수 분야에 관계된 것이기는 하지만, 자신이 맡은 사건인데도 계속 상훈에게

만 의존하고 있어 이마무라는 미안하기도 하고 영 체면도 서지 않는 터였다. 이마무라는 수사에 진전이 있게 되어 기쁘기도 했지만, 자신이 참모본부의 존재를 지적했다는 사실에 더 큰 기쁨을 느꼈다.

# 가즈오의 비애

「어머, 언제 오셨어요?」

「엊그제 왔습니다.」

「그런데 이제야 전화를 하세요?」

「먼저 급한 일을 처리하고 하나코 씨를 푸근하게 만나고 싶어서요.」

「그래도 그런 법은 없어요.」

「미안합니다. 저녁을 살 테니까 화를 푸세요.」

「저녁은 제가 사드려야죠. 고생하고 오셨을 텐데. 가이세키 한번 드셔보실래요? 공부하시느라 늘 간단한 것만 드셨을 테니까 오늘은 제가 한번 톡톡히 살게요.」

상훈과 하나코는 미쓰코시백화점 뒤의 골목길로 들어서서 얼마 가지 않아 있는 전통 음식점으로 들어섰다. 주인이 현관에 나와 손님을 맞는 이 집의 친절은 이루 말할 수 없을 정도였다. 일본에 온 지 제법 되었음에도 불구하고 아직 일본 정식을 먹어본 적이 없었던 상훈이 살뜰하게 젓가락을 움직이고 있을 때에 하나코의 약간은 들뜬 듯한 목소리가 들렸다.

「어머, 안녕하세요?」

「아, 하나코구나. 그래 식사하고 있었니?」

상훈도 어디선가 들어본 목소리였다. 어디서 들었는지 기억해내려고 하는데 하나코의 목소리가 빨랐다.

「상훈 씨, 인사드려요. 야마자키 선생님이세요.」

아, 그랬구나 하는 생각과 더불어 상훈은 일어나 인사를 했다.

「박상훈입니다.」

「아, 그때 만났던……. 식사하시는데 죄송합니다. 어서 앉으십시오.」

나타내지는 않으려 했지만 야마자키의 얼굴에는 놀란 기색이 비쳤다. 가벼운 젊은 남녀 사이로는 오기가 힘든 전통식당에서 하나코가 젊은 남자와 같이 있는 것을 발견한 놀라움이라고 판단한 상훈은 어쩐지 목덜미가 뜨거워지는 것을 느꼈다.

「자, 식사 많이 하십시오.」

야마자키는 부드러운 목소리를 남기고 자리를 비켰다. 상훈은 일어나 인사를 하다가 야마자키와 같이 있는 사람이 낯이 익다는 생각이 들었다. 기억을 더듬어보니 맨 처음 하코네의 미술관에 갔을 때 손님과 같이 들어오던 사람이었다.

「대동아연구소의 기획실장이에요. 그림에 관심이 많은 모양이에요.」

하나코는 자리에 앉으며 상훈의 기억을 확인해주었다. 식사를 하는 동안 하나코의 표정에 별다른 변화가 나타난 것은 아니었지만, 상훈은 하나코가 곤란할 것이라 생각하니 마음이 편치 않았다. 식사를 마치고 산책을 하면서 상훈이 물었다.

「가즈오의 부친이 많이 놀라는 것 같았죠?」

「네.」

「하나코 씨가 저와 같이 있는 것이 놀랍게 생각되었겠죠?」

「…… .」

다음날 상훈은 혼자서 하코네행 특급열차를 탔다. 하나코를 동반하지 않는 것이 나을 것이라는 판단에서였지만, 혼자서 가는 하코네는 어쩐지 허전한 느낌이 들었다.

「역시 그랬군요. 나의 추측이 틀리지 않았군요.」

상훈의 이야기를 듣고 난 가즈오는 일그러진 표정을 감추려 하지 않은 채 고개를 끄덕였다. 목소리 또한 침울하기 짝이 없었다. 상훈은 놀라지 않을 수 없었다.

「가즈오 씨, 조부께서는 정말 훌륭한 분이셨단 말입니다. 어느 독립투사에 못지않은 일을 하셨어요.」

상훈이 이렇게 의미부여까지 했음에도 가즈오의 표정은 바꿔지 않았다. 어금니를 꽉 깨물고 관자놀이를 씰룩이는 것이 무언가 깊은 생각에 빠져 있는 것 같았다. 상훈은 이런 가즈오를 도대체 이해할 수가 없었다.

「하윤호…… 역시 그랬군요. ……하하하…….」

가즈오는 침통한 표정을 지은 채 웃고 있었다. 상훈은 가즈오의 정신병이 재발하는가 싶어 겁이 났다. 가즈오는 공허한 웃음을 그치자 말없이 바닥을 뚫어지게 내려다보았다. 상훈은 불안했지만 그저 조용히 앉아 있을 수밖에 없었다.

한참의 시간이 지나 가즈오가 독백처럼 되뇌이는 소리를 듣고서야 상훈은 가즈오의 침울한 표정을 이해할 수 있었다. 동지들을 배신하고 일본에 밀고를 했던 바로 그 이름 하윤호는 가즈오가 잠겨 있던 책상 서랍에서 발견한 양조부의 이름이었던 것이다. 가즈오는 얼굴도 보지 못한 친할아버지보다는 어렸을 때부터 같이 살아온 양조부에 신경을 곤두세우고 있었던 것이다.

「묘한 운명이죠?」

가즈오는 괴상한 웃음을 입가에 흘렸다. 일그러진 표정에서 억지로 피워내는 미소였다. 수고해준 상훈을 생각하고 짓는 웃음이었다. 상훈은 말없이 일어났다. 언젠가 하나코가 하던 얘기가 떠올랐다.

'가즈오 씨는 외아들이라 할아버지와 아버지의 극진한 보살

폄 속에 어린 시절을 보냈어요. 병환으로 입원하던 그날 아침까지도 할아버지는 가즈오 씨를 학교까지 바래다주셨다더군요.'

하나코의 말이 아니더라도 가즈오는 이미 그들과 떼려야 뗄 수 없는 정이 들어 있는 것이 한눈에 느껴졌다. 하윤호는 아마도 가즈오에게 애정을 쏟음으로써 가즈오의 친할아버지와 동포에 대한 죄책감에서 헤어나려 했을 것이었다.

「내 손으로 끝내야죠.」

가즈오의 마지막 한마디가 낯설게 들린다고 생각한 순간 이제까지 보지 못했던 이상한 눈빛이 가즈오의 눈에 스쳤다. 여자의 것같이 희고 가느다란 손가락을 뻗어 상훈의 손을 잡고 억지로 표정을 바꿔 보이려 하는 가즈오의 얼굴에 경련이 일어나고 있었다.

「가즈오 씨, 괜찮아요?」

「돌아가시죠.」

상훈은 가즈오가 자신의 추한 모습을 보이지 않으려 한다는 것을 느끼고는 간단한 인사를 남긴 채 바로 돌아서 나왔다. 자신이 연해주에서 가서 알게 된 최화영 선생의 존경스런 면모보다 하윤호의 정체에 더 민감했던 가즈오의 처지가 이해되는 만큼 안타까움도 더했다. 바깥은 아직 햇살이 따사로운 밝은 오후였다.

도쿄로 돌아오는 열차 안에서 가즈오의 삶을 곰곰 생각하던 상훈은 그의 마지막 한마디를 떠올리고는 고개를 갸우뚱했다. 그는 무엇을 자기 손으로 끝내겠다고 한 걸까. 아무리 생각해도 가즈오가 무엇을 끝내겠다는 것인지 짐작할 수 없었다. 기차가 도쿄역에 도착할 즈음이 되어서야 상훈은 불길한 생각에 사로잡혔다.

'가즈오는 혹시 자살을 하려는 것이 아닐까.'

막상 이렇게 생각하자 덜컥 겁이 난 상훈은 기차가 플랫폼에 들어가자마자 뛰어내려 하코네로 전화를 했다. 간호사는 가즈오가 방문을 걸어 잠그고 혼자 있기는 하지만 평소와 별다름없다고 말했다. 상훈은 그가 흥분한 상태이니 특별히 유의해달라고 신신당부하며 전화를 끊었다.

## 육군참모본부

며칠간 상훈은 참모본부의 자료를 추적했다. 그 자료를 읽으며 상훈은 놀라움을 금치 못했다. 1878년에 설치된 이 조직은 이미 1880년에 만주와 중국으로 비밀리에 장교들을 보내 군사전략적 견지에서 병제, 군비, 지리를 비롯한 각종 정보들을 입수함은 물론, 당시 정쟁에 여념이 없던 조선에도 군인들을 보내《조선지지(朝鮮地誌)》를 편찬한 후 전쟁 준비를 치밀하게 진행시키고 있었다. 이것은 과거 임진왜란 때 일본이 승려로 가장한 간첩을 조선에 보내 침략을 준비한 것과 조금도 다르지 않은 수법이었다. 뿐만 아니라 어학연수를 가장하여 베트남, 시베리아, 페르시아 방면까지 정보원들을 내보내고 있는 데에는 혀를 내두르지 않을 수 없었다.

광범위한 분야에서 정보의 공개가 이루어지고 있는 일본임에도 불구하고, 참모본부의 다른 부서에 비해 정보국에 대한 자료는 극히 드물었다. 이마무라 반장의 말대로 특수한 분야에서 은밀하게 이루어진 일들에 대해 일일이 기록이 남겨져 있을 것이라 기대하는 것은 지나친 생각일지 몰랐다. 그러나 상훈은 포기하지 않고 정보국에 대한 모든 기록과 증언을 살피고 또 살폈다. 특수 분야의 일이라 공식적인 기록보다는 그 분야에서 일했던 사람들의 증언이 더 도움이 되었다.

일본에서는 태평양전쟁을 전후한 군의 활동이 비교적 상세하게 기록되어 있는 편이었다. 그것은 전범재판에서 군의 모든 기록이 공개되어야 했던 이유도 있었지만, 일본군 자체가 매우 일사불란한 조직인데다 엄정한 군령에 의해 움직였던 터라 일상적이지 않은 것은 무엇이라도 기록해두었기 때문이었다. 그럼에도 불구하고 바이칼 지역에 파견된 군인들에 대한 기록은 전혀 없었다.

웬만한 사람이라면 벌써 포기했을 것이다. 그러나 다른 길은 더 이상 없다는 것을 잘 아는 상훈은 정보국과 관련된 기록은 아무리 사소한 것이라도 끝까지 추적했다. 그럼에도 불구하고 정보과의 상세한 직원 명단에도 가토나 에이지의 이름은 없었다. 그래도 포기하지 않고 한 달 가까이 참모본부의 온갖 서류와 씨름하던 상훈에게 드디어 단서가 잡혔다. 전범재판에서 참모본부의 정보과장이 조직의 구성에 대해 진술한 것을 유심히 살피던 상훈은 다음과 같은 내용에 착안했다.

정보국에서는 각국으로 정보원을 내보냈습니다. 정보원들은 유학생, 언어연수생, 혹은 종교인이나 장사치로 가장하고 현지에 나가 여러 가지 정보를 수집했습니다. 때때로 우리는 다른 부서로부터 직원을 지원받기도 했습니다. 정보국의 직원들은 사회에서 통용되는 정도의 언어 능력과 지식은 있었지만 역사나 문화에 대한 깊은 지식은 없었기 때문입니다. 러시아의 경우 그 지역 문화를 전공한 제2국의 문관이나 장교들이 외려 훌륭하게 임무를 수행하고 오는 것을 보고는 필요시마다 지원받는 빈도가 늘어났습니다.

눈길이 확 쏠리는 구절이었다. 진술 내용을 들여다보던 상훈의 기억에 러시아의 정서와 문화에 대해 적어둔 가토의 수첩이 떠올랐다. 차르의 군대가 운반하던 엄청난 금괴에 대한 일본군의 집착을 감안할 때 러시아의 정서에 대한 이해가 있는 가토가 정보원들과 동행했을 가능성은 농후했다.

상훈은 참모본부 정보과의 직원 명단에서 러시아 팀에 속한 사람들을 추렸다. 모두 여섯 명이었다. 일단은 이들이 가토, 에이지와 함께 바이칼에 갔을 것으로 추측되었다. 그러나 확실한 결론은 참모본부에 가토와 에이지가 근무했었다는 기록을 찾은 후에 내려야 할 것이었다. 이들의 이름을 수첩에 기록한 후 다시 제2국의 관원록을 면밀히 훑어가던 상훈의 눈길이 어느 한 페이지에 미치자 자신도 모르게 소리를 지르고 말았다.

「아니, 이 이름은.」

아소가와 겐지.

이마무라 반장이 상훈에게 맨 처음 가지고 왔던 책, 즉 범인이 떼어간 종이가 붙어 있던 바로 그 책의 저자였다. 놀라움을 가라앉히고 그의 신원을 훑어보던 상훈은 다시 한 번 소스라치게 놀랐다.

'육군참모본부 촉탁'.

여느 때 같으면 예사롭게 넘어갔을 이 사람의 신분이 상훈의 눈길을 확 잡아끌었다. 예전 준이치의 책에서 전화번호를 발견하고 찾아갔을 때, 나카가와 교수는 에이지로부터 가게노부의 정체를 주목하라는 말을 듣고 그가 참모본부의 간첩임을 알아냈다고 했다. 그렇다면 에이지는 이미 가게노부가 간첩이라는 사실을 알고 있었다는 얘기가 된다. 그리고 종이가 붙어 있던 책은 참모본부에서 일했던 적이 있는 사람이 쓴 것이다.

이 세 사람 간에는 어떤 상관관계가 있지 않을까. 일본 역사에 빛나는 자료를 갖고 왔으면서도 철저히 은폐되어야 했던 인물. 마찬가지로 그 허구성을 알고도 자신의 이름으로 발표하지 못했던 에이지. 그리고 참모본부의 촉탁으로 호태왕비에 대해 쓴 겐지. 잠시 눈을 감고 생각에 잠긴 상훈에게 참모본부라는 단어가 범상치 않은 의미로 부각되어왔다. 에이지 살인사건은 어쩐지 육군참모본부와 떼려야 뗄 수 없는 관계가 있는 것 같았다. 지금까지 알게 된 사실을 연결해볼 때 에이지나 가토가 참모본부에 근무했었음이 틀림없다는 확신이 생긴 상훈은 더욱 흥분되는 가슴을 가라앉히고 자료를 살폈다.

꽤 두꺼운 자료를 꼼꼼히 읽어가던 상훈의 눈길이 드디어 참모본부의 직제표에 멎었다. 참모본부 육군부 제2국이라고 쓰인 항에 편찬과라고 적힌 것이 유난히 눈에 띄었다. 특히 과장이 육군 보병 소좌이고, 과원으로 대위와 중위가 있고, 그 밑에 육군 교수가 있는 것이 이채로웠다. 아무리 당시의 일본이 군국주의의 거센 물결에 휩쓸려 있었다고는 하나 육군 교수가 위관들과 같은 정7위의 직급을 갖고 있는 것은 이해하기 힘들었다. 아마 젊은 교관을 교수로 표현하고 있는 것으로 생각되었다. 페이지를 넘기니 편찬과에서 발행한 책들의 목록이 있었다. 다시 목록을 훑어 내려가던 상훈의 미간이 좁혀졌다.

「이럴 수가!」

자신도 모르게 놀라움에 가득 찬 탄식이 튀어나왔다. 상훈의 손길이 바쁘게 다시 앞 페이지를 펼쳤다. 무언가를 확인한 상훈은 다시 페이지를 넘기고는 한 자 한 자 대조했다. 글자를 대조하는 상훈의 손가락 끝이 가늘게 떨리고 있었다.

'아, 도대체 이럴 수가 있는 건가? 《임나고》를 지은 자가 육군참모본부의 군인이라니.'

상훈은 책을 덮었다. 창밖으로 돌려버린 그의 시선에는 뭔지 모를 공허함이 짙게 배어 있었다. 힘없는 눈길을 바깥으로 던지고 있는 상훈의 얼굴에는 형언할 수 없는 표정으로 가득했다. 어찌 보면 분노 같기도 하고 어찌 보면 허탈감 같기도 한 표정은 한동안 상훈의 얼굴에서 거두어지지 않고 있었다. 한참의 시간이 지난 후 상훈은 뭔가 아쉬운 듯이 다시 한 번 먼저의 페이지를 펼쳤다.

임나고(任那考)

출판년월일 : 1884년 7월

저자 : 요코이 다다나오(橫井忠直)

상훈은 다시 한 번 직제표에서 이름을 확인했다.

과장 육군 보병 소좌, 종6위  오하라 리겐(大原里賢)

과원 육군 공병 대위, 정7위  고지마 고칸(小島好間)

과원 육군 공병 중위, 종7위  다우치 산키치(田內三吉)

과원 육군 교수, 정7위  요코이 다다나오(橫井忠直)

틀림없이 같은 이름이었다. 상훈은 갑자기 자신이 일본이라는 나라를 너무도 모르고 있다는 생각이 들었다. 《임나고》가 보통 책인가. 이 책에서 일본은 최초로 신라, 백제, 임나(가야)

는 일본 야마토 정권의 지배하에 있었고 야마토 정권은 이들을 다스리기 위해 임나에 일본의 관청, 즉 근대로 말하자면 총독부를 두고 있었다고 주장하지 않는가. 그리고 이 주장은 그대로 일본 사학계 전체의 주장이 되어 있지 않은가. 이른바 임나일본부를 《일본서기》로부터 빼내어 구체화시킨 최초의 책. 이런 엄청난 책을 육군참모본부의 일개 젊은 과원이 내놓았고 지금에 이르도록 모든 학자들이 그것을 그대로 따른다는 현상을 어떻게 이해해야 할지 몰랐다.

세계 경제를 주름잡고 아시아의 영도자를 자처하며 대동아 공영을 외치는 일본의 역사학계가 이렇듯이 참모본부의 날조에 의해 아직까지도 꼭두각시의 춤을 추고 있다는 것이 한심하다 못해 슬프기조차 했다. 물론 참모본부 편찬과의 직원이 썼다고 해서 무조건 틀렸다고 할 것은 아니지만, 당시의 참모본부란 한반도 침략과 대륙 진출의 사령탑이었다. 참모본부는 일본 국민을 전쟁으로 이끌어내기 위해 수단 방법을 가리지 않았다. 당시 참모본부는 한반도 침탈의 논리를 이끌어내기 위해 고심하다가 《일본서기》의 전설 한 구절을 끌어대어 과거 한반도는 우리 땅이었으니 이제 가서 찾아야 한다는 주장을 하기에 이르렀다. 이 주장을 뒷받침하기 위해 각종 논문과 책을 만들어냈으니, 그 실무 조직이 바로 편찬과였다. 그런 상황에서 편찬과의 직원 요코이가 참모본부의 자료와 경비를 써

가며 쓴 책이라면 그 성격은 뻔할 것이었다.

상훈은 자리를 박차고 일어나고 싶은 마음을 가까스로 억누르고 다음 페이지를 넘겼다. 1930년대의 편찬과 기록이었다. 가토와 에이지가 바이칼에 갔다면 이 무렵일 가능성이 높았다. 관원록을 펼치는 상훈의 손이 가볍게 떨려왔다.

「아!」

상훈은 분명히 확인할 수 있었다.

과장 육군 보병 중좌, 정6위  이노우에 다이스케(井上大助)

과원 육군 보병 소좌, 종6위  우지사와 가게하루(藤澤景春)

과원 육군 공병 대위, 정7위  가토 마사유키(加藤正行)

과원 육군 보병 대위, 종7위  우에노 에이지(上野英治)

과원 대학 교관 촉탁, 종7위  아소가와 겐지(阿蘇川賢知)

그토록 찾아 헤매던 에이지와 가토 두 사람의 이름이 도서관의 묵은 서류 속에 나란히 붙어 있었다.

역시 그들은 참모본부의 장교였다.

상훈은 길게 한숨을 내쉬고 기록을 복사하고는 밖으로 나왔다. 살인사건 후 지금까지 계속되어온 궁금증에 몸과 마음이 지칠 대로 지친 뒤끝이었지만 기분은 날아갈 것만 같았다. 상훈은 도서관 앞의 벤치에 앉아 복사한 기록을 다시 꺼냈다.

하얀 복사지 위에 에이지라는 검은 글자가 분명히 살아 꿈틀거리고 있었다.

「역시 그들은 참모본부의 군인들이었습니다.」

상훈의 연락을 받고 올라온 이마무라 반장은 연신 싱글거리며 좋아했다.

「이제 에이지 살해사건은 뭔가 숨통이 트여오는군요.」

「기나긴 추적이었어요.」

「그러니까 에이지는 참모본부의 편찬과 직원으로 당연히 호태왕비에 관심을 기울여왔겠군요.」

「그렇지요. 가토 역시 편찬과 직원이라는 특수한 지위를 이용하여 일반인으로서는 접근하기 어려운 희귀한 책과 자료를 손에 넣을 수 있었지요.」

「그런데 왜 두 사람은 갈라섰을까요?」

「에이지는 양심의 가책을 느껴 고민해왔던 것 같아요.」

「무엇을 고민했을까요?」

반장은 역사를 잘 알지 못하는 편이라 쉽게 이해가 가지 않는 모양이었다.

「호태왕비의 해독이 참모본부에 의해 침략 논리에 이용되는 것을 봐왔기 때문이죠.」

「그게 어떻게 관계가 있습니까?」

「한반도는 과거 우리가 지배했던 땅이니 다시 가서 찾자고 부추겼기 때문에 일본의 선량한 국민들이 아무런 죄의식 없이 한반도를 침탈하게 된 것입니다.」

「아, 그렇군요. 저런 못된 놈들 같으니.」

「정작 문제는 지금도 일본 학계가 과거 참모본부의 농간을 벗어나지 못한 채 그대로 국민들을 교육시키고 있다는 점입니다.」

이마무라 반장은 이런 일들이 마치 자신의 잘못이라도 되는 양 송구스런 표정을 지었다.

「그래서 에이지는 나카가와 교수에게 가게노부의 정체에 대해 제보했군요.」

「그렇습니다.」

「그리고 그때부터 누군가로부터 죽음의 위협을 느끼기 시작했던 것이군요.」

「그렇지요. 그때부터 이름을 바꾸고 정체를 숨기며 살아왔다고 봐야지요.」

「그러나 결국은 노출되어 철저한 감시를 받으며 살아왔단 얘기군요.」

「그러다 최근 무슨 문제로 다투고 그 감시자로부터 죽임을 당했다고 추리할 수 있습니다.」

「안정된 추리군요. 정말 놀랍습니다. 머리카락 하나 남겨지지 않은 살인 현장을 책과 역사를 더듬어 거기까지 추리했다는 게…….」

「반장님의 도움이 컸습니다.」

「제가 무슨.」

그러면서도 반장은 기분이 좋은 모양이었다.

「오늘은 제가 맥주를 한잔 사겠습니다.」

들뜬 기분으로 한 잔을 쭉 들이켠 반장이 상훈에게 잔을 권하며 자신 있는 표정으로 말했다.

「이제 울란야호이의 동지들이 누구인가만 밝히면 사건은 쉽사리 해결되는 셈이군요.」

「그렇습니다.」

「편찬과에서는 가토와 에이지가 동행했고, 여섯 사람은 정보과의 직원들입니다. 당시 사망한 것으로 기록된 지휘관은 나머지 일곱 명에 의해 바이칼에서 죽임을 당한 사람 같군요.」

「그들은 왜 지휘관을 살해했을까요?」

「맹세의 내용만 안다면 그 이유를 알 수 있을 텐데…….」

「수수께끼의 맹세군요.」

「하여간 당시의 정보과 직원들 명단은 여기에 있습니다.」

그러나 정보과 직원들의 명단을 넘겨받던 반장은 의외로 상훈의 표정이 침울한 것을 보고는 깜짝 놀랐다.

「아니, 박 선생님. 무슨 일이라도 있으십니까?」

「아닙니다.」

상훈은 건성으로 대답하며 맥주를 들이켰으나 반장은 상훈의 얼굴이 갑자기 침울해지는 것을 놓치지 않았다.

「표정이 너무 어두워요.」

「……」

야호이의 동지들 명단을 넘겨주는 상훈의 뇌리에 이정호 교수의 모습이 떠올랐던 것이다. 일본 군인들의 추악한 음모로 만들어진 일본의 한반도 지배설에 대항하다 결국은 생을 마감한 그의 인생이 허망하게 느껴졌다. 이마무라 반장의 걱정스런 표정 위로 상훈의 비감한 목소리가 떨어져 내렸다.

「내게는 아직도 사건이 끝나지 않았습니다.」

「무슨 말씀이신지?」

「아, 미안합니다. 제가 잠시 다른 생각에 빠져 있었군요. 그 명단의 인물들을 파악하여 조사를 하면 에이지 살해사건의 범인들이 나올 것 같습니다. 결과 나오는 대로 연락을 주십시오.」

「알겠습니다.」

반장과 헤어진 상훈은 다음날 아침 발길을 대동아연구소로 향했다. 그러나 기무라 박사를 만날 수는 없었다.

「미안합니다. 박사님께서는 해외출장 중이십니다. 메모를 남겨놓으시면 연락을 드리겠습니다.」

상훈은 메모를 남기지 않고 그냥 나왔다.

「모두 일곱 사람 가운데 다섯 사람이 이미 사망했습니다. 생존자 두 사람 중 한 사람은 캐나다로 이민을 갔습니다. 또 한 사람은 도쿄에 살고 있습니다.」

이마무라 반장은 매우 신속하게 용의자들의 신원을 확인해 왔다.

「그렇다면 도쿄에 있는 사람을 추적하면 되겠군요.」

「그런데 그게 쉽지가 않은 것이…….」

반장은 낭패한 표정을 지으며 말을 얼버무렸다.

「무슨 문제라도 있습니까?」

「그 생존자의 이름이 와타나베입니다.」

「와타나베?」

「그렇습니다. 와타나베 의원의 부친입니다.」

「와타나베 의원이라면 대동아연구소 이사장을 말하는 것입니까?」

「그렇습니다. 이사장의 부친입니다. 지금은 은퇴했습니다만.」

「은퇴하기 전에는 뭘 했습니까?」

「연구소를 설립한 사람입니다.」

「일이 약간 복잡하게 되었군요.」

그랬다. 간단하게 여겨졌던 일이 방향을 틀고 있었다. 상대방은 신문은커녕 시골 경찰서의 형사반장으로서는 한 번 만나보기도 힘든 사람이었다. 상대방의 신분에 눌린 이마무라 반장의 표정이 충분히 이해가 되는 상황이라 상훈 역시 곤혹스런 표정을 지을 수밖에 없었다.

「함부로 취조할 수도 없으니 섣불리 얘기를 꺼내는 것은 오히려 불리하겠군요.」

「그렇습니다.」

이제는 완전히 실망스런 이마무라 반장의 표정을 보면서 상훈은 오히려 어떤 종류의 확신과 더불어 자신도 모를 큰 힘이 가슴 깊이에서 솟아오르는 것을 느꼈다. 반장은 용의자의 아들이 현역 의원인 것을 염려하는 것이지만, 상훈에게는 이미 이것이 한 노인의 문제만은 아니었다. 가토의 기록이 모두 대동아연구소로 들어가 있는 것은 결코 예사로운 일이 아니었고, 에이지의 기록이 하나도 없는 것 역시 이 연구소와 관련이 있을 것임은 명약관화한 일이었다. 그렇다면 노인이 아닌 그의 아들 와타나베 이사장이 직접 범죄와 관련되어 있을 가능성이 짙은 것이었다.

'차라리 잘된 일이다. 모든 것이 대동아연구소로부터 나오고 있다. 어차피 내게는 이 사건이 단순한 살인사건은 아니지

않은가. 일본 군국주의의 핵심이 웅크리고 있는 대동아연구소를 깨부숴야 한다.'

「너무 상심 마십시오.」

이마무라 반장은 상훈의 위로에 크게 안도하는 눈치였다. 그로서는 상훈이 러시아까지 가서 찾아낸 용의자를 신문 한 번 못 해본다는 사실이 외국인인 상훈에게 더없이 부끄럽던 참이었다.

「어쩌면 제게 길이 있을 것 같습니다.」

전혀 예상치 못했던 말에 반장은 기대 섞인 눈길을 상훈의 입가로 보냈다. 상훈의 생각으로는 이 사건은 자료와 정황에 의거하여 범인을 유추할 수밖에 없는 다소 미묘한 사건이었다. 무척 어려운 듯이 보이지만 생각하기에 따라서는 지극히 쉬운 일이기도 했다. 문제는 자료나 기억에 얼마나 다가갈 수 있는가 하는 것이었다. 상훈은 도쿄대학의 선배라던 도서관장의 얼굴을 떠올렸다. 그에게 부탁하여 연구소에 있는 기록들을 면밀히 살피면 반드시 결정적 증거가 나올 것이었다. 가토의 기록만 살피더라도 에이지에 대한 범의를 품은 기록이 반드시 나올 것이었다. 반장이 상훈의 표정을 살피며 조심스레 입을 열었다.

「만나기조차 힘들 텐데요.」

「그게 아니고 단서를 찾을 수 있을 것 같다는 얘기입니다.

제 생각으로는 와타나베 의원의 아버지가 아니고 와타나베 의원 본인이 의심스럽습니다. 전부터 느끼던 것입니다만 대동아 연구소는 어딘지 이상한 데가 있는 연구소입니다.」

「이상한 데가 있다니요?」

「전문적인 분야라 설명하기가 좀 어려울 것 같습니다만, 어떤 목적을 가지고 뚜렷이 나아간다는 점이 보통의 연구소와는 매우 다릅니다.」

역시 이마무라 반장은 상훈의 말을 잘 이해하지 못했다.

「돌아가서 기다리십시오. 뭔가 유력한 증거가 포착되면 제가 연락을 드리겠습니다.」

반장은 다시 고개를 숙이고 돌아갔다. 그로서는 이제 상훈에게 기대는 것밖에는 다른 방법이 없다고 생각하는지 어깨가 늘어진 채 힘없는 발걸음을 옮겼다.

# 역사의 고백

에이지가 편찬과의 직원으로 드러난 이상 편찬과의 기록과 자료를 충실히 검토하는 것이 무엇보다도 중요한 일이었다. 자료 중에는 에이지가 작성한 것도 상당히 있어 상훈은 에이지가 어떤 업무에 종사했으며 어떤 생각을 가지고 있었는지를 알 수 있을 것 같았다. 에이지는 주로 조선의 역사와 문화에 관한 고서를 수집하여 읽고 분석하는 일을 했으며, 자신이 알게 된 모든 정보와 지식을 참모본부의 침략논리를 만들어내는 데에 제공하는 역할을 했다. 따라서 한반도에 빈번하게 출장을 다닌 것으로 기록되어 있었다.

'과학적 연구방법도 확립되어 있지 않은 채 일본에 합방당한 당시의 조선에 참모본부의 직원들이 수시로 나가 서책을 수집했다면 일본의 역사 왜곡에 대해 체계적으로 방어하기가 쉽지는 않겠구나.'

편찬과에는 직원들이 직접 나가 수집한 것 말고도 조선총독부에서 수집, 분류하여 보내온 자료도 많았다. 1930년대에 편찬과에서 근무하던 에이지와 가토는 이런 연유로 일반 학자들이 구할 수 없는 수많은 자료를 가지고 있었던 것이다. 그 자료들은 이제 거의가 대동아연구소로 넘어가 있는 것으로 보였다. 상훈은 새삼스럽게 대동아연구소의 존재를 생각하지 않을 수 없었다.

대동아연구소는 일본 문화계 전반에 상당한 영향을 미치고 있었다. 이 연구소는 주로 보수 우익의 정치가와 학자들을 회원으로 하고 있었고, 역사의 해석에 있어서도 항상 일본의 이익을 우선으로 하고 있어 학문적 진리를 추구하는 학자들과 여러 분야에서 논쟁을 벌이고 있었다. 특히 일본의 중·고등학교 역사교과서의 편찬에 있어 압도적인 영향력을 행사했다.

에이지 사건의 성격을 알아내는 데도 필요할 것으로 생각되어 상훈은 대동아연구소에서 발행한 잡지와 대동아연구소가 선두에 선 논쟁의 기록들을 찾아 샅샅이 읽어나갔다. 이 연구소는 교과서의 편찬에 있어서, 미심쩍은 부분이나 불명확한 역사적 사실이라 하더라도 그것이 일본의 전설이나 이야기 등에 잠깐이라도 비치기만 하면 마치 고증된 사실인 것처럼 일본 우위의 논리를 펼쳐나가는 데 급급했다.

상훈은 특히 한일 간의 고대사 분야에 있어서는 무조건 일본이 한국을 지배했었다는 논리를 개진하고 있는 것에 주목했다. 이것은 육군참모본부가 한반도 침략을 위해 구성한 군국적 논리를 그대로 답습하는 것이었다. 이들이 이에 대한 유력한 증거로 내세우는 것은《일본서기》에 있는 믿지 못할 이야기 한 토막과 광개토왕비, 그리고 칠지도(七支刀)였다.

전설과 이야기로 꾸며져 일본 학계에서도 별로 신빙성을 얻지 못하는《일본서기》에는 일본의 전설적 천황인 진공무후가 일엽편주를 타고 바다를 건너 삼한을 무찔렀다는 이야기가 있다. 이것은 한국의 몇몇 고역사서가 한국이 아시아 전체를 지배했다고 주장하는 것과 똑같은 것으로, 어느 정도라도 역사의 방법론을 아는 사람이라면 피식 웃어버리고 말 수준의 것이었지만 이 연구소는 달랐다.

'참모본부의 현대판을 보는 것 같군.'

일본이 근대 역사에 한창 눈을 뜰 때 참모본부가 일부 역사의 해석을 틀어쥐고 있었던 것은 일본 학계 전체의 불행이라면 불행이었다. 초기 단계의 역사학계에 뿌려진 침략사관의 폐해는 오늘날까지 일본의 학계를 무겁게 짓누르고 있었다. 며칠간에 걸쳐 대동아연구소가 개진하는 논리를 살피던 상훈은 이 연구소가 광개토왕비와 칠지도의 해석에 특히 몰두하고 있는 것을 알아차렸다. 에이지의 서재에 광개토왕비의 자료가 많았다면 가토의 서재에는 칠지도에 대한 많은 자료가 있었던 것이 떠올랐다. 순간 상훈의 머리를 퍼뜩 스치는 생각이 있었다. 일본의 검인정교과서 검증제도였다.

'가토의 모든 자료는 그것이 연구소에 기증된 것이건 서재에 있는 것이건 이미 대동아연구소에서 검토를 다 마친 것이다. 이 연구소에는 교과서의 집필자가 많지 않은가. 그렇다면 이들이 교과서를 집필하는 데 있어 가토의 자료를 이용했을 가능성은 아주 높다. 참고로 한 자료는 제출하게 되어 있으므로 교과서검증위원회를 통하면 가토나 에이지의 자료를 볼 수 있지 않을까?'

상훈의 추측은 적중했다. 마침 미나미 교수가 대동아연구소에서 나온 역사교과서의 검증위원으로 있었기에 연구소에서 제출한 자료를 입수하는 데에는 큰 어려움이 없었다. 칠지도에 대한 연구소 측 주장의 참고자료에는 가토의 이름 석 자가 분명히 들어 있었다. 아니, 이름이 있을 뿐만 아니라 참모본부의 군인 신분인 가토가 구성한 논리가 그대로 교과서에 전개되어 있었다. 교과서 편찬용으로 제출한 연구소의 칠지도 관련 자료에서 가토의 이름을 찾아낼 수 있었다. 연구소의 논지는 4~5세기 무렵 한반도를 일본이 지배했었다는 것이었는데, 그 증거로 과거 백제에서 일본으로 보내진 칠지도를 들고 있는 것이었다. 색인에서 가토의 이름을 찾아낸 상훈은 해당 페이지를 폈다.

……이와 관련하여 나의 동료는 호태왕비 및 칠지도와 관련한 기록들이 한반도에 있는지 조사했다.

《삼국사기》 등 이미 알려진 사서 이외에도 방방곡곡을 다니면서 새로운 자료를 찾았다. 그러나 이와 관련한 기록은 어디에서도 발견되지 않았다. 따라서 우리는 한반도 사람들이 이 사실을 욕되는 것으로 생각하여 사서의 기록에서 빼버린 것으로 간주했다.

이 구절을 보던 상훈의 머리에 전광석화처럼 어떤 예감이 스치고 지나갔다. 가토는 '나의 동료'라는 표현을 쓰고 있으며 그 동료는 한반도의 방방곡곡을 다니면서 자료를 조사했다고 했다.

《외지사서고》.

상훈은 자신도 모르게 머리를 두들겼다. 당시 일본이 조선을 외지라고 불렀다는 생각이 그제야 난 것이다. 지난번 닛코의 에이지 집 서재에서 얼핏 보았던 수백 권의 책 사이에 끼여 있던, 책이랄 수도 없을 정도로 얇은 문집. 그것의 제목이《외지사서고》가 아니었던가. 그때는 이마무라 반장과 책을 반씩 갈라 여백이나 행간에 에이지의 메모 같은 것이 있는가를 살피기만 했을 때라 제목만 얼핏 보고 바삐 책장을 넘기며 지나쳐 어떤 내용인지 생각조차 하지 않았지만, 지금 가토의 메모를 보니 어쩌면 그것은 에이지가 기록한 것일지 모른다는 예감이 든 것이다. 당시 참모본부에서 호태왕비와 관련한 연구의 책임을 지고 있던 사람이 바로 에이지였기 때문이다.

다음날 아침 상훈은 닛코행 버스에 몸을 실었다. 가토가 얘기하는, 외지에 나가 역사서를 찾았다는 동료가 에이지이기를 진심으로 바라면서.

「미리 연락을 주시지 않구요. 그랬으면 기다리고 있었을 텐데.」

상훈이 경찰서에서 제법 기다렸을 때 나타난 이마무라 반장은 몹시 미안해하는 표정으로 상훈을 반겼다. 곧바로 에이지의 집으로 간 상훈은 서재에서 다른 책들 사이에 끼여 있는 《외지사서고》를 찾아냈다. 거친 종이에 조잡하게 등사가 된 것이었는데, 내용은 외지의 역사에 관한 서책을 조사하여 분류한 것으로 학자의 저술이라기보다는 조사한 사람의 보고서 같은 형식을 취하고 있었다. 그러나 불과 90여 페이지의 얄팍한 문집은 상훈의 두 눈을 확 잡아끌었다. 등사물을 엮은 문집들이 흔히 그렇듯, 뒷부분의 여러 장들이 백지였고 거기에는 무엇인가가 쓰여 있었기 때문이다. 필체가 나카가와 교수의 전화번호를 기록했던 것과 같은 것으로 보아 에이지가 쓴 것임이 분명했다.

첫머리를 읽으며 이 기록이 에이지의 것임을 확인하는 순간 상훈은 날아갈 것만 같은 기분을 느꼈다. 앞부분의 보고서와는 달리 문장이 술회조이고 자신의 느낌을 많이 담고 있는 것으로 보아 왠지 모르게 이 책 속에는 자신에게 보내는 에이지의 목소리가 들어 있는 것 같은 생각이 들었다.

「왜 지난번에는 이 책에 주목하지 못했을까요?」

「재미있군요. 백지가 있어서 그랬습니다.」

「백지라니요?」

「문집이 인쇄된 것이 아니고 필사본이기 때문에 책의 뒷장에 백지들을 남겨 두었어요. 에이지는 후에 이 백지에 자신의 생각을 써넣었기 때문에 책 귀퉁이만 열심히 살피던 우리에게는 보이지 않았던 모양입니다.」

첫 줄을 짚는 상훈의 손가락이 기대와 흥분에 부풀어 가늘게 떨렸다. 그토록 오랫동안 찾아 헤맸던 에이지의 기록을 대하는 심정이 예사로울 수는 없는 것이었다.

나는 육군참모본부의 군인으로서 외지를 세 차례에 걸쳐 방문했다. 목적은 호태왕비와 칠지도에 관한 외지의 관련 사서를 찾아 그 내용을 파악하고 본국으로 가져오는 것이었다. 다양한 종류의 책을 살폈지만 정작 내가 찾으려 하는 사서들은 없었다. 이미 총독부에서 여러 차례에 걸쳐 역사서, 혹은 조선의 민족정신을 고취할 수 있는 책에 대해서는 수거하여 파손하거나 소각해버렸기 때문이었다. 동양 삼국의 역사를 이해하는 데 필요불가결한 귀중한 책들이 총독부의 무지와 무단통치로 말미암아 절멸된 사실 앞에서 나는 절망할 수밖에 없었다. 현대판 분서갱유를 저지르고 만 것이었다.

나는 우리 일본인들에 의해 이러한 행위가 이루어졌다는 사실에 절망할 수밖에 없었다. 침략을 위해 귀중한 인류의 문화유산을 절멸시키는 사람들, 그들이 나의 동포라는 사실은 조국에 바치고 있는 나의 애국심이 어떤 것인가 깊이 숙고할 수밖에 없게 만든다. 불쌍한 조선인들, 수천 년의 문화유산이 하루아침에 잿더미로 변하는 것을 떨리는 가슴으로 보고 있었을 그들에게 나는 한없는 용서를 빌었다. 총독부는 조선인들로 하여금 패배의식과 열등감을 느끼게 하는 식민사관의 주입에 여념이 없었다. 오랜 탐문 끝에 나는 본국으로 보내진 책들이 있음을 알아냈다. 조선의 사서들을 일본에서 찾아야 한다는 사실 앞에 망연할 수밖에 없었다.

상훈은 일단 책장을 덮었다. 중요한 내용이라 집에 가서 차분히 보는 것이 나을 것으로 판단되었기 때문이다.

「반장님, 대동아연구소에서 나온 교과서와 이 자료를 비교해보는 것이 의미가 있을 것 같군요. 이 책은 제가 가져가서 보고 싶습니다.」

「알겠습니다.」

이마무라 반장과 헤어져 도쿄로 올라온 상훈은 바로 집으로 향했다. 한시바삐 에이지의 기록을 읽고 싶은 생각에 가슴이 마구 뛰었다.

나는 참모본부가 칠지도의 해독에 관여하는 것이 두려웠다. 또 한 번 역사를 왜곡할 것이 너무도 명백했기 때문이었다. 칠지도에는 분명히 백제왕이 일본왕 지(旨)를 후왕(侯王)으로 표기하고 있지만 이것이 또 어떻게 바뀔지 모르겠다. 과거 일본이 한반도를 지배했으니 이를 회복하기 위해 한반도에 진출하는 것은 당연하다는 논리, 그 허구의 논리를 위해 모든 사료를 과장, 왜곡하는 이 무서운 음모의 끝 갈 데를 나는 알 수 없다. 역사를 하는 사람으로서 그리고 군인으로서 나는 어떻게 해야 하는 것일까.

칠지도에 대한 에이지의 이 고백은 진실한 한 인간으로서의 양심의 소리였다. 같이 역사를 하는 사람으로서 상훈은 숙연한 마음이 느껴졌다.

에이지의 메모는 주로 참모본부의 한일 고대사 왜곡을 보는 양심 있는 학자로서의 자기 고백이었다. 고백은 계속되었다.

백제왕이 신하의 예를 갖춰 일본왕에게 칠지도를 바쳤다는 주장을 성립시키기 위해 참모본부에서는 두 가지 방안을 검토하고 있다. 칠지도를 준 사람을 백제왕으로 해석하지 말고 중국의 천자로 바꾸고 백제는 단지 이것을 전달하기만 했다고 하자는 방안에 나는 웃음이 나왔다. 분명히 명문에 백제의 태자가 만들었다는 조(造) 자가 있는데 이런 방법이 가능할까. 그러나 아무도 웃지 않았다. 오히려 진지하기 짝이 없는 그들의 얼굴에서 나는 이 사람들이 뭔가 큰일을 저지르고 말 것이라는 예감을 강하게 느낄 수 있었다. 칠지도의 일부 구절을 삭제하자는 또 하나의 주장은 차라리 공포감을 갖게 하는 것이었다. 이미 삭제된 부분만으로도 칠지도는 사료로서의 가치를 잃고 있는데. 침략논리를 만들기 위해 사료를 훼손하겠다는 발상. 나는 전율할 수밖에 없다.

요코이가 주장하는 임나일본부에 새롭게 발견된 호태왕비의 한 구절을 극도로 과장하여 뜯어 맞추라는 국장의 명령. 나는 이것을 겐지에게 밀어버렸다. 그러나 마음은 편치 못하다. 나는 왜 그것은 범죄라고 주장하지 못했던가.

메모는 여기까지였다. 그러나 상훈은 쉽사리 책장을 덮을 수 없었다. 상훈에게는 사건의 해결과는 별개로, 칠지도에 대한 일본 학계의 주장에 참모본부의 음모가 깊숙이 개입되어 있음을 확인한 의미가 이루 말할 수 없을 정도로 컸다. 일본 학계의 가장 중요한 칠지도 논리가 바로 백제가 일본의 왕에게 복종의 표시로 칠지도를 헌상했다는 것이었다. 칠지도의 어디에도 그런 구절은 없음에도 불구하고 일본 학계는 칠지도가 일본이 한반도의 남부를 지배했다는 유력한 증거라는 결론을 내리고 있으니, 이것은 명백한 억지였다. 이 억지 뒤에도 역시 호태왕비의 왜곡 해석과 같은 군부의 음모가 숨어 있었다는 것을 알게 된 상훈은 어떻게 해서든 일본 학계에 짙게 드리워져 있는 침략사관의 잔재를 말끔히 걷어야만 한일 간의 진정한 이해가 이루어질 것이라는 생각을 했다.

갑자기 피로가 엄습하는 기분이었다. 상훈은 두 눈을 감은 채 뒤로 기대앉았다. 일본의 역사 왜곡은 너무나도 조직적이고 치밀했다. 어떻게 해야 할 것인가? 자신은 아직 국내 학계에도 깊이 정착하지 못한 일개 역사학도가 아닌가? 혼자 일본의 역사 왜곡 행위에 대적하는 것은 어림도 없는 일이었다.

어떻게 해야 할 것인가? 상훈의 뇌리에 이정호 교수의 모습이 스쳐갔다. 그리고 살해된 에이지, 갈등하는 가즈오, 일본인이면서 한국인의 분노를 이해하려 애쓰는 하나코, 델리대학에 안치된 〈몽유도원도〉, 야마자키박물관의 〈월중도하도〉 등등…….

상훈은 눈을 떴다. 어둠이 짙게 깔린 창밖으로 불빛이 명멸하고 있었다. 어떻게 해야 할 것인가?

# 역사의 덫

상훈은 고대사 왜곡과 관련한 광개토대왕비 해석의 음모가 이제 수면 위로 드러났다고 생각했다. 문제는 이 음모를 일본의 선량한 국민들에게 알리는 것이었다. 그전에 먼저 기무라 박사를 만나 이 교수와 어떤 대화를 했는지 확인해야 했다. 그것은 육군참모본부의 광개토대왕비 왜곡 해석에 대한 갈래를 잡는 데 중요한 일이었다. 기무라 박사는 상훈을 기억하고 있었다.

「전엔 정말 미안합니다. 예기치 않게 늦어져 그냥 가시게 해서 죄송합니다.」

「아니, 오히려 제가 미안했습니다.」

「그래, 전에 오셨을 때는 요미우리신문 주최의 학술대회와 관련해서 물으실 것이 있다고 하셨죠?」

「그렇습니다. 1990년 요미우리신문사 주최의 국제학술회의에서 이정호 교수라는 분을 만난 적이 있습니까?」

「이정호 교수라…… 아, 그 한국인 교수 말이군요. 만난 적이 있습니다.」

「그분과 무슨 대화를 나누셨는지 말씀해주실 수 있습니까?」

「혹시 한국분이십니까?」

「네. 박상훈이라 합니다.」

「아, 그렇군요. 그런데 그분과 무슨 대화를 나누었는지 물어보시니 좀 당혹스럽군요.」

「사정이 그렇게 되었습니다. 이해해주십시오.」

「하하, 이건 어딘지 모르게 수사관들이 하는 질문 같습니다.」

이정호 교수의 정황을 얘기하면 간단한 일이겠지만 상훈은 곧이곧대로 얘기하고 싶은 마음이 들지 않았다.

「고대사의 몇 가지 논점에 대해 의견 교환이 있으셨던 걸로 알고 있습니다만, 지금 이 교수님이 중병으로 입원해 계셔서 기무라 박사님께 여쭙는 것이 나을 것 같아서입니다.」

「그렇습니까. 그럼 제가 대답을 해드리지요.」

「고맙습니다.」

「당시 이 교수는 광개토대왕비를 일본인들이 변조했다는 내용의 발표를 했습니다. 한두 해 있었던 것이 아니고, 지난 1972년 이진희 씨가 주장한 이래 한국 사학계의 단골메뉴가 되어버린 주장이었지요.」

기무라 박사는 조용하지만 자신 있는 목소리로 얘기를 시작했다.

「우리가 아무리 그렇지 않다고 학술적으로 반박해도 한국 학자들이 목소리를 돋우는 데는 당할 재주가 없었어요. 그들은 우리에게 중·고등학교 교과서의 내용을 바꾸라고 요구해 왔어요. 변조된 광개토대왕비가 임나일본부설의 유일한 증거인데 그 비의 비문은 조작된 것이니 임나일본부설을 폐기처분하는 게 당연하지 않느냔 얘기였죠. 특히 일본에서는 이진희 선생이, 한국에서는 이정호 교수가 앞장서서 주장했지요.」

상훈은 역시 일이 짐작대로 되어간다고 생각했다.

「참 딱한 노릇이더군요. 저는 여기서 한국의 신문을 받아보는데, 광개토대왕비가 일본인에 의해 변조되었다는 내용이 파다하더군요. 한국의 지식인들은 모두 우리가 비를 조작한 것으로 생각하고 있나 봐요. 그래서 한국 사학계에서는 변조되기 전의 탁본을 찾는 데 혈안이 되어 있는 모양입니다만, 참으로 우스꽝스런 일이라고 나는 생각하고 있었지요.」

기무라 박사는 별로 대단치도 않은 얘기를 지나가는 말로 하는 듯이 천연덕스럽게 얘기를 풀어놓고 있었다. 상훈 역시 무표정한 얼굴로 듣는 듯하고 있었으나 내심 온 신경을 기울여 기무라 박사의 말 한 마디도 놓치지 않도록 집중했다.

「그해의 학술회의에서도 이정호 박사가 예의 그 주장을 늘어놓기에, 발표가 끝난 그를 찾아가 저녁이나 하면서 얘기를 좀 하자고 했어요. 같이 저녁을 먹고 난 후 내가 이 교수에게 물었어요.」

상훈은 더욱 정신을 차려 기무라 박사의 말에 귀를 기울였다. 이 대목이 바로 이 박사의 급격한 변화에 대한 해답이 될 것이었다.

「광개토대왕비를 가서 본 적이 있느냐고 물었어요. 그는 얼굴색이 변하며 난처해하더군요. 약간 시간이 지나고 나서 없다고 대답하더군요. 맨 처음 비를 변조했다고 주장한 이진희 씨도 비에 가서 실측한 적이 없다는 것을 아느냐고 물었지요. 그랬더니 고개를 끄덕여요. 그래서 내가 다시 그런데 어째서 일본인들이 비를 변조했다고 주장할 수 있느냐고 물었지요. 그랬더니 그는 탁본을 비교하면 알 수 있는 일이라고 하더군요.

그 태도가 얼마나 완강한지 다른 방법으로는 도저히 그에게 우리 일본인들이 비를 변조하지 않았다는 사실을 설득하지 못하겠더군요. 광개토대왕비는 표면이 매우 거칠고 오랜 세월 동안 비바람에 깎여 탁본이 곱게 나오지 않습니다. 수십 장의 탁본이 다 다릅니다. 그런데 탁본이 약간씩 다른 걸 가지고 비가 변조되었다고 생각하는 것은 견강부회가 아닙니까.

또 그 비에 석회가 칠해져 있는 것은 사실입니다. 그러나 그것은 비문을 탁본하여 팔던 중국인이 오랜 세월 동안 이끼에

덮여 있던 비를 깨끗이 하기 위해 불을 지르고 나서 균열이 생긴 부분을 보수하려고 석회를 칠했던 것입니다. 일본인들이 비에 석회를 칠해 있던 글자를 메워버리거나 없던 글자를 만들어냈다고 하는 주장은, 사실 관계를 알아보지도 않고 미리 결론을 내버린 너무나 비학문적인 태도지요. 그럼에도 불구하고 그가 하도 완고하게 나오기에 나는 아주 극단적인 방법을 썼지요.」

「어떤 방법을 썼습니까?」

「같이 비에 가보자고 했습니다. 가장 확실한 방법이지요. 그런데도 그는 역시 엉뚱한 주장을 하더군요.」

「뭐라고 했는데요?」

「가서 봐도 모른다는 겁니다. 육안으로는 확인이 안 된다는 거죠. 갑갑하더군요. 아니, 그래 석회를 씌워 글자를 조작한 것을 가서 들여다봐도 모른다는 것이 말이나 됩니까? 비의 원재질과 비교해보면 삼척동자도 알 텐데 그것을 가서 봐도 모른다는 것이 말이나 됩니까? 그런 억지가 한국 학자들이 학문을 하는 태도란 말입니까?」

상훈의 심장은 격렬하게 요동질치고 있었다. 당장 일어나 비의 왜곡에 대한 진실을 소리치고 싶었지만 지금은 때가 아니라는 생각이 들었다. 상훈의 심사를 알 리 없는 기무라 박사는 더욱 자신이 있는 얼굴로 얘기를 계속했다.

「그의 무턱댄 억지에 나는 질릴 수밖에 없었어요. 극도로 화가 난 나는 내기를 걸었지요.」

「내기를 걸어요?」

「목숨을 걸겠다고 했지요. 그가 주장하는 대로 비가 석회로 덮여 없던 글자가 생기고 있던 글자가 없어졌다면 나는 자결하겠다고 했지요. 정밀하게 검증하여 한국의 학자들이 조작되었다고 주장하는 글자, 즉 원래의 비면에는 없다고 주장하는 글자인 내도해(來渡海)가 석회로 조작된 것이라면 스스로 목숨을 끊겠다고 했어요.」

「이 교수는 뭐라고 대답했습니까?」

「한참 동안 아무 말도 하지 않고 묵묵히 있더군요. 나는 그의 얼굴에 땀방울이 배는 것을 보았습니다. 한참의 시간이 흐른 후에 그는 내기를 할 필요가 없다고 하더군요. 왜냐하면 지금에 와서 그것을 알아낼 방법이 없기 때문이라는 거죠. 그래서 나는 만약 당신도 납득할 수 있는 검증 방법을 내가 제시하면 어떻게 하겠느냐고 물었지요. 그가 더 이상 억지를 쓰면서 빠져나가지 못하도록 막다른 골목으로 몰아넣었던 겁니다.」

상훈은 기무라 박사가 워낙 자신만만해하자 과연 그가 어떤 방법을 썼는지 궁금했다.

「나는 그의 목숨을 요구하는 대신 만약 비를 일본인들이 조작하지 않았다는 것이 증명이 되면 임나일본부, 즉 일본이 신라·백제·가야를 200년간 통치했다는 사실을 인정하겠느냐고 물었지요.」

상훈은 숨이 가빠지는 것을 느꼈다. 이 교수가 어떤 대답을 했을까? 상훈은 어쩐지 불길한 예감이 들었다.

「순간 그는 몹시 당황하더군요. 대답을 하지 못해요. 충혈된 눈으로 나의 입술만을 바라보고 있는 겁니다. 분명한 그의 패배였어요. 학자란 자신의 주장에 목숨을 걸 수 있어야 합니다. 변조설의 주창자인 그가 결정적 순간에 가서는 자신의 학설에 등을 돌렸어요. 그는 기대를 포기하지 않은 채 내게 어떤 방법이 있느냐고 묻더군요.」

「기대를 포기하지 않았다는 것은 무슨 말입니까?」

「혹시 내가 제안하는 방법이 우길 수 있는 것이 아닌가 하는 기대감이죠. 인문지리적 혹은 학술적·논리적 귀결에 의한 증명이 아닌가 희망을 걸었겠지요. 그런 것은 역시 우기면 그만이니까요.」

상훈은 기무라가 필요 이상으로 이 교수를 몰아붙인다는 느낌이 들어 다시금 울분이 치솟았다. 그러나 지금은 잠자코 듣기만 하는 수밖에 없었다.

「나는 그를 쉽게 풀어주고 싶은 기분이 들지 않더군요. 그냥 얘기를 해주면 또 교묘하게 우기고 나올 것 같았어요. 그래서 재차 다그쳤지요.」

「다그쳤다는 것은?」

「물론 임나일본부를 인정하겠느냐는 것이었지요.」

「그랬더니요?」

「그는 눈을 감고 한동안 무엇인가를 생각하더니 이렇게 얘기하더군요.」

「…….」

「'그렇다 하더라도 임나일본부를 인정할 수는 없다, 그것은 역시 허구이기 때문이다.' 나는 그가 학문적으로는 빈약해도 용기는 있는 사람이라고 생각했어요.」

상훈은 기무라 박사의 이 말이 은근히 비꼬는 것임을 느꼈다.

「그게 무슨 말입니까?」

「왜냐하면 그가 제시한 내기의 대가도 작은 것은 아니었으니까요.」

「…….」

「그는 임나일본부는 받아들이지 못하지만 대신 자신도 내놓을 것이 있다고 하더군요.」

「그게 뭐였죠?」

「목숨.」

상훈은 이 말을 하는 기무라의 얼굴에 흡사 귀기와 같은 음산한 기색이 떠오르는 것을 보았다. 그가 말로는 극도로 화가 나서 그랬다고 했지만, 어쩌면 처음부터 이 교수를 죽음의 구렁텅이로 몰고 가거나 최소한 폐인으로 만들어버릴 음모를 가졌을지도 모른다는 느낌이 들었다.

「그런 것이 학자들의 방법이 될 수 있는 겁니까?」

상훈은 떨리는 가슴을 억지로 누르고 낮고 무거운 목소리로 질책하듯 물었다.

「학문의 길이란 그런 것입니다. 자신의 진리에 목숨을 바칠 수 있어야 하는 것입니다. 그런 엄정함이 없이 분위기에 편승하여 억지 주장을 해댄다면 그는 이미 학자가 아닙니다. 따라서 존재 이유도 없어지는 것이죠.」

「잘못 알게 되는 경우도 있지 않습니까?」

「학자란 비록 하늘 같은 스승의 가르침이라 하더라도 냉정하고 엄밀하게 다시 검증해야 합니다. 그러고 나서 진정으로 같은 진리에 도달했을 때에만 자신의 것으로 받아들여야 합니다. 따라서 잘못 안다는 경우는 학자에게는 없는 것입니다.」

「그래, 호태왕비를 검증할 수 있는 어떤 방법을 제시했습니까?」

기무라는 자신만만한 표정으로 거만하게 대답했다. 이런 태도는 이제까지의 친절하던 모습과는 너무도 다른 것이었기에 상훈은 약간 어리둥절했다.

「레이저 판독입니다.」

「레이저 판독이라구요?」

「그렇지요. 만약에 누군가가 석회를 발라 없던 글자를 만들어내거나 있던 글자를 없애버렸을 경우 레이저로 찍어보면 확실하게 나옵니다. 나는 젊은 과학자들과 그 방법에 대한 검토를 마쳤던 참이라 이 교수에게 그 방법을 제시했지요.」

상훈은 당황했다. 자신도 기무라 박사가 쓸 수 있는 방법에 대해 여러 가지로 생각을 해봤지만 이런 방법은 놀라운 것이었다. 기무라 박사는 의기양양한 표정으로 부연설명을 했다.

「중국이나 한국의 과학자들을 동원해도 결과는 변하지 않습니다. 사학자들끼리 다툴 필요가 없는 일이죠. 누구라도 쉽게 납득할 수 있는 방법입니다. 아무런 억지도 흥분도 통하지 않는 지극히 조용한 방법이면서 만인이 납득할 수 있는 확실한 방법입니다.」

「이 교수는 뭐라고 대답을 했습니까?」

상훈은 억지로 냉정을 회복하고 물었다.

「아무런 대답도 하지 못하더군요. 타들어가는 담배를 잡은 손길만 부들부들 떨고 있었습니다. 입술은 타들어가고 얼굴은 창백해지는데 옆에서 보고 있기가 민망하더군요.」

「그래서요?」

기무라 박사는 상훈이 비상한 관심을 보이자 약간 의아한 느낌이 드는 모양인지 상훈을 흘낏 보고는 눈길을 밖으로 던졌다. 상훈 역시 창밖을 바라보았다. 자신도 모르게 답답한 기분이 들었다. 비라도 오려는지 하늘은 짙은 잿빛이었다. 기무라 박사는 담배를 꺼내 느릿한 동작으로 불을 붙이며 마지막 말을 이었다.

「이 교수의 참혹하기 짝이 없는 표정을 보자 안됐다는 생각이 들더군요. 나는 그에게 석회도말론에 대해 양심선언을 한다면 우리의 약속은 공개하지 않겠다고 했지요. 즉, 목숨과 학문적 명성 중 하나를 택할 수 있도록 선택권을 준 셈이지요.」

기무라의 설명을 듣고 난 상훈의 뇌리에 이 교수의 참담한 얼굴이 조그맣게 생겨나더니 차츰 부풀어올랐다. 저승에서도 편히 눈을 감고 있지 못할 것 같은 그의 고통이 자신에게도 그대로 전해져오는 것을 느끼며 상훈은 천천히 일어섰다. 많은 국내의 학자들이 호태왕비의 변조설을 지지해오고 있었고, 상훈 자신도 그 학설의 맹점을 의식하면서도 전적으로 물리칠 수만은 없었다. 그동안 일본의 역사 왜곡에 대한 한국의 대응이 극도로 감정적일 수밖에 없었기 때문이었다.

정황으로 보아 이 교수가 아무런 말도 할 수 없었음은 당연했다. 목숨을 걸겠다는 기무라 박사의 호언이 학자로서는 과격하고 경망한 것이기는 했지만, 한편으로는 확고한 자신감의 표현인 것 역시 부정할 수 없는 사실이었다. 기무라 박사의 검증 방법을 듣고 난 이 교수의 번민이 어떠했으리라는 것은 쉽게 짐작이 가는 일이었다. 일본이 한반도를 200년간이나 지배했다는 것이 도대체 말도 되지 않는다는 것을 번연히 알면서도 막상 구석에 몰리자 무너질 수밖에 없었던 것이다.

목숨을 건 약속에 대한 부담감 때문에 이 교수는 결국 우울증에 빠지게 되었던 것이다. 그리하여 한반도의 지도를 그들의 나라와 같은 빨간색으로 칠해두었고, 한 해에도 몇 백만이나 되는 학생들을 그릇되게 가르치는 데 대한 울분과 사학자로서 그 엄청난 왜곡을 바로잡아야 한다는 중압감이 그로 하여금 정신병원에서 '아카이'라고 되뇌이며 죽음을 맞이하도록 했던 것이다.

「그 사람 이제는 그런 주장을 하지 않더군요. 한국에서 나오는 논문을 봐도 그 사람 발표는 없어졌더군요. 목숨은 역시 아까웠던 모양이죠.」

돌아서서 나오는 상훈의 등 뒤에서 들리는 기무라 박사의 마지막 한마디에 상훈은 끝 간 데 없는 울분과 비애를 느꼈다. 그러나 상훈은 감정을 애써 누르고 잠자코 걸어나왔다. 머지않아 반드시 다시 찾아올 것을 마음속으로 다짐하면서.

기무라 박사의 연구실을 나온 상훈의 심사는 격렬하게 요동치고 있었다. 변조설은 일본의 터무니없는 역사 왜곡에 대한 한국 사학자들의 필사적인 저항이었다. 이 교수가 일본이 한국의 남반부를 200년간이나 일본과 같은 색깔인 붉은색으로 그려놓은 것에 대해 '아카이'라고 토해내며 생을 마친 것도 이런 역사의 왜곡에 대한 애타는 몸부림이었다. 레이저를 쏘아보자는 말 한마디에 아무런 대답도 하지 못한 채 자신감을 잃고 회의에 빠져 급기야는 미쳐가는 이 교수의 모습이 눈에 선하게 다가오자 상훈은 어금니를 꽉 깨물었다. 역사가 너무 가혹하게 돌아간다는 생각이 들었다. 임진왜란과 일제 36년의 수탈을 당한 것도 모자라 지금에 이르기까지 일본의 역사 왜곡에 시달려야 한다는 현실이 견딜 수 없는 답답함으로 터져 올랐다.

그러나 상훈은 조급하게 분노하지 않았다. 서두른다고 될 일도 아니었다. 아직도 수백만이나 되는 학생들로 하여금 왜곡된 역사를 배우게 하고 있는 일본이라는 나라에 대한 분노를 삭일 수 없었지만, 자신은 냉정하게 대응해야 한다는 생각이 들었다. 상훈은 분노를 누르고 앞을 향해 묵묵히 걸었다. 이 교수의 고통스러워하는 얼굴이 눈앞에 아른거렸지만 그럴수록 냉철해져야만 했다. 감정적 대응은 학문의 세계에서는 패배로 가는 지름길이었다.

상훈은 이 교수가 역사의 덫에 걸려 죽는다는 말을 한 심정을 충분히 이해할 수 있었다. 상훈은 다시 한 번 자신이 일본에서 역사를 공부한다는 중요하고도 미묘한 의미를 깨닫고 있었다. 이 교수가 걸릴 수밖에 없었던 그 덫을 상훈 자신이 치워버려야 했다. 그러기 위해서는 먼저 광개토대왕비에 직접 가보는 것이 필요했다. 이 교수를 죽음으로까지 몰아넣었던 기무라와의 대화에 맞서려면 칼날처럼 예리하고 정확해야 한다는 생각이 들었기 때문이다.

# 국내성의 날들

상훈은 며칠간의 결강을 각오하고 나리타에서 선양행 비행기를 탔다. 선양의 공항에 내리자마자 팔을 끌며 호객하느라 아우성인 택시 운전사들을 피해 비교적 양순한 인상의 운전사를 골라 호텔로 향했다. 이제 막 기지개를 펴기 시작하는 랴오닝성의 성도이자 전통적인 만주의 중심도시 선양은 건설 공사가 한창이었다. 바로 역에 도착해 시간표를 보니 마침 퉁화로 가는 야간열차가 있어 표를 사려 했지만 희한하게도 역에서는 기차표를 팔지 않았다. 상훈은 조금 아는 중국어가 거의 통하지 않는데다가 영어를 하는 사람도 만날 수 없어 역 구내에서 쩔쩔맸지만 누구 하나 거들떠보는 사람도 없었다. 많은 혼란을 겪고 이제 막 근대화에 눈을 뜨고 있는 선양의 사람들도 1970년대의 한국과 마찬가지로 남의 일에 관심을 가지려 하지 않았다. 모든 것이 돈으로 수렴되는 근대화의 비정함으로 가득 찬 역에서 상훈은 어떻게 해야 할지 몰랐다. 역에서 기차표를 못 사면 어디서 살 수 있단 말인가.

「한국에서 왔어요?」

기차가 막 도착할 때까지도 표를 구하지 못해 '한국인-퉁화'라는 쪽지를 써 들고 만나는 사람마다 내밀어보던 상훈에게는 눈물이 나도록 반가운 목소리였다. 앞에는 안경을 낀 조그만 체격의 삼십대 사나이가 서 있었다. 상훈으로부터 자초지종을 들은 사나이는 쓴웃음을 지었다.

「기차표는 역에서 사는 게 아니에요. 열 시간이나 서서 가는 입석권이라면 몰라도.」

「그럼 어디서 삽니까?」

「국영 여행사나 관리들에게 가서 구해야죠. 사는 게 아니라 구하는 겁니다.」

알아듣기 힘든 소리였다.

「13억이나 되는 인간들이 있으니 층이 얼마나 지겠어요. 하류층이 상류층과 같이 아무 때나 기차를 탈 수는 없는 일이죠. 마찬가지로 상류층이 하류층과 섞여 줄을 서서 기차표를 사고 그들과 같은 객실을 이용할 수도 없는 일이구요.」

한마디로 중국에서 평등을 바랄 수는 없다는 얘기였다.

「퉁화까지 간다고 그랬죠?」

「네.」

「따라와요.」

사나이는 상훈의 앞장을 서서 2층의 귀빈실로 올라갔다.

「아래층에서는 기차를 타기 위해 열 시간이나 진부터 줄을 서요. 그래도 막상 기차가 도착하면 새치기에 싸움질로 온통 북새통이 돼요.」

사나이는 귀빈실의 여자 경비원에게 신분증을 제시하고 상훈과 같이 들어갔다. 장터 같은 1층과는 달리 넓고 호화로운 귀빈실에는 단 한 사람의 귀빈도 없었다.

「아, 난 표를 구하지 못했는데요.」

「알아요. 그래서 내가 같이 가잖아요.」

「고맙군요. 그런데 무슨 일을 하는 분입니까?」

「그것까지는 알 필요 없어요.」

「그런데 왜 나를 도와줍니까?」

「조선족이니까요.」

사나이는 조선족이었다. 신혼이라 집에 일찍 들어가야 하는데 말도 못하고 역 구내에서 쩔쩔매는 상훈을 보고는 가다가 돌아왔다는 것이다. 상훈은 이 사람이 도와주지 않았으면 다음날도 기차표를 살 수 없었을 것이라는 생각이 들었다.

기차가 도착하자마자 사나이는 상훈을 데리고 기차의 차장을 찾아갔다. 플랫폼에 들어서자 상훈은 모든 기차가 항상 만원인 것을 보고 아닌 게 아니라 기차표 구하는 것이 보통 일은 아니란 생각이 들었다.

「통화까지 가는 외국인인데 표가 없이 탔습니다. 가급적 침대칸을 구해주십시오.」

상훈은 김이라는 조선족 사나이가 차장에게 대략 이런 뜻으로 말하는 것이라고 생각했다.

「당신 정신 나갔어? 표가 없는 사람을 태워주라고 하다니. 그것도 침대칸을 주라고?」

그러자 사나이는 신분증을 내밀었다. 마치 황제와도 같이 부하들이 가지고 오는 잡다한 부탁 사항을 때로는 들어주고 때로는 욕을 하며 거부하던 차장은 잔뜩 거만한 표정으로 사나이의 신분증을 들여다봤다. 그러더니 뭐라고 투덜거리며 큰 소리로 사나이에게 욕지거리를 하면서 상훈에게는 거지에게 밥 주듯 귀찮다는 표정으로 타라는 턱짓을 했다. 사나이는 차장에게 비굴한 웃음을 띠며 몇 번이나 상훈을 잘 부탁한다고 하고는 돌아서 갔다. 자신과는 인사를 나눌 마음의 여유도 없이 몇 번이나 차장에게 고개 숙이고 돌아가는 사나이의 뒷모습을 보면서 상훈은 가슴이 찡해지는 것을 느꼈다. 그는 상훈이 생각했던 것만큼 힘이 있는 사람은 아니었다. 차장의 태도로 보아 그는 아마 역의 하급직 직원 정도일 것이다. 아무런 대가도 없는 일을 거만한 차장에게 고개를 몇 번이나 굽실거리며 부탁하고 돌아가는 그를 바라보는 상훈의 마음에 조선족이라는 세 글자가 아프게 다가왔다.

기차 안은 엉망이었다. 차장을 만나 자리를 얻기 위해 줄을 서 있는 사람들을 보면서 중국은 제도적으로 관리가 부패하지 않을 수 없다는 생각을 했다. 3층 침대에서 밤새 바닥에 가래침을 뱉어대도 누구 한 사람 신경 쓰지 않는 찻간에서 잠을 청했지만 불결하고 신경이 쓰여 잠이 올 리 없었다. 상훈은 차창을 통해 간간이 보이는 전등불을 세었다. 띄엄띄엄 보이는 사람 사는 신호를 세어보는 것은 아마도 한반도로부터 이 부근까지 나와서 살지 않을 수 없었던 기구한 운명의 조상 생각 때문일 것이었다. 고려조의 선양왕으로부터 조선조의 삼학사, 그리고 근세의 숱한 만주 이주민에 이르기까지 부근의 어디엔가 토해놓은 한숨과 눈물을 느낄 듯했다.

희끄무레 동이 틀 무렵 만주 벌판을 달려온 철마는 어둠을 찢는 기적소리와 더불어 그 힘찬 걸음을 멈추었다.

새벽에 도착한 통화역에는 일고여덟 명의 형사가 나와 사냥개처럼 눈을 부라리고 있다가 가끔 승객들의 짐을 열어보곤 했다. 아마 밀수품을 검사하는 모양이었다. 역 앞에 잔뜩 대기한 택시운전사 중 인상이 괜찮은 한 사람을 찾아 종이에 '지안'이라고 써 보여주자 운전사는 기쁜 표정으로 얼른 상훈을 뒷자리에 안내했다. 택시 요금이 비싼 중국에서는 새벽 열차라 해도 기껏해야 단거리 손님 몇밖에 없는 터에, 세 시간이나 걸리는 지안까지 간다는 손님은 운전사에게는 굴러들어온 호박이었다.

10년도 더 된 일제 도요타 자동차를 끌고 포장 안 된 길을 덜컹거리며 달리는 운전사의 얼굴이 더없이 밝아 보였다. 지안까지 가는 동안 자동차는 짙은 안개에 휩싸여 야트막한 산을 몇 번이나 넘고 때로는 작은 시내를 가로건넜다. 상훈은 바로 이 길이 만주를 호령하고 중국을 아우르던 고구려의 늠름한 장수들이 말을 타고 다니던 길일 것이라는 생각을 하면서 감회에 사로잡혔다. 맞은편 길에서 안개를 뚫고 이제라도 젊고 잘생긴 광개토대왕이 검정말을 타고 나타나 사방을 뒤덮는 호쾌한 목소리로 자신의 후예를 반길 것 같은 생각이 들었다.

통화를 떠난 지 근 세 시간이 다 되어서야 자동차는 지안이라고 쓰인 조그마한 나무 팻말을 지나쳤다. 나무 팻말 바로 옆에는 냉면이라고 한글로 쓰인 음식점이 있었는데, 이런 작은 한국 음식점은 지안 시내로 들어가기까지 제법 눈에 띄었다. 이들은 일본의 침략과 더불어 만주로 이주한 사람들일 것으로 생각되었으나 어쩌면 과거 광개토대왕의 능을 지키면서 고구려 때부터 대대로 살아오던 뿌리 깊은 사람들도 있을지 모른다는 은근한 기대도 품어보았다.

지안 시내에는 가라오케 혹은 음악 반주라고 써 붙인 음식점이 많았는데, 상훈은 그중 한글을 써 붙인 집에 운전사와 같이 앉아 식사를 했다. 아침이라 한 가지 음식을 시켰음에도 불구하고 대여섯 접시의 음식이 나왔는데 값은 형편없이 쌌다. 홀에는 대여섯 명의 처녀가 앉아 아침부터 음악을 틀어놓고 흥얼거리고 있었다. 처녀들은 상훈이 같은 말을 쓰는 것을 보고는 매우 놀라는 표정이었다. 조선족이 아닌 한국인이 이 마을에 왔다는 것이 그들에게는 보통 일이 아닌 모양이었다.

시내에서 5분 거리에 광개토대왕비가 있었다. 관광지로 개발이 되지는 않았지만 가끔 지안에 사는 친지를 찾아온 사람들이 와보는 모양인지, 비의 주위에는 담장을 치고 사람이 앉아 입장료를 받고 있었다. 호태왕릉비라고 쓰인 담장의 안내문에는 이 비가 고구려의 광개토대왕비로서 그 아들 장수왕이 부왕의 업적을 기리기 위해 세운 것이라고 쓰여 있었다.

담장을 들어서자 누각으로 씌운 웅장하고 거대한 광개토대왕비가 위용을 자랑하며 당당하게 서 있었다. 6미터가 넘는 비를 보는 순간 상훈의 가슴이 떨려왔다. 비의 한가운데서 말발굽 소리도 요란하게 만주 벌판을 달리며 기상을 떨치던 고구려인들이 달려나올 듯했다. 다시 광개토대왕비의 탁본을 놓고 머리를 맞댄 채 한반도 지배 음모를 꾸미는 참모본부의 군인들이 보일 듯하다가, 정신병원에서 아카이라는 말을 중얼거리던 이정호 교수가 걸어나올 것 같은 느낌도 들었다.

상훈은 주변의 풍물을 하나하나 살피면서 발걸음을 비로

옮겼다. 비의 뒤편으로는 관리인이 사는 듯한 집이 두 채 있었고, 담장을 들어오자마자 오른쪽에 있는 한 채의 집에는 안내인과 기념품을 파는 가게가 있었다. 비는 층계와 누각으로 보호되어 있었으며, 비의 주변은 쇠사슬로 막아놓아 손으로 만지거나 지나치게 가까이 접근할 수 없도록 했다. 상훈은 주의력을 집중하여 비면을 살폈다. 무엇보다도 그 유명한 신묘년 기사를 살폈으나 눈으로 보기에는 어떤 석회 자국도 남아 있지는 않았다. 비에 누각이 덮인 것이 1982년이고 석회칠을 했다는 것이 1899년 이전이니, 물에 잘 녹는 석회가 백 년 가까운 세월 동안 비를 맞고 이제껏 남아 있을 리는 없었다. 설사 남아 있다 하더라도 원석의 재질과는 눈에 띄게 다를 것이므로 굳이 레이저 검사를 하지 않더라도 현재 비면에 내도해(來渡海) 세 글자가 있는지만 살피면 되는 일이었다. 논리적으로 똑 떨어지는 일이니 기무라가 기세등등할 만했다. 그 문제의 석 자는 비의 제1면에 위치해 있는 것이었다.

상훈은 온 힘을 눈에 모았다. 내도해 석 자는 보이는 것 같기도 하고 보이지 않는 것 같기도 하여 함부로 단정할 수는 없었다. 단순한 관광객이 아니라 학술적 목적으로 왔다고 누누이 설명하여 사진을 찍는 것까지는 허용 받았으나 쇠사슬 안으로 들어가 글자를 확인할 수는 없었다. 아마도 중국인들은 누군가가 비면을 훼손하지 않을까 하는 히스테리에 눌려 있는 모양이었다.

조상의 비가 중국인들에 의해 관리된다는 현실에 비애가 느껴지면서 순간적으로 광개토대왕비까지 걸어왔다가 탁본 한 장 살 돈이 없어 비를 잡고 목 놓아 울었다는 신채호 선생의 모습이 떠올라 상훈은 눈시울이 붉어졌다. 광개토대왕이 나타나 어째서 너희는 나의 비를 중국인에게 맡겨놓고 한번 만져보지도 못하는가라고 호통을 쳐올 것만 같은 생각에 가슴조차 아려왔다. 그러나 상훈은 냉정하게 마음을 가라앉히고 마음속으로 대왕에게 기도했다.

'이제 우리 민족은 시련을 이겨내고 일어서고 있습니다. 가난을 떨쳐내고 민주주의를 쟁취했습니다. 이제 곧 통일을 이루면 한 사람의 겨레도 빠짐없이 대왕의 비를 보고 그 옛날 만주 벌판을 내달리던 웅혼한 민족의 기상을 이어받을 것입니다.'

기도를 마치고 나서야 비로소 마음이 편해졌다. 상훈은 지안에 와서 비를 실측한 모든 학자들의 석문에 내도해라고 표기되어 있는 것으로 자신의 실측을 대치하기로 했다. 그 수많은 학자들이 모두 양심을 속이면서까지 없는 내도해를 있다고 조작할 리는 없기 때문이었다. 특히 1963년에 현장에서 실측한 북한의 연구팀과 1981년에 완성한 중국학자 주운대의 선명한 탁본을 믿지 않을 도리는 없었다. 아쉬움을 남기고 비에서 약 8백 미터쯤 떨어진 광개토대왕릉으로 발걸음을 옮긴 상훈은 능을 지키는 조선족 노인을 만날 수 있었다. 노인은 상훈이 남한에서 왔다는 말을 듣고는 무척 반가워했다.

「언제부터 여기 사셨습니까?」

「일제강점기에 할아버지가 고향을 떠나오셨어요.」

「혹시 고구려 때부터 여기 살던 사람은 없을까요?」

상훈은 광개토대왕의 비에 330호를 지정해 묘를 지키게 한 것을 떠올리고 물었다.

「없어요. 다들 일제강점기에 이주한 사람들이죠.」

대왕릉은 관리가 전혀 안 되고 있었다. 이미 오래전에 도굴꾼들에 의해 파헤쳐졌겠지만 벌겋게 녹이 슨 출입문이나 열쇠를 넣어도 잘 움직이지 않는 석실의 자물통을 보는 상훈의 마음이 좋을 리가 없었다. 안내인이 어설프게 해설하는 석실의 내부에는 습기가 차 수도 없이 많은 벌레가 기어다녔다.

「바닥과 천장의 돌들에는 표식이 되어 있습니다. 습기가 가득 찬 채로 천5백 년 이상을 지내왔지만 석실은 완전한 원형을 유지하고 있습니다. 아마도 고구려인들은 석재를 고르는 데 남다른 안목이 있었던 것 같습니다.」

안내인의 설명을 들으며 기뻐해야 할지 슬퍼해야 할지 모를 기분이었다. 왕릉 주변에는 많은 고구려의 무덤들이 널려 있었지만 한결같이 원형이 보존된 것은 없었다. 무덤 위에 집을 짓고 온갖 오물을 쏟아내놓고 있는 중국인들이 혐오스럽게 생각되었지만, 따지고 보면 그들이 남의 조상 무덤에 관심을 가져줄 리가 만무했다. 이제 세월이 좀 더 흐르면 고구려의 무덤들은 모두 흔적도 없이 사라질 것이었다. 그렇게 없어지고 마는 것이 역사라는 생각이 들면서도 아쉬움이 생기는 것은 어쩔 수 없었다. 아마도 옛 고구려의 유적, 그것도 이제는 잊어버리고 있는 만주에 있는 것이라 더욱 미련이 남는지 모를 일이었다. 대왕릉에 고개를 숙이고 돌아오면서 상훈은 일본 군국주의자들의 역사 왜곡을 기필코 바로잡으리라는 다짐을 했다. 불어오는 바람에 발목 높이까지 자란 무성한 풀들이 쓰러지며 상훈의 다짐에 맞장구를 치는 듯했다. 어쩌면 대왕이 보내오는 역사의 소리인지도 몰랐다.

# 연구소의 비밀

일본으로 돌아온 상훈은 우선 대동아연구소의 도서관장을 찾아 가토의 자료를 열람하는 것이 필요하다고 생각했다. 식사라도 같이 하면서 얘기하는 것이 좋을 것 같아 점심시간을 택해 연구소의 도서관에 들르자 관장 자리에는 다른 사람이 앉아 있었다. 상훈은 여직원에게 물었다.

「관장님이 바뀌셨습니까?」

「네.」

「아, 그래요?」

낭패였다. 그냥 나올 수도 없는 일이라 신임 관장에게 자신을 소개하고 자료를 열람하도록 부탁했지만 그는 바짝 긴장하며 상훈의 얘기를 듣고는 잘라 거절했다. 다툰다고 될 일도 아니고 당장은 자신의 존재를 눈에 띄게 만드는 것도 바람직하지 않아 상훈은 그냥 돌아서 나왔다. 그리고 한참을 걸었을 때였다.

「저, 잠깐만요.」

뒤에서 누군가 부르는 소리가 들렸다. 상훈이 돌아보니 어디선가 본 듯한 사람이었다.

「저 모르시겠습니까?」

「아, 그때 도서관에 계시던…….」

「그렇습니다. 마쓰모토라고 합니다.」

지난번 연구소의 도서관에서 가토의 자료들을 공개할 수 없다고 하다가 관장의 지시로 할 수 없이 문을 열어주던 젊은 직원이었다.

상훈은 이 사람이 웬일로 자신을 아는 체하나 싶어 슬며시 경계심이 생기기도 했으나 인상이 과히 악해 보이지 않아 자신도 반갑게 아는 체를 했다.

「시간이 괜찮으시다면 차라도 한잔 하시겠습니까?」

「무슨 일이 있으십니까?」

「말씀드릴 것이 있습니다.」

상훈은 마쓰모토의 진지한 얼굴 뒤에 뭔가 중요한 얘기가 있을 것 같다는 생각이 들었다.

「그렇게 하시지요.」

마쓰모토는 지나가는 택시를 세우더니 자신이 먼저 올라탔다. 택시를 타고 가서 차를 마신다는 것이 썩 내키지는 않았으나 무슨 일인가 싶어 상훈도 곧 따라 탔다. 마쓰모토는 상훈의 목적지를 묻더니 운전사에게 그쪽 방향으로 가도록 요청했다. 학교 부근의 커피숍 앞에서 내린 마쓰모토는 먼저 들어가 자리를 잡았다. 뒤따라 들어가던 상훈은 어쩌면 마쓰모토가 연구소 부근의 눈에 띄는 장소를 피하기 위해 택시를 잡았을지 모른다는 생각을 했다. 택시를 탄 이상은 어디로 가도 무방할 것이므로 어차피 상훈이 가는 방향을 운전사에게 얘기했을 것이다.

「오랫동안 고민을 해왔습니다만, 아까 박 선생님을 보는 순간 얘기를 해야 한다는 충동을 느꼈습니다.」

커피를 들고 왔던 종업원이 가기를 기다려 그가 맨 먼저 꺼낸 말은 상훈으로서는 도무지 그 의도를 짐작할 수 없는 엉뚱한 것이었다.

「연구소에 3년 8개월간 있으면서 어딘지 모르게 이상하다는 느낌을 갖고 있었습니다만, 지난번에 박 선생님께서 왔다 가신 후로 어느 정도 감을 잡게 되었습니다.」

상훈은 마쓰모토의 입에서 어떤 말이 나올지 몰라 커피잔 너머로 그의 두 눈을 쳐다봤다.

「관장님은 그날 박 선생님에게 자료를 열람하도록 하시고 바로 그 다음날 그만두셔야 했습니다. 기획실장이 비공개 자료인데 보였다고 얼마나 을러대는지 옆에서도 도저히 못 볼 정도였습니다. 성격이 꼬장꼬장한 관장님은 다음날 바로 사표를 써 버리시더군요.」

「아니, 관장님이 사표를 쓰셨다구요?」

「그렇습니다.」

「아, 그렇다면 내 잘못이 크군요.」

「박 선생님이 잘못하신 것은 전혀 없습니다. 연구소 자체에 문제가 있는 거죠.」

「저도 그런 면이 있다는 느낌은 가졌습니다만…….」

상훈은 이 사람의 의도가 무엇인지 경계를 늦추지 않으면서도 무슨 말이 나오는가 신경을 집중했다.

「전에 와서 보시던 자료는 무슨 이유 때문이었습니까?」

상훈은 망설였다. 대답을 해야 할지 말아야 할지 판단이 서지 않았다. 자칫 잘못하면 자신의 의도를 고스란히 노출당하고 말 것이었다. 어려운 순간 상훈은 마쓰모토의 얼굴을 믿었다. 진실이 배어 있는 힘 있는 얼굴이라 믿은 상훈은 거침없이 대답했다.

「연구소에서는 뭔가 역사의 진실을 은폐하고 있는 것 같습니다.」

마쓰모토는 고개를 끄덕였다.

「역시 저와 마찬가지 생각이시군요. 저는 평소에 도대체 무슨 이유로 연구소에서는 별것도 아닌 자료들을 공개하지 않는 것인가 하는 의심이 들어 자료실에 들어가 비공개 자료들을 유심히 살펴봤지요. 역사에 대해 별로 식견이 없는 저로서는 봐도 무슨 내용인지 알 수 없는 어려운 것들이라 그냥 나오고 말았지만, 그때 박 선생님이 찾아오시고 관장님이 사표를 내시는 것을 보니 뭔가 떠오르는 게 있었습니다.」

「그게 뭡니까?」

「연구소에서 보관하고 있는 자료들이 어떤 것인지 외부의 검증을 받게 해야 한다는 생각이었습니다. 그래야만 저도 무슨 일에 종사하고 있는지 알 수 있을 것 같았습니다.」

「매우 올바른 생각이시군요.」

「그래서 자료들을 박 선생님께 보여드리고 싶습니다.」

「그러나 도서관에는 다른 사람들의 눈이 있지 않습니까?」

「남들이 모르게 가지고 나오겠습니다.」

「그 자료들은 매우 유용합니다. 은폐된 진실을 밝힐 수 있을 것입니다.」

마쓰모토의 얼굴은 상기되어 있었다. 자신으로서는 커다란 모험을 하는 셈이었다.

「그리고 어제 기획실에 올라가 자료 정리를 도와주다 이상한 카드를 보았습니다.」

「이상한 카드라구요?」

「그렇습니다. 겉에 아무것도 쓰여 있지 않은 두꺼운 봉투에 들어 있는 노란색 카드였는데, 기획실장이 아무도 손을 못 대게 하는 석제 금고에서 봉투를 꺼내들고 일어나려다가 의자에

발이 걸려 봉투를 놓쳤습니다. 책상 밑에 떨어진 봉투에서 카드가 비쭉 나왔는데 제가 집어드리려는 순간 기획실장이 얼른 잡아챘어요. 어찌나 날카롭게 반응하는지 순간적으로 분위기가 이상했어요. 실장은 곧 냉정을 회복하고 저에게 고맙다고 했고 저도 웃고 말았지만, 어쩐지 그 일이 잊혀지지 않는군요. 연구소에는 같은 직원에게도 숨기려는 비밀이 너무 많다는 생각이 들었고, 이런 분위기가 저로 하여금 연구실에 정을 붙이지 못하게 한다고 생각했어요.」

「무슨 카드인지 내용은 보지 못했나요?」

「매우 낡은 카드였는데 맨 밑의 연호가 기억나는군요.」

「언제로 되어 있던가요?」

「쇼와 17년이었습니다.」

「쇼와 17년이면 1942년이군요.」

「그렇습니다.」

「연호가 맨 밑에 기록되어 있었다면 그 카드는 누군가가 남에게 무엇인가를 작성하여 건네준 것으로 볼 수 있습니까?」

「글쎄, 저는…….」

「채무증서나 확인증 같은 것의 밑에 날짜를 적지 않습니까? 한 장의 두꺼운 카드인 것으로 보면 일기일 리도 없구요.」

「저는 잘 모르겠군요. 어쨌든 월요일 저녁에 이리로 가지고 오겠습니다.」

마쓰모토를 보내고 집으로 돌아오며 상훈은 일본인이란 어떤 사람들인가 생각했다. 한없이 친절하고 예의바르며 열심히 일하는 사람들. 집단의 이익을 위해 자신의 이익을 희생할 줄 아는 사람들. 천래적으로 자신들은 우수하다고 생각하며 아시아의 리더가 되고 싶어 하는 사람들, 그래서 타민족의 역사조차도 쉽게 굴절시키는 사람들. 그러나 그중에는 도서관장이나 마쓰모토와 같이 올바르지 않은 것을 보면 즉각 나서는 양식 있는 사람들도 많았다.

불현듯 상훈의 뇌리에 하나코가 떠올랐다.

「대다수의 일본인은 그렇지 않다는 것을 보여주고 싶어요.」

못다 한 공부를 하느라 주말을 도서관에서 보낸 상훈은 월요일 저녁이 되자 마쓰모토와 약속한 학교 앞의 커피숍으로 나갔다. 마쓰모토가 가져올 자료에 대한 기대는 상훈의 마음을 부풀리기에 충분했다. 마쓰모토의 얘기로 미루어볼 때 그 자료들은 육군참모본부의 과장되고 날조된 침략사관이 일본의 역사학계에 자리 잡는 과정을 드러내줄 것으로 생각되었다.

역사적 사실에 대해서는 각국이 서로 자신에게 유리한 주장을 들이대며 우기면 그만이겠지만, 학설이 이루어지는 과정에서의 음모를 포착한다는 것은 매우 중요한 의미가 있는 일이었다. 검은 음모가 만들어낸 학설과 이론에 의해 수많은 일본의 젊은이들이 전쟁터로 내몰렸고, 지금에 이르러서는 교과서에서까지 왜곡된 역사를 배우고 있다는 어처구니없는 사실을 일본의 국민들에게 제대로 알릴 수 있을 것이었다.

시선은 창밖에 둔 채 이런 생각에 빠져 있던 상훈은 문득 시간이 너무 지난 것 같은 생각이 들었다. 시계를 보니 약속시각에서 20분이나 경과해 있었다. 여느 때 같으면 다소 늦을 수도 있다고 생각하겠지만 오늘 마쓰모토는 중요하기 짝이 없는 자료를 몰래 빼가지고 오기로 했기에 조금이라도 늦는 것이 예사스러운 일일 수 없었다. 혹시나 하는 불길한 예감이 들기 시작하자 걷잡을 수 없이 확산되었다. 시간은 자꾸 흘러갔다. 한 시간이 지나자 상훈은 이제 더 기대할 수 없다는 생각이 들었다. 아니, 자료의 획득에 대한 기대보다 더 걱정스러운 것은 마쓰모토의 신변이었다. 이제까지 오지도 않고 아무런 연락도 없으니 그의 신변에 무슨 일이 일어난 것으로 보지 않을 도리가 없었다. 그러나 당장 무엇을 해볼 수도 없는 일이라 상훈은 일단 커피숍을 나올 수밖에 없었다.

집에 돌아온 상훈은 냉장고를 열어 찬 맥주를 꺼내서는 급히 들이켰다. 단숨에 한 병을 다 마시고 거실의 테이블에 앉았다.

'마쓰모토는 연구소의 자료를 가져나오려다 발각이 되었을 것이다.'

「연구소에서는 딱 잡아떼고 있습니다. 어제 점심시간 직전에 나가서 지금까지 아무런 연락이 없다는 것입니다.」

간밤에 상훈으로부터 전화를 받고 새벽길을 달려온 이마무라 반장은 관할 경찰서의 형사들과 대동아연구소에 들어갔다. 관할 경찰서는 마침 야마모토가 서장으로 있는 지요다경찰서였다. 연구소에서는 마쓰모토에게 무슨 일이 일어났는지 전혀 모르고 있다는 얘기뿐이었다. 현재로서는 어떻게 해볼 수 있는 길이 없었다. 이마무라 반장은 당장 연구소를 압수수색하고 싶어 했지만 법원으로부터 영장을 발부받을 방법이 없었다. 설사 영장을 발부받는다 하더라도 결정적인 증거를 잡지 못하면 그 여파는 엄청날 것이다. 반장의 징계는 말할 것도 없고 서장과 도쿄 경시청장까지도 온전할 수 없을 것이다.

새벽잠을 설쳐가며 닛코에서 달려온 시골 경찰서의 강력반장은 마쓰모토의 행방을 찾지 못하자 무척 속이 상하는 모양이었다. 두 사람은 전에 간 적이 있던 학교 부근의 간이주점에 마주 앉았다. 정종 한 잔을 시키고 안주를 겸한 저녁을 바삐 먹는 반장은 상훈에게 자신의 맡은 일에 지극히 성실한 일본인의 모습을 보이고 있었다. 상훈은 일본인의 이런 모습이 좋았다. 상훈은 이마무라 반장의 이런 성실한 모습에 호감을 느끼고 있었고, 특히 오늘같이 자신의 요청에 의해 식사도 거른 채 올라와 지금까지 뛰어다닌 반장에게 미안한 생각까지 하고 있었다.

「그동안 자주 만나면서 개인적인 얘기들은 한 번도 나누지 못했군요. 반장님은 자녀들을 어떻게 두셨어요?」

반장은 여러모로 상훈에게 미안하던 차에 상훈이 갑자기 개인적 얘기를 물어오자 대답하기가 쑥스러운 모양이었다.

「아, 네. 저는 1녀 1남을 두고 있습니다. 큰애가 여자아인데 지금 고등학교에 다닙니다. 둘째 아이는 중학생인데 아직 어린애 같아요. 엄마보다 오히려 저를 좋아해서 일요일마다 운동 상대가 되어주느라 쉬지도 못하고 있습니다. 저는 일요일이면 잠만 자고 싶어 하는데 그놈 등쌀에 오히려 새벽부터 깨야 합니다. 몸은 피곤해도 아이와 같이 놀아준다고 생각하면 얼마나 행복한지 몰라요.」

「가정적이시군요.」

「아, 예. 뭐 좀 그런 편인 것 같기도 하구요.」

반장은 계면쩍은 듯이 웃었다. 하얀 이를 드러내고 웃는 순박한 모습은 전혀 강력반장 같은 태를 보이지 않았다.

「참, 이런 말을 해도 될는지 모르겠습니다만…….」

「아니, 반장님이 수줍어하실 때도 있나요?」

「사실 박 선생님을 만나고 나서 한국인들에 대한 저의 생각이 많이 달라졌습니다. 그간 못살고 어려운 한국인들만 보다 보니 은연중에 우리보다 좀 열등하다는 생각을 갖고 있었는데, 전혀 그렇지 않더군요.」

「…… .」

「생각해보니 일본에 있는 한국인들 입장이 너무 나빠서 그랬던 것 같아요.」

그 정도 말을 하는 것도 어려웠는지 말을 마치자마자 반장은 잔에 가득 찬 정종을 쭈욱 들이켜고는 자리에서 일어났다. 스스로 어색한 분위기를 느꼈는지 반장은 사무적인 인사를 남기고 버스터미널로 향했다.

「마쓰모토가 살해된 것이 아니기를 바랄 수밖에요.」

집에 돌아온 상훈은 샤워를 하고 책상 앞에 앉아 서너 시간 책을 읽다가 잠을 청했다. 그러나 마쓰모토의 행방에 대한 의문이 머리를 떠나지 않아 잠을 이룰 수가 없었다. 그렇게 의연한 용기를 보였던 사람이 스스로 행방을 감출 리는 없지 않은가? 상훈의 뇌리에서 마쓰모토의 쓰러져 있는 모습이 떠나지 않았다. 그가 살해되었을까? 그렇다면 누구에게? 대동아연구소가 끔찍한 비밀조직과 연관되어 있는 것은 아닐까?

# 북방 공작원

「절 알아보시겠어요?」

어디선가 들었던 기억이 있는 목소리였다.

「어?」

「오랜만이에요.」

「아니, 어떻게 여길…….」

「놀라셨죠.」

「절 찾아오셨어요?」

「네.」

「아니, 무슨 일로?」

「차 한잔 하자는 얘기도 없으셔요?」

「아, 그렇군요. 너무 뜻밖이라.」

러시아에서 만났던 김정애였다. 어떻게 학교에까지 자신을 찾아왔는지 의아해하면서 상훈은 학교 앞의 찻집으로 그녀를 안내했다.

「공부를 열심히 하시는 모양이군요. 늘 도서관에 계신다면

서요.」

「헛소문만 난 모양입니다. 일본에는 무슨 일로?」

「호호, 상훈 씨는 제가 전혀 반갑지 않은 모양이에요. 자꾸 용건만 물으시니 말이에요.」

「그게 아니고 너무 뜻밖이어서…….」

「그러시겠죠. 사실 일로 왔지만, 오면서 저는 상훈 씨를 만난다는 기대에 즐거웠는데요.」

진심인지 아닌지 알 수는 없지만 김정애의 말에서 상투적인 느낌이 나지는 않았다.

「어떻게 여기까지 날 찾아올 수 있었죠? 단순한 연구원이라면 어림도 없을 텐데. 러시아에서는 신분을 감춘 게 아닙니까?」

「호호호. 미안해요.」

김정애는 무엇이 우스운지 한참이나 깔깔거렸다.

「네, 맞아요. 사실은 정부를 위해 일하고 있어요. 오늘은 상훈 씨의 도움을 받고 싶어서 왔어요.」

「저의 도움을요?」

「네.」

상훈은 고개를 가로저었다. 이 여자가 도대체 무슨 일로 자신을 찾아 이렇게 일본에까지 왔을까?

「아니 제가 도울 일이 뭐가 있겠습니까? 대학에서 공부나

하는 사람이.」

「일전에 하바로프스크에서 최화영 씨에 대해 알아간 적이 있으시죠?」

「네, 그랬었죠.」

상훈은 이 여자가 자신으로부터 어떤 도움을 받기 위해 그 때의 일을 떠올리는 것으로 생각했다. 그러나 김정애의 입에서 나온 얘기는 전혀 의외의 것이었다.

「그때 그분의 후손 대신에 알아보러 왔다고 하셨죠?」

「네.」

상훈은 김정애의 입에서 무슨 얘기가 나올지 몰라 경계하면서 간략하게 대답했다.

「그 후손이란 최화영 선생의 손자죠?」

「왜 그러시죠?」

「일단 대답을 해주세요.」

「먼저 이유를 얘기하세요.」

「그 손자를 좀 만나게 해주세요.」

「안 됩니다.」

「왜요?」

「이유를 얘기하지 않으니 함부로 만나게 할 수가 없어요.」

「나라를 위한 것이에요. 그러나 얘기할 수는 없는 일이구요.」

상훈은 완강하게 고개를 가로저었다. 설사 김정애가 이유를 얘기한다 하더라도 가즈오를 만나게 할 수는 없다는 생각이었다. 가즈오의 심리에 어떤 영향을 미칠지 모르기 때문이었다. 김정애는 뜻밖에도 상훈이 완강하게 나오자 놀라는 모양이었다. 반가워하며 안내해주리라고 쉽게 생각하고 왔다가 여러 차례나 부탁을 해도 상훈이 막무가내인 것을 보고는 섭섭한 표정을 지으며 일어섰다. 상훈은 미안한 생각이 들었지만 러시아에서 만났던 이 여자 공작원을 그냥 보낼 수밖에 없었다. 그러면서 이 여자가 다시 올 것이라는 생각을 했다. 잘은 모르지만 공작원이란 그렇게 한 번 부탁했다가 안 되면 그냥 포기해버리는 단순한 사람들은 아닐 것이었다.

여자는 예상보다 빨리 다시 왔다. 집에 돌아와 책상에 앉자마자 벨이 울려서 문을 열어보니 여자가 서 있었다. 여자의 옆에는 점잖아 보이는 사십대 후반의 사나이가 서 있었다. 일단 집으로 들어오게 하자 여자가 사나이를 상훈에게 소개했다.

「국가안전기획부의 도쿄 책임자세요.」

사나이는 손을 내밀었다. 정보 계통의 인물이 지니고 있을 법한 음침한 기색은 전혀 없이 온화한 인상을 풍기는 사나이는 신중한 어조로 입을 열었다.

「조 전무라고 합니다. 우리가 최화영 선생의 손자를 만나려고 하는 것은 선생의 아들이 살아 있기 때문입니다.」

「최화영 선생의 아들이라면?」

「박 선생의 친구에게는 삼촌이 되지요.」

놀라운 얘기였다. 가즈오의 삼촌이라면 하바로프스크에서 노인이 얘기하던 최화영 선생의 어린 두 아들이었다.

「삼촌이 두 분 다 계십니까?」

「네, 그렇지만 한 사람은 최근에 죽었습니다.」

「…… .」

「한 분만 살아 있지요.」

「어디에 살고 계십니까?」

「평양에 있습니다.」

「그러면 가즈오에게는 삼촌이 살아 있다는 얘기를 전하려고 만나고자 하시는 겁니까?」

상훈의 이 질문에 사나이는 잠시 무엇인가를 생각하는 듯 하더니 차분한 어조로 입을 열었다.

「박 선생. 나는 안기부의 도쿄지부장입니다. 업무상 모든 것을 얘기할 수는 없습니다만, 그 가즈오라는 친구분을 만나려는 것은 전적으로 나라의 이익을 위해서입니다. 친구분에게는 아무런 해가 되지 않을 것을 보장합니다.」

뜻밖의 얘기였다. 가즈오와 국가 이익이 무슨 관계가 있을지 짐작이 되지 않았다. 그러나 상대방이 자신의 신분을 걸고 하는 부탁인 만큼 가즈오를 만나게 해주어야 할 것으로 생각되었으나, 한편으로는 자칫 잘못되면 가즈오에게 더 큰 충격을 줄 수도 있을 것이었다. 상훈은 가즈오의 상태를 솔직히 말하는 것이 낫다는 판단을 했다.

「가즈오는 정신병을 앓고 있습니다. 가벼운 단계가 아니기 때문에 새로운 소식을 어떻게 받아들일지 알 수 없습니다. 게다가 제삼자의 입장이 개입되는 것은 더욱 불안합니다.」

「정신병을 앓고 있다구요?」

「네.」

상훈의 확고한 대답에 사나이의 표정이 점점 굳어졌다. 그는 망연한 표정으로 꼼꼼하게 가즈오의 상태에 대해 물어왔다. 상훈의 얘기를 듣는 그의 표정이 차츰 절망으로 물들었다. 상훈이 얘기를 마치자 그는 애써 얼굴을 바꾸며 자리에서 일어났다.

「박 선생이 친구의 건강을 위해 애쓰는 것을 알겠습니다. 근간 다시 뵙겠습니다. 이건 제 전화번호인데 혹시 연락하실 일이 있으시면 전화를 주십시오.」

「그렇게 하죠.」

며칠 후 상훈은 아침 일찍 다시 두 사람의 방문을 받았다. 이른 시간인데도 백화점 포장이 된 선물을 들고 온 것으로 보아 미리 준비해두었던 모양이었다. 마주 앉자 지부장은 자신감 있는 표정에 어울리지 않게 낮은 목소리로 조심스럽게 입을 열었다.

「가즈오의 삼촌 최독준은 현재 북한의 인민무력부 장성입니다. 대장인 그는 인민군 총정치국장을 겸하고 있습니다. 군부 내에서는 주석의 최측근이죠.」

잠시 말을 끊은 그는 상훈의 반응을 살폈다. 상훈은 자신과는 직접 관련이 없는 일이라 생각하면서도 가즈오가 혼란에 휩싸이지 않을까 걱정이 되었다.

「그에게는 최독보라는 형이 있었습니다. 형은 얼마 전 북한에 들어가 동생을 만났습니다. 그때 동생으로부터 조카가 일본에 입양되어 살고 있다는 얘기를 듣게 되었죠.」

「지난번에 오셨을 때에는 한 분은 죽었다고 말하지 않았나요?」

「네, 형은 죽었습니다. 북한에서 나오다가 러시아 국경선에서 경비병에게 쫓기게 되었죠. 두만강변에서 김정애 씨의 품에 안겨 죽었습니다.」

상훈의 눈길이 김정애의 얼굴로 옮겨졌다. 김정애는 상훈이 자신을 바라보자 어색한지 양미간을 찌푸리며 변명조로 상황을 설명했다.

「사고가 생겼어요. 갑자기 중국 쪽 국경선이 봉쇄되는 바람에 그분은 2차 탈출 루트인 러시아 쪽으로 왔는데, 어둠 속에서 러시아 경비병을 우리로 착각하고 손을 들었다가 쫓기게 되었어요. 우리가 구했을 때는 이미 총격을 받아 출혈이 너무 심했어요. 숨을 거두시면서 조카를 찾아달라고 했어요.」

「가즈오 말이군요.」

「네.」

「그렇다면 그 사람은 왜 이제껏 가즈오를 찾지 않았을까요?」

「전엔 모르고 있다가 북한에서 동생으로부터 들었으니까요.」

「그 인민군 대장이라는 사람 말이군요.」

「네.」

「가즈오를 찾아서는 어떻게 하라고 했어요?」

「삼촌이 북한에 있다는 사실, 인민무력부의 최독준 대장이 삼촌이라는 사실을 전해달라고 했어요.」

「단순히 그 얘기만 했어요?」

「네.」

「그러면 가즈오가 국가 이익과 관련이 있을 이유가 없잖아요?」

이때 사나이가 김정애 대신 말을 받았다.

「우리로서는 최독준 대장에게 선을 대둘 필요가 있습니다. 혼란을 미연에 방지하기 위해서죠.」

「그렇다면 가즈오를 이용한단 말입니까?」

「나쁜 의미의 이용은 아닙니다. 처음에는 가즈오 씨와 협의를 할 생각이었습니다.」

「지금은 생각이 바뀌셨나요?」

「가즈오 씨의 상태가 심하다면 그런 것을 협의할 수는 없는 일이지요.」

의당 그럴 것이었다. 그런 중차대한 일을 정신병을 앓고 있는 사람과 협의할 수는 없는 일이었다.

「그러면 박 선생께서 그에게 북한에 삼촌이 있다는 사실만이라도 알려주시는 것은 어떻습니까? 가즈오 씨에게는 그것을 알 권리가 있지 않을까요?」

맞는 말이었다. 가즈오는 당연히 알 권리가 있었다. 자신이 중간에 나서서 알리고 말고 결정을 할 일이 아니었다. 다만 가즈오가 정상인과 다르다는 이유로 자신은 이들이 가즈오에게 접근하는 데 협조하지 않고 있지만, 가즈오의 입장에서 보면 당연히 알 권리가 있는 일이었다.

사나이는 그 점을 지적하고 있었다. 사나이는 일단 북한에 삼촌이 있다는 사실만을 알리고 그 다음은 가즈오에게 맡겨보겠다는 생각인 것 같았다. 상훈은 잠시 생각에 잠겼다. 가즈오의 삼촌이라는 최독준 대장은 어떤 사람일까? 그는 현재 북한에서 어떤 위치에 있는 사람이며, 가즈오의 또 다른 삼촌이라는 최독보는 무슨 사명을 갖고 간첩이 되어 북한으로 올라갔을까? 가즈오는 이런 이야기를 들으면 어떻게 반응할까? 자신이 확실한 반응을 짐작하지 못할 바에는 일단은 삼촌의 존재를 알리기는 해야 할 것이라는 쪽으로 생각이 기울었다.

「알았습니다. 기회를 봐서 제가 얘기하겠습니다.」

「부탁합니다.」

본론이 끝나고 나자 두 사람의 화제는 잠시 가벼운 쪽으로 옮겨졌다. 자연히 이야기는 한일 간의 문화 차이 같은 쪽으로 흘러갔는데, 대화 중에 대동아연구소가 나오자 조 전무는 뜻밖에도 격한 어조로 내뱉었다.

「정작 나쁜 놈들은 바로 그런 놈들입니다.」

상훈은 그가 흥분하는 것을 보자 슬며시 흥미가 끌렸다.

「연구소가 나쁘다면 그 이유는 뭡니까?」

「침략을 반성하기는커녕 오히려 잘했다고 일본 국민을 몰아가고 있으니 분통이 터질 지경입니다. 최근 일본 전역에 불고 있는 신사참배 바람도 이들이 일으킨 현상이 아닙니까.」

상훈은 얼마 전 연구소에 갔을 때 이사장인 와타나베의 연설에 청중들이 열광하던 것이 생각났다. 일본이 동양을 해방시키기 위해 태평양전쟁을 일으켰다는 그의 연설이야말로 역사 도착의 압권이었다.

「한때 사죄니 반성이니 하던 내각도 이들의 영향으로 싹 바뀌었어요. 분위기는 또다시 일본우월주의로 가고 있단 말입니다.」

「이들이 그럴 정도까지 영향력이 있다는 말입니까?」

「박 선생, 연전의 호소카와 수상 저격 미수 사건을 기억 못 하시오?」

상훈은 2년 전 프린스호텔 로비에서 수상에게 공포를 쏘다가 붙들린 한 사나이를 떠올렸다. 당시 그는 기자들에게 이렇게 말했었다.

'다시 외국에 사과를 한다면 그때는 실탄이다.'

수사 결과 이 사십대의 무직자는 배후가 없는 단독범으로 발표되었지만 아무도 이 발표를 그대로 믿지 않았다.

「그러니까 그런 자들의 뒤에 이 연구소가 있다는 말입니까?」

「꼭 이 연구소인지는 모르겠지만 아무튼 침략의 역사를 부인하려는 많은 단체가 있는 것은 틀림없고, 이 연구소는 그런 단체의 정신적 지주가 되고 있어요. 때로는 어떤 종류의 행동에 앞장을 서기도 하지요.」

「그런데 어떻게 이 연구소에 대해 그렇게 잘 아십니까?」

「중요한 업무 중의 하나요. 일본이란 나라는 정부보다 이런 연구소가 더 무섭소. 가끔 망언이라고 규탄 받는 발언도 이런 연구소의 계산된 각본에서 나오지. 각료는 입을 벌리기만 하는 거요.」

「사실 이 연구소와 관련해서는 제게도 매우 큰 의문이 있습니다.」

상훈은 처음 이마무라 반장이 찾아오던 때부터 이제까지의 경과를 조 전무에게 다 말했다. 의외로 연구소의 본질을 잘 파악하고 있는데다 특수한 분야에 종사하는 이 사람이 도움이 될지 모른다는 막연한 기대감이 생겼기 때문이었다.

「대단한 일을 하셨군요.」

조 전무는 기대 이상으로 놀라워했다. 그러면서 미간을 찌푸리고 있는 것이 무엇인가를 깊이 생각하는 모습이었다.

「뭔가 생각나는 것이 있는 모양이죠?」

조 전무의 입술이 달싹하다가 이내 한일자로 다물어지고 말았다. 상훈은 그가 순간적으로 무슨 말인가를 하려다가 억제했다는 것을 알 수 있었다. 두 사람이 일어나자 상훈은 배웅을 하고 나서도 한참이나 조 전무가 순간적으로 하려던 말이 무엇이었을까 생각했지만 알 수가 없었다. 하나 안기부의 일본 책임자가 하려고 했던 말이 결코 예사로운 정보일 리는 없을 것이었다.

# 반장의 실종

「자네, 도쿄의 대동아연구소에 난입한 적이 있나?」

「네? 난입이라뇨?」

「이걸 봐.」

서장이 던져놓는 문건은 도쿄 경시청에서 온 것이었다.

귀서의 이마무라 경위는 수색영장 없이 대동아연구소에 난입한 사실이 있으므로 엄중 조사 후 철저히 문책하기 바람. 귀하에 대한 징계는 결정 후 추가 통보할 계획임.

반장은 가슴이 철렁 내려앉았다. 연구소에서 그냥 나오기가 아쉬워 지하실을 좀 보자고 했던 것이 이런 식으로 문제가 될 줄이야.

부하의 잘못으로 자신까지 큰 화를 입게 되었다고 생각한 서장은 붉게 달아오른 얼굴로 반장의 입만을 노려보고 있었다. 아마도 그는 반장을 중징계해야만 자신은 어떻게라도 빠져

나갈 길을 찾을 수 있다고 생각하는 것 같았다.

「어떻게 할 거야?」

반장은 서장이 무엇을 원하는지 잘 알고 있었다.

「생각해보겠습니다.」

반장은 서장실을 나오며 비애를 느꼈다. 자신을 감싸줄 형편이 못 된다고 생각하면서도 서장이 원망스러운 것은 어쩔 수 없었다. 야마모토 서장이라면 도쿄에까지 올라가서 경시청 관계자들에게 소명하고 어떻게든 자신을 감싸주었을 것이었다. 그러나 정작 더 큰 회의는 대동아연구소에 휘둘리는 경찰 조직에 대한 허무에서 왔다. 경시청으로부터 온 공문의 본질은 범인이 도리어 수사관을 축출하는 셈이었다. 반장은 경찰서의 옥상에 올라가 큰 한숨을 내쉬었다. 시골 경찰서의 형사 반장에게 대동아연구소는 너무도 벅찬 상대였다. 반장은 이제야 비로소 눈이 뜨이는 것 같았다. 사회라는 것이 무엇인지 알 수 있을 것 같았다. 그리고 범죄라는 것도 이제까지와는 다르게 반장의 가치관을 흔들어왔다. 자신은 이제까지 수사관으로서 정의를 집행한다고 생각해왔지만 그것은 오산이었다. 자신은 기껏해야 힘없는 약자를 닦달해왔을 뿐이었다. 구름 위에 있는 대동아연구소의 범죄에 대해 자신이 할 수 있는 일이라고는 하나도 없다는 것을 이제야 비로소 깨달았다. 그것은 충격이었다. 반장은 서장실로 내려갔다.

「사표를 받아주십시오.」

후련할 것으로 생각했지만 막상 내뱉고 나자 한없는 서글픔이 밀려들었다. 울음이 복받치려는 것을 간신히 참고 고개를 돌려 서장실을 나온 그가 자리를 정리하자 놀란 동료들이 모여들었다. 반장은 한 사람 한 사람의 얼굴을 들여다보며 굳은 악수를 했다. 20여 년간 지켜온 직장을 떠나는 마당이라 누구 하나 서운하지 않은 사람이 없었으나 모두들 말없이 반장을 배웅했다. 고집이 센 반장의 평소 성격을 아는 때문이기도 했지만 마땅히 할 말도 없었다.

한낮에 짐을 싸서 집으로 돌아온 반장을 보고 부인 미야코는 놀랐으나 이내 사태를 짐작하고는 위로하려 들었다. 그러나 그녀는 남편이 자의로 사직한 것으로는 생각지도 못했다. 도쿄에서 영장 없이 연구소에 들어간 일로 파면당한 것으로 알고 남편에게 용기를 주어야겠다는 생각에 애써 밝은 얼굴을 지었던 것이다.

미야코는 지금이 남자의 인생에서 가장 중요한 순간이라고 판단했다. 이 시기에 잘못되면 우울증이 생기거나 알코올중독이 된다고들 했다. 남편이 목욕탕을 간 사이 그녀는 매우 바삐 움직였다. 빨간 카네이션을 사다가 거실과 식탁에 꽂았다. 먼 훗날 딸이 시집가면 주려고 장롱 깊이 넣어두었던 백자 다기를 꺼내고 남편의 차를 운전하여 대도사의 약수를 떠왔다.

가늘게 숯불을 피우고 몇 년 전 일심사의 다도회에 참석했을 때 어렵게 얻은 이노우에가(家)의 녹찻잎을 꺼내 찻주전자 옆에 가지런히 놓았다. 그러고도 남편이 오기까지 약간의 시간이 남자 그녀는 가볍게 샤워를 했다. 화사한 색깔의 꽃무늬 기모노를 꺼내 입고, 하얀 바탕에 청색 무늬가 있는 남편의 유카타와 검정색 하오리를 정성스럽게 개어놓고는 무릎을 꿇은 채 남편이 돌아오기를 기다렸다. 목욕탕에서 돌아온 남편은 다소 기분이 나아져 보였다. 옷을 갈아입고 부부는 정성스레 차를 달였다.

「이젠 좀 쉬세요. 해외여행도 좀 하시고 충분히 휴식을 취한 다음 무엇을 할 것인가 생각해보세요.」

「그래야겠어.」

그러나 차를 마시고 나자 반장은 조금씩 안정을 잃어갔다. 20여 년간을 직장에 다니다가 어느 날 갑자기 홀로 집에 우두커니 있는 자신을 발견한 기분이 좋을 리는 없었다.

미야코는 반장의 어릴 때부터 친구인 몇몇에게 전화를 했다. 식구들끼리만 식사를 하는 것이 어쩐지 을씨년스런 기분이 들 것 같아서였다. 반장은 생각지도 않았던 친구들이 찾아오자 기분이 한결 풀리는 모습이었다. 격의 없는 대화 속에 권커니 잣거니 하면서 돌린 잔에 다들 꽤 취했다.

「이봐, 오이타.」

「응.」

「이게 세상이 이래서 되는 거야?」

「왜 그래?」

「내가 경찰 생활 26년인데 말이야.」

「그렇지.」

「이게 이래서 되느냐구?」

「얘길해봐, 이 만년 반장아.」

「내가, 나 이마무라가 범인을 잡기는커녕 범인에게 눌려 옷을 벗어야 했다니, 이게 참, 이래도 되는 거야?」

「그게 무슨 말이야?」

「살인사건이 있었는데 말이야, 그 범행을 사주한 자들이 누구냐 하면 말이야.」

「그게 누구야? 뜸들이지 말고 좀 확 털어놔봐.」

「그게…….」

이때였다.

딩동.

초인종 소리였다. 순간 반장은 섬뜩한 기분이 들어 막 튀어나오려는 얘기를 중단했다.

「누구야!」

자기도 모르게 목소리가 신경질적으로 올라갔다.

「여보, 경찰서의 동료들이 오셨어요.」

현관문을 열며 미야코가 기쁜 표정으로 대답했다. 경찰서의 동료들이 찾아와준 것이 미야코에게는 반갑기 짝이 없는 모양이었다. 하긴 그럴 것이었다. 파면당했다고 생각되는 남편에게 직장의 동료들이 아무도 찾아와주지 않는다면 그것은 슬픈 일이었다. 무엇보다도 남편이 기뻐할 것으로 생각하며 미야코는 남편을 불렀다. 그러나 뜻밖에도 남편의 얼굴이 이상해지고 있었다. 반갑게 안내를 하는 미야코와는 달리 반장의 얼굴이 차츰 일그러지기 시작하더니 시선을 한 곳에 고정시킨 채 입을 꽉 다물고 있다가 급기야는 몸을 부르르 떨었다. 친구들이나 동료들은 물론 부인 미야코마저도 반장의 그런 모습에 깜짝 놀라 지켜만 보고 있었다. 한참이나 그러고 있는 반장이 걱정되어 미야코가 조심스럽게 말을 붙였다.

「여보, 괜찮으셔요?」

그러나 반장은 한 손을 내저어 부인의 말을 중단시키고 한참이나 무엇을 생각하다가 갑자기 주먹으로 테이블을 내려쳤다.

「그랬구나, 그랬어.」

술잔이 엎어지는 것도 개의치 않고 전화기로 달려간 반장은 흥분된 손길로 도쿄로 전화를 걸었다. 상대편에서 받지 않는지 전화기를 한참이나 들고 있던 반장은 용건을 녹음했다.

「박 선생님, 닛코의 이마무라입니다. 중요한 사실을 떠올렸습니다. 이마무라가 이번에는 큰일을 해낼 겁니다. 기대해도 좋습니다. 내일 아침에 다시 연락을 드리겠습니다.」

다음날 아침 상훈은 반장의 전화를 기다리다 강의시간 때문에 집을 나서야 했으므로 닛코경찰서로 전화를 했다. 아직 출근하지 않았다는 얘기에 집으로 연락을 하자 부인이 받았다.

「아, 박 선생님. 바깥양반은 아침에 일찍 나갔습니다. 어디 가시는지는 말하지 않았지만 급히 나갔습니다. 서두르는 중에도 박 선생님께 진 빚을 한꺼번에 갚을 수 있다면서 기뻐하는 표정이 역력했어요. 경찰서에도 다시 나갈 수 있다며 희망찬 얼굴이었는데.」

「네? 그게 무슨 말입니까?」

「모르셨군요. 바깥양반은 경찰서를 그만두셨습니다.」

상훈은 부인의 말을 듣고 깜짝 놀랐다. 반장이 경찰을 사직했다면 그 책임은 자신에게 있는 셈이었다. 학교에 가 있는 중에도 자꾸 신경이 쓰여 상훈은 반장의 집으로 몇 번 전화를 했지만 그는 집에 들어오지 않았다. 상훈이 닛코로부터 다시 연락을 받은 것은 그날 밤 늦은 시간이었다.

「박 선생님, 밤늦게 미안합니다만 혹시 바깥양반과 연락이 없었습니까?」

「아니, 없었는데요.」

「오늘 하루 종일 연락이 없으시군요. 평소엔 늘 전화를 주셨는데요.」

시간은 자정을 넘어가고 있었다.

「아침에 누군가의 연락을 받고 나갔습니까?」

「아닙니다. 혼자 나갔습니다.」

퍼뜩 불안한 생각이 뇌리를 스쳤지만 부인에게 내색할 수는 없는 일이라 상훈은 위안과 더불어 기다려보자고 말했다.

「딸아이가 울고 있어요. 갑자기 직장을 그만두어 충격이 크셨을 거라고 하는군요.」

딸뿐만 아니라 부인도 울먹이기는 마찬가지였다. 상훈은 마음이 매우 무거워졌다. 밤새 혹시나 하는 기분으로 전화를 기다리느라 잠을 이루지 못하고 다음날 아침 일찍 반장의 집으로 전화를 했으나 역시 연락이 없다고 했다. 학교에서 돌아온 저녁에도 다시 전화를 해보았으나 대답은 마찬가지였다. 부인의 울먹이던 소리는 이제 가느다란 울음으로 변해 있었다.

다음날 아침 일찍 닛코로 내려간 상훈은 황망 중에도 상훈의 식사를 걱정하는 부인을 대하자 코끝이 찡 울려왔다. 반장의 딸은 밤새 울어 부어오른 눈을 손수건으로 가리며 상훈에게 아빠를 찾아달라고 울먹였다. 상훈의 뒤를 이어 경찰서 형사계의 동료들이 찾아왔으나 그들은 사태를 별로 심각하게 보지 않는 모양이었다. 가족들 앞에서는 걱정하는 태를 보였지만 그들은 반장이 사직의 충격으로 아무에게도 알리지 않고 어디 여행이나 하고 있는 것으로 생각하는 모양이었다. 그러나 상훈은 틀림없이 반장에게 변고가 생겼다는 것을 느낄 수 있었다. 형식적인 질문을 마친 형사들이 돌아가자 상훈은 미야코에게 그날 밤의 정황을 상세히 물었다.

「초인종 소리 그 자체에 놀란 것은 아니란 말이죠?」

「네. 초인종이 울리고 나서 동료들이 들어오는 것을 보더니 갑자기 놀란 얼굴이 되더군요.」

그러니까 동료들의 얼굴을 보고 놀랐다는 얘기였다.

「어떻게 놀랐습니까?」

「무슨 말씀이신지…….」

「동료들이 찾아온 사실에 놀란 것 같았습니까? 아니면 동료들의 얼굴을 보고 어떤 일이 생각나 놀란 것 같았습니까?」

「나중 같군요.」

바로 그날까지도 같이 근무하던 동료들을 보고 놀란다는 것은 이치에 닿지 않는 일이므로 이마무라는 찾아온 동료들의 얼굴을 보고 어떤 일을 생각해낸 것이 틀림없었다.

상훈이 경찰서로 가서 동료 형사들을 만나 이것저것 물었으나 그들 중 아무도 시원한 답변을 해주지는 못했다. 다시 그날 집으로 찾아왔던 친구들을 만나 물어본 결과 반장은 준이치 살해사건의 배후를 말하려던 순간 마침 울린 초인종 소리를 듣고 멈칫 했으며, 들어온 형사들을 보고는 갑자기 무엇인가가 생각난 얼굴이 되었다는 것이었다. 친구들의 진술로 대략의 상황은 알게 되었지만 정작 중요한 것은 반장이 동료들을 보고 무엇을 생각해냈을까 하는 점이었다. 반장은 무엇을 생각해냈기에 자신에게 전화를 해서 중요한 사실을 떠올렸다고 했을까? 그리고 다음날 아침에는 어디에 갔기에 이제껏 소식도 없는 것일까? 상훈은 일단 도쿄에 올라가서 반장의 소식을 기다리기로 하고 버스를 탔다.

나흘이 지나도 반장은 연락이 없었다. 그렇다면 반장의 신변에 이상이 생긴 것이 분명했다. 답답해진 상훈은 야마모토 서장을 찾아갔다.

야마모토 서장은 반장이 동료 형사들을 보고 놀란 것은 대동아연구소에 대한 발설을 하기 직전이었기 때문이지 않겠느냐고 말했다. 반장은 연구소 사건으로 닛코의 서장에게 압력을 받고 있었을 터이므로 동료들에게 그 장면을 발견당하는 것을 싫어하지 않았겠느냐는 얘기였다.

과연 일리 있는 얘기였다. 같은 처지에 있는 야마모토 서장이 반장의 심리를 잘 알 것이었다. 그러나 상훈에게는 그 다음이 문제였다. 단순히 연구소에 대한 발설을 노출당하는 것이 싫었다면 입을 다물기만 하면 그만인데 반장은 이후 무엇인가를 떠올렸다. 야마모토 서장도 이 점에 대해서는 짐작하는 것이 없었다. 야마모토 서장은 닛코의 서장에게 직접 전화를 걸어 한참 통화를 했지만 반장의 실종에 대해 참고할 만한 내용을 얻지는 못했다.

답답하고 괴로운 심정으로 지내던 상훈은 저녁에 야마모토 서장의 전화를 받았다.

「박 선생이오? 이마무라 반장의 행적이 나왔소. 실종되던 날 아침 반장은 시야쿠쇼에 가서 준이치의 주민등록부를 열람했소.」

역시 반장은 준이치의 살해와 관련하여 중요한 사실을 떠올린 것이 분명했다. 그래서 시야쿠쇼에 가서 준이치의 주민등록부를 열람했을 것이다. 그런데 이미 준이치의 인적사항에 대해서는 훤히 알고 있는 반장이 새삼스럽게 주민등록부를 열람한 이유는 무엇이었을까. 반장이 새롭게 떠올렸을 사실과 주민등록부와의 관계가 좀처럼 머리에 잡히지 않았다.

# 상훈의 추리

마쓰모토에 이어 이마무라 반장까지 실종되자 연구소는 상훈에게 더욱 검은 세력으로 다가왔다. 사건의 배후에 연구소가 있는 것은 틀림없는데 어떻게 캐고 들어가야 할지 실마리를 찾을 수 없었다. 현직 경찰도 아닌 유학생의 입장에서는 더더욱 어려운 일이었다. 한 가지 다행스러운 것은 야마모토 서장이 언제나 의논 상대가 되어준다는 것이었다. 그렇다 하더라도 이마무라 반장이 있을 때와는 비교가 되지 않았다. 반장은 이제는 친구처럼 상훈과 스스럼없이 얘기할 수 있는 상대가 되어 있었던 것이다.

도서관을 나와 야마모토 서장을 찾아갔다가 닛코에서의 반장 실종에 대한 수사가 아무런 진전이 없음을 전해 듣고는 답답한 마음으로 집에 돌아왔다. 여느 때처럼 자동응답기를 틀자 원우회에서 모임에 참석할지 여부를 알려달라는 내용만이 녹음되어 있었다. 며칠 전에도 걸려왔던 전화였다. 상훈은 총무의 전화번호를 알기 위해 수첩을 찾으려다 지난번 걸려왔던 전화에 번호가 녹음되어 있었던 것을 기억하고 테이프를 역회전시켰다. 전화번호를 듣고는 무심코 응답기를 끄려던 상훈의 귀에 다음 전화의 녹음이 들렸다. 기억이 나지 않는 내용이었다. 음성이 들리지 않고 즉각 다음 녹음으로 넘어가는 것으로 보아 그때는 주의를 기울이지 않고 넘겨버린 것 같았다. 다시 틀자 심한 잡음 사이에 낯설지 않은 음향이 들리는 것 같았다.

사람의 목소리였다. 번개 같은 동작으로 상훈이 수화기에 귀를 바짝 대자 모깃소리보다도 가느다란 음성이 들려왔다. 상대방이 혼신의 힘을 모아 겨우 한 마디씩 하는 것이 느껴져 왔다. 목소리 사이사이에는 가냘픈 신음이 섞여 있었다. 그나마도 소리가 점점 작아지고 호흡이 가빠지는 것이 상대방의 생명이 사그라지고 있는 것 같았다. 이 전화는 이마무라로부터의 전화가 틀림없다고 생각되자 아연 긴장했다. 아물아물한 가운데도 혼신의 힘을 다해 마지막 목소리를 내는 모양인지 마지막 두 마디는 알아들을 만했다. 상훈은 온 정신을 귀에 모았다.

「으, 으, 바, 바, 박, 범인, 범인, 으, 으, 음, 음, 음, 윽!」

마지막 신음소리는 크고 분명했다. 상훈은 이것은 분명 이마무라 반장의 숨이 넘어가는 소리라고 판단했다. 숨이 넘어가기 직전에 한 말들이라 무슨 뜻인지 알아듣기가 무척 힘들었다. 다급한 마음에 하고 싶은 얘기가 많았던 것이 느껴졌다.

상훈은 메모지에 이마무라의 소리들을 적었다. 그리고는 메모지를 들여다보면서 몇 십 번이나 테이프를 반복하여 들었지만 무슨 의미인지 도저히 알아낼 수 없었다. 전화는 반장이 실종된 첫날 온 것이었다.

「아아, 으으는 신음 소리군요. 이런 소리는 저도 처음이라 알아듣기가 무척 힘들군요. 다만 이 사람이 하려고 했던 확실한 말은 박, 범인, 이 두 단어입니다. 워낙 고통 속에서 짜낸 말이라 신음과 섞여 분간이 되지 않는군요. 마지막은 숨이 넘어가는 소리 같군요.」

야마모토 서장이 부른 녹취 전문가의 견해 역시 반장이 숨이 넘어가면서 전화를 한 것이라는 결론이었다.

「마쓰모토의 실종에 이은 이마무라 반장의 피살. 역시 연구소가 의심스럽군요.」

상훈의 말에 야마모토 서장은 한참 눈을 감고 무엇인가를 생각하다가 수사과장을 불렀다. 그리고 그에게 연구소에 가서 그 날짜에 이마무라가 방문한 적이 있는지를 조사해 오도록 지시했다. 수사과장을 직접 보낸 것은 서장이 연구소를 두려워하고 있음을 나타내는 것이지만, 상훈은 서장도 역시 연구소를 의심하고 있다고 생각했다. 그러나 두어 시간이 지난 후 돌아온 시바 과장의 보고는 지극히 간단한 것이었다.

「연구소에서는 모르는 일이라고 합니다.」

「찾아온 적도 없다는가?」

「네, 연구소의 직원이 실종된 일로 찾아온 적은 있었으나 그 후로는 온 적이 없다는 겁니다.」

「음, 그때는 우리 서의 형사들과 같이 가지 않았던가?」

「네, 사실 연구소에서는 서장님에 대해 매우 화를 내고 있습니다. 얼토당토않은 일로 자꾸 형사를 보낸다고 생각하는 것 같았습니다.」

이렇게 말하는 과장의 표정에는 그 역시 서장을 이상하게 생각하는 기색이 나타나 있었다.

「평소와 다른 전화가 온 적은 없다고 합니까? 혹시 반장이 연구소에 전화를 했을 가능성도 있지 않을까요?」

상훈이 물었다.

「확인해보죠.」

시바 과장은 화가 난 표정으로 연구소에 전화를 했다. 교환원과 한참 동안이나 대화를 하던 시바 과장은 역시 딱딱한 얼굴로 상훈에게 대답했다.

「없다는군요. 서무과를 대달라고 했다가 직접 가겠다고 하면서 끊은 전화는 있지만. 하지만 그런 전화는 종종 있는 거랍니다. 서무과에는 하루에도 수십 명은 찾아온다는군요. 그날 서무과에 찾아온 모든 사람에게 전화를 걸어 서무과를 대달라고 했다가 직접 간다고 말하고는 전화를 끊은 적이 있나 물어볼까요?」

시바 과장은 상훈과 서장을 비꼬았다.

「그렇다면 시체를 발견할 때까지는 어떻게 해볼 도리가 없다는 것인가?」

「그렇습니다.」

과장은 확실한 목소리로 대답했다. 그의 얼굴에는 연구소가 그런 일과 관련이 있을 리도 없거니와 무엇보다도 연구소를 건드려서 좋을 일이 하나도 없다는 표정이 역력했다. 막상 연구소에 가서 분위기를 보고 온 시바 과장은 떨고 있었고, 그 불안은 상훈과 서장에 대한 퉁명스러움으로 나타났다. 그러나 관록의 야마모토 서장은 역시 만만치 않았다. 무언가를 한참 생각하던 서장은 어떤 만족할 만한 결론을 얻었는지 찡그리던 표정을 펴고 자신 있게 말했다.

「자네, 어떤 경우에 사람이 죽기 전에 전화를 할 수 있다고 생각하나?」

「무슨 말씀이신지…….」

「시체가 아직 경찰에 신고되지 않았지?」

「네.」

「그렇다면 이마무라 반장은 공중전화를 쓴 것은 아니겠지?」

「그렇군요.」

「그렇다면 반장이 어떤 장소에서 전화를 할 수 있었을 것 같아?」

「당연히 개인 집이나 건물에서밖에는 못했을 것입니다.」

「전화국에 형사들을 보내 그 시간에 박 선생의 집으로 온 전화를 추적해봐.」

야마모토 서장은 중요한 순간에 결정적 도움이 되었다. 상훈은 이마무라 반장이 죽기 직전에 전화를 걸어온 것을 생각했다. 야마모토 서장의 추리대로 시체가 아직까지 경찰에 신고되지 않은 것을 보면 공중전화를 쓴 것은 아니었다. 집이나 건물의 내부에서 죽어갔다는 얘기가 된다. 그렇다면 아파트에 걸려온 전화의 발신지를 추적하면 이마무라가 죽어간 장소를 알게 될 것이고, 그 장소와 관련이 있는 사람이 그대로 용의자가 되는 것이었다. 어쩌면 그 장소란 대동아연구소의 지하실 같은 곳이 될지도 모르는 일이었다. 시바 과장은 급히 전화국에 가서 발신지를 추적했다. 한참의 시간이 지난 뒤에야 돌아온 과장은 기대감에 들뜬 서장과 상훈의 표정과는 대조적으로 풀이 죽어 있었다.

「발신지가 확인되지 않았나?」

서장이 불안한 표정으로 먼저 물었다.

「이마무라 반장은 휴대폰을 사용했더군요.」

전연 뜻밖의 일이었다. 휴대폰을 사용했다면 추적이 불가능함은 물론 건물 내에서 죽었다고 가정할 수도 없는 일이었다. 은근히 대동아연구소가 걸려들길 기다리던 것이 모두 물거품이 되어버렸다. 특히 서장은 실망이 큰 모양이었다. 그로서는 어차피 연구소를 건드려놓은 이상 뭔가 단서를 잡아야 한다는 강박관념이 생기는 모양이었다. 실망감과 더불어 불안감이 엿보였다. 은연중에 상훈은 그가 에이지의 죽음까지도 연구소의 소행으로 단정하고 있다는 것을 느낄 수 있었다. 평소에도 그는 에이지에게 위협을 가하고 있는 자들이 엄청난 힘을 가진 자들이라고 느끼고 있었는데, 마쓰모토와 이마무라 반장의 연속 실종을 당하자 그 느낌이 신념으로 굳어진 모양이었다.

「운이 좋은 놈들이군. 발신지 추적이 됐다면 일이 수월하게 풀렸을 텐데 하필 휴대폰일 게 뭐야?」

「그나마 휴대폰이라도 있었으니 제게 전화를 할 수 있었겠죠.」

경찰서를 나와 집으로 돌아오면서 상훈은 죽기 직전에 휴대폰을 쓸 수 있는 상황이란 어떤 것일지 생각했다. 누군가에 의해 죽임을 당했고 아직 시체가 발견되었다는 신고가 없는 것을 보면 살해자는 시체를 은폐했다는 얘기가 된다. 이것은 죽음의 순간까지 이마무라 반장이 가해자에 의해 관리되고 있었음을 말하는 것인데, 어느 순간에 휴대폰을 쓸 수 있었을까.

상훈은 이 사실에 집착했다. 그러나 쉽게 휴대폰을 쓸 수 있는 상황이 떠오르지 않았다. 암매장을 했거나 물속에 시체를 버렸을 때나 폭행 혹은 흉기로 살해했을 때에도 피해자가 전화를 하다가 죽을 수는 없는 것이었다.

상훈은 집에 돌아와 샤워를 하고 책상 앞에 앉아 서너 시간 동안 텍스트를 읽다가 잠을 청했다. 그러나 머리가 썩 맑지는 못했다. 가해자가 시체를 은폐하기까지 어느 순간 휴대폰을 쓸 수 있었겠는가 하는 의문이 머리를 떠나지 않았기 때문이었다. 상훈은 자리에서 일어나 냉장고에서 찬 맥주를 꺼냈다. 냉장고의 문을 닫는 순간 상훈의 머리에 얼핏 스치는 게 있었다.

「아!」

그랬을 가능성이 있다. 아니, 가능성이라기보다 그 경우만이 죽기 직전에 휴대폰으로 연락을 할 수 있었을 것이었다. 상훈은 시계를 봤다. 늦은 시간이었지만 야마모토 서장의 집으로 전화를 했다. 너무 늦게 전화하는 것이 미안했지만 살인사건의 해결은 피차에 있어 가장 중요한 일이었다. 서장은 막 잠자리에 들기 직전이었다.

「서장님, 이마무라 반장이 죽기 직전 휴대폰을 사용했을 경우가 떠올랐습니다.」

서장은 반가운 목소리로 물어왔다.

「어떤 경우입니까?」

「차 안에서 전화를 했을 겁니다.」

「네? 차 안에서요?」

「그렇습니다.」

「그러나 차 안에서라면 살해자가 옆에 있었을 텐데 전화를 쓰도록 버려두었을까요?」

「트렁크 안에서요.」

「트렁크?」

「그렇습니다. 상대는 반장을 살해한 후에 시체를 차의 트렁크에 싣고 어디론가 가고 있었습니다. 그러나 반장은 이때 완전히 죽은 것이 아니었습니다. 그는 죽어가는 상황에서 휴대폰을 꺼내 저에게 필사적으로 연락을 했던 겁니다.」

「아, 그렇군요. 그 경우밖에는 살해자의 눈을 피해서 전화를 할 수 없겠군요.」

「그는 트렁크 안에서 죽은 것입니다.」

서장은 진정으로 놀라는 것 같았다. 그는 수십 년을 수사관으로 지내오고 있는 자신이지만 상훈의 추리에 대해서는 그저 입이 벌어질 뿐이라고 말했다. 그러나 자동차의 트렁크에서 죽었다는 사실만으로는 이마무라 살해범이 누구인가를 알아낼 수 있을 것 같지 않다고 덧붙였다.

「트렁크 안에서 죽었다는 사실에서 얻어낼 수 있는 것이 있을까요?」

「물론입니다.」

상훈의 자신 있는 목소리에 서장은 다시 한 번 놀랐다. 도대체 이 젊은이는 무엇을 생각해낸 것일까?

「얘기를 해주시겠습니까?」

「정황으로 보아 반장은 무슨 단서인가를 가지고 닛코를 출발하여 도쿄로 왔습니다. 반장은 뭔가 확인할 일이 있어 연구소를 찾아갔을 것입니다. 그러나 연구소에서는 반장이 오지 않았다고 합니다. 단순한 직원들도 있기 때문에 이런 것에 대해 연구소에서 거짓말을 할 수는 없습니다. 게다가 연구소로서는 이마무라 반장이 연구소를 방문한 후에 살해할 수도 없습니다. 강한 의심을 받을 것이기 때문입니다. 그렇다면 결론은 하나뿐입니다. 연구소에서는 반장을 감시하고 있다가 그가 연구소에 가까이 오자 살해했을 것입니다.」

「중요한 추리군요. 연구소에 오기 전에 살해를 해야만 의심을 받지 않게 되는군요. 그렇다면 반장을 닛코에서부터 감시했었다는 얘기가 되는데.」

「그렇습니다. 반장은 닛코에서부터 감시를 당했던 것입니다. 에이지가 그랬듯이 말입니다. 감시자는 반장이 평소와는 달리 뭔가 확실한 단서를 잡았다고 느끼고는 밀착해서 감시했을 겁니다.」

「어째서 그렇게 생각할 수 있습니까?」

「단순히 감시만 한다고 해서 반장이 어디로 갈지 알 수는 없습니다. 감시자는 반장이 연구소에 전화하는 것을 옆에서 들었을 겁니다. 그러니까 연구소의 서무과에 전화를 했던 사람은 바로 반장입니다.」

「천재적 추리군요. 만약에 연구소에서 반장을 죽였다면 어디서 죽였을까요?」

「큰길에서는 사람들이 많아 누군가를 죽인다는 것은 불가능합니다. 그렇다면 반장은 큰길에서 연구소로 가는 길의 어느 지점에서 공격을 받은 것이 됩니다. 가보셨겠지만 큰길에서 연구소로 가기까지는 좁은 길 하나밖에는 없습니다. 그리고 길의 양쪽은 숲입니다. 아마도 그 길이 가장 적당했을 것입니다.」

「만약에 그렇다면 그자들은 어떤 방법을 썼을까요?」

「총은 사용할 수 없습니다. 소리가 나서 누군가 볼 가능성이 있기 때문입니다. 칼은 더욱 위험합니다. 한 칼에 죽을 리가 없고 칼에 찔린 반장이 짐승처럼 날뛸 게 뻔합니다. 시체까지 치워야 한다는 관점에서 보면 위의 두 방법은 모두 적당하지 못합니다. 그렇다면 살해자는 무슨 방법을 썼을까요?」

서장은 그제야 추측할 수 있었다.

「자동차?」

「바로 그렇습니다. 들이받고는 트렁크에 실어버린 것입니다.」

「그렇다면 목격자 탐문을 하면 뭔가 나올지 모르겠군요.」

「그럴 것 같습니다. 그리고 연구소 소속 자동차 중 충돌의 흔적이 있거나 라이트 등을 새로 갈아 끼운 자동차가 있는지를 확인하는 것도 의미가 있을 것 같습니다.」

「내일 아침에 알아봐야겠군요.」

다음날 아침 서장은 형사들을 시켜 연구소 부근을 지나친 사람을 탐문하게 했고, 그 결과 목격자를 찾아냈다.

「자동차 두 대가 서 있더군요. 앞 차의 트렁크가 열려 있었어요. 저는 지나가면서 흘낏 바라보았죠. 네댓 명이 트렁크 주위에서 얘기를 나누고 있는 것 같았어요.」

「혹시 자동차 번호를 기억하지 못하겠습니까?」

「보지 못했어요. 차를 타고 지나치던 길인데다가 이미 땅거미가 졌을 때였으니까요.」

상훈의 추리는 정확히 맞아떨어졌다. 서장은 더욱 신이 나서 좀 더 자세히 현장을 본 목격자를 탐문하도록 지시했다. 며칠 후 특이한 목격자가 나타났다. 신문 배달하는 소년이었다.

「자동차 번호는 니 37-76이었어요. 자전거를 끌고 올라오는데 보이지는 않았지만 무엇인가 부딪히는 소리가 났어요. 곧이어 다시 한 번 부딪히는 소리가 나더군요. 직감적으로 사고가 났구나 하는 생각이 들었어요. 길을 돌아 올라와보니 막 자동차 두 대가 출발하더군요.」

「틀림없이 번호를 봤단 말이야?」

「네.」

「번호는 왜 봤어?」

「자연히 눈길이 번호판으로 갔어요. 번호판을 보는 게 제 취미거든요.」

「번호는 정확해?」

「네, 그런 번호를 잊어버릴 수가 있나요? 후지산 높이가 3,776미터 아닙니까. 일본 사람치고 후지산 높이 모르는 사람 있나요?」

서장은 쾌재를 불렀다.

「박 선생, 정말 훌륭합니다. 어떤 베테랑도 이런 귀신같은 추리를 할 수는 없었을 겁니다.」

「범인을 찾은 것은 전적으로 서장님의 도움 덕분입니다.」

「별말씀을. 어쨌든 박 선생, 고맙습니다. 이마무라의 살해범을 붙잡기만 하면 가네무라 선생의 살해범까지 잡을 수 있다는 얘기가 되는군요.」

「그렇습니다. 마쓰모토의 살해범도 잡히겠죠.」

「그렇겠군요. 하여간에 우선 범행 차량부터 수배하고 봅시다.」

야마모토 서장은 수사과장을 불러 차량 수배를 지시했다. 차량은 수배하고 말고 할 것도 없었다. 바로 대동아연구소의 차량이었다.

「이사장도 이사장이지만 간부들도 보통 사람들은 아니니 내가 직접 나서야겠소. 자칫 잘못하면 크게 다치는 수가 있으니 절대 경거망동은 하지 마시오. 일단 철통같은 보안을 유지하고 다른 형사들에게도 비밀로 해두시오. 확증을 잡기 전에 언론에라도 새나가면 모든 것은 끝이오. 놈들이 무슨 방법을 써서 대비할지 모르거든.」

야마모토는 역시 서장다웠다. 연구소가 빠져나가지 못하도록 하기 위해서는 보안 유지가 가장 우선이었다. 서장은 수사과장과 강력계장에게 기초수사를 지시했다.

「보안 유지를 위해 자네들이 직접 다녀주어야겠어. 범행 차량은 증거를 인멸하기 위해 범퍼를 갈았을 거야. 연구소의 지정 정비공장이든 집 부근의 서비스 업소이든 도쿄 시내를 샅샅이 뒤져 범퍼를 간 사실이 있는가를 확인해. 범퍼를 갈기만 했다면 물증은 확실하니 바로 들이닥치자고.」

두 사람이 나가는 것을 보고 상훈도 학교로 돌아갔다. 서장은 무슨 소식이 있으면 바로 상훈에게 사람을 보내겠다고 했다.

오후에 서장은 학교로 형사를 보내왔다. 상훈은 급한 마음에 형사에게 상황을 물었다.

「어떻게 됐습니까?」

「일이 잘 풀리고 있습니다. 연구소의 차 두 대가 범퍼를 갈았더군요.」

「원래의 범퍼도 찾았습니까?」

「네, 정비공장에 그대로 있더군요. 일단 경찰서로 가시지요.」

경찰서에 도착하자 야마모토 서장은 만면에 희색을 띠고 상훈을 맞았다.

「박 선생, 이마무라 반장은 대동아연구소의 차에 치여 죽음을 당한 것이 틀림없소. 녀석들은 아무도 모를 줄 알았겠지만 이렇게 천재적인 추리에 의해 덜미가 잡힐 줄은 꿈에도 몰랐을 거요.」

서장은 다시 수사과장에게 지시했다.

「지금 연구소로 가서 두 대의 차량에 타고 있던 사람들을 연행해 와. 그리고 차량의 트렁크를 정밀 감정해.」

「체포영장과 수색영장을 청구해야 하지 않겠습니까?」

「영장을 청구하는 데는 어려움이 있을 것 같은데. 자네 생각은 어때?」

「어려움이 있을 겁니다.」

「그러니 그냥 가라고.」

「그러나 만약의 경우…….」

「정황 증거는 확실하니 대항하지는 못할 거야.」

「상대방들이 워낙 막강한 사람들이라…….」

시바 과장은 여전히 떨떠름한 표정이었다. 그는 확실히 떨고 있었다. 그러나 야마모토 서장은 굵고 낮은 목소리로 힘 있게 내뱉었다.

「모든 책임은 내가 진다!」

「알았습니다.」

상훈은 야마모토 서장이 자신을 믿고 이토록 열성적으로 사건 해결에 달려드는 것을 보자 고마운 마음이 생겼다. 이마무라에 대한 그의 의리가 상당하다는 것 또한 느낄 수 있었다.

「박 선생은 여기서 기다립시다.」

시바 과장이 나가고 나서 상훈과 마주 앉게 되자 서장은 다시 한 번 상훈의 추리를 칭찬했다. 형사도 아닌 상훈이 그렇게까지 정확하게 사건을 추리한 것에 대해 야마모토 서장은 진정 놀라움을 금치 못했다.

「그런데, 박 선생. 이마무라 반장으로부터 다른 연락은 없었습니까?」

「그것뿐이었습니다. 닛코에서 떠나기 전날 밤에는 중요한 사실을 떠올렸다는 전화가 녹음이 되어 있었구요.」

「중요한 사실이라는 것은 무엇을 말하는 걸까요?」

「글쎄, 저도 짐작을 할 수가 없더군요. 이마무라 반장만이 느낄 수 있었던 범인에 대한 단서라는 생각은 드는데, 그게 뭔지는 알 수가 없습니다.」

「그것만 알면 확실할 텐데.」

「그 다음날 일찍 시야쿠쇼에 가서 주민등록을 열람한 것과 무슨 관계가 있을 텐데 도저히 떠오르지 않는군요.」

「주민등록이라, 주민등록…….」

서장도 궁금한 모양인지 눈을 감고 가끔 고개를 흔들어가며 생각에 잠겼다. 두 사람의 대화가 중단되고 얼마의 시간이 지났을 무렵, 서장실의 문이 열리며 시바 과장과 강력계장이 신사복을 잘 차려입은 두 사람과 함께 들어왔다. 서장은 약간 의외라는 듯 수사과장의 얼굴과 낯선 사람들의 얼굴을 번갈아 쳐다보았다. 범죄자를 서장실에까지 데려올 리가 만무했기 때문이었다. 시바 과장은 몹시 풀이 죽어 있었다. 상훈과 서장은 직감적으로 사태의 진전을 눈치챘다. 서장은 약간 불안한 듯한 음성으로 물었다.

「시바 과장, 이분들은 누구지?」

수사과장이 기어들어가는 목소리로 대답했다.

「연구소의 행정실장님과 와타나베 의원님의 비서이십니다.」

「아, 그러십니까. 이리 앉으십시오.」

실장이라는 자는 서장의 앞에 앉아 있는 상훈에게 힐끗 눈길을 던지고는 자리에는 앉지도 않은 채 거친 목소리로 입을 열었다.

「당신이 서장이오?」

「그렇습니다만.」

서장의 목소리는 힘을 잃어가고 있었다.

「당신 도대체 정신이 있는 거요, 없는 거요? 이 사람들이 난데없이 연구소에 뛰어들어와서는 자동차가 어떠니 살인이 어떠니 하는데 도대체 무슨 일이오?」

서장은 굳을 대로 굳어 있는 수사과장의 얼굴에 시선을 던졌다.

「범퍼를 갈긴 했는데, 그것은 연구소의 자동차끼리 사고가 났던 것이었습니다. 어제 저녁 앞에 가던 차를 뒤의 차가 좀 심하게 들이받았더군요. 그래서 앞뒤 차가 범퍼를 모두 갈았더군요. 트렁크에는 아무런 흔적도 없었습니다.」

서장의 얼굴이 굳어졌다.

「의원님께서 공안위원장께 전화를 거시는 걸 손이 발이 되도록 빌어 겨우 말렸습니다.」

의원의 비서라는 사나이가 다시 서장에게 호통을 쳤다.

「영장도 없이 십여 명의 형사를 연구소에 난입시킬 수 있는 거요? 당신 그러고도 서장 자리에 앉아 있을 수 있소? 그래, 자동차끼리 부딪친 것이 그리도 큰 사건입니까? 누가 누구를 죽였단 말이오? 오늘 이 자리에서 분명히 설명하지 못하면 불법 연행과 불법 수색으로 당신을 그냥 두지 않겠소. 설명을 해보시오.」

야마모토 서장의 얼굴은 더욱 굳어지고 있었다. 상훈은 자리에서 일어나 나왔다. 더 볼 필요가 없는 것이었다. 어쩐지 사건이 너무 쉽게 풀려 일말의 불안감이 느껴지더니 결국은 이런 상황으로 이어졌다. 집에 돌아온 지 두 시간쯤 지났을 때 지난번에 도서관으로 찾아왔던 그 형사가 찾아왔다. 그의 얼굴은 지쳐 있었다.

「야마모토 서장님은 와타나베 의원에게 사과하러 갔습니다. 와타나베 의원이 어디에든 전화 한 통만 하면 서장님은 파면입니다. 심하면 형사책임까지 져야 할 것입니다. 가서 손이 발이 되도록 빌어도 어떻게 될지 모를 것 같습니다.」

「…….」

「도대체 어떻게 된 일일까요? 박 선생님의 추리가 확실하다고 생각했는데.」

「저도 놀랐습니다. 곰곰 생각해보니 놈들은 매우 교묘한 수법을 썼습니다. 처음부터 두 대의 차를 이용하여 한 대가 반장을 치고, 다시 그 앞에 대기하고 있던 또 한 대의 차를 들이받았습니다. 범퍼에 남아 있는 사람을 친 흔적은 더 큰 충돌에 의해 묻혀버립니다. 결과적으로 보기 좋게 당하고 말았습니다.」

「아, 그렇군요. 그런 지능적 수법을 썼군요. 그렇다면 자동차 살인은 밝혀질 수 없는 건가요?」

「그렇겠군요. 결정적 증인이 나오거나 시체가 발견되어야 하는데 둘 다 어려울 것 같습니다.」

상훈의 말을 들은 형사의 얼굴이 더욱 굳어졌다.

「그나저나 서장님이 큰일입니다. 저쪽에서 문제를 삼으면 타격이 클 텐데요.」

「놈들은 범죄를 은폐하기 위해서라도 서장님을 더 가혹하게 몰아붙일 가능성이 있겠군요.」

상훈은 망연자실했다. 연구소의 반격이 만만치 않을 것으로는 생각했지만 이렇게까지 완전하게 당해버릴 줄은 몰랐다. 상훈은 상대가 생각했던 것 이상으로 치밀한 자들이라는 생각이 들었다.

「그래도 서장님은 박 선생님을 원망하는 기색은 조금도 없었습니다. 연구소 측의 자동차 사고를 믿으시는 눈치는 아니었지만 어차피 자신의 책임 아래 진행된 일이니 자신이 책임을 지겠다는 태도를 보이시더군요.」

참담한 기분이었다. 무엇보다도 야마모토 서장에게 미안했다. 형사가 돌아가고 나서 상훈도 곧 집을 나왔다. 그대로 집에 있을 수는 없을 것 같은 기분이 들었다. 버스정류장까지 걸어가는 동안 야마모토 서장을 윽박지르던 행정실장이라는 자의 얼굴이 자꾸 떠올랐다. 서장이 대신 당하긴 했지만 사실은 자신이 책임져야 할 자신의 추리였다. 그러나 견딜 수 없는 미안함과 분함이 뒤섞여 가슴속에서 치밀어오르는 중에도 한 가닥 의문이 떠올랐다.

'이마무라 반장은 무엇을 알아보기 위해 연구소로 갔던 것일까.'

# 가즈오의 삼촌

참담한 패배의 기분이 사라지지 않았지만 당장은 어떻게 해 볼 도리가 없어 상훈은 당분간 밀렸던 공부에 신경을 쓰기로 했다. 그러나 이마무라 반장까지 살해된 마당에 공부에 집중될 리 만무했다. 정리되지 않은 마음으로 하루하루를 보내고 있던 즈음의 어느 날, 밤늦게까지 도서관에서 공부하고 집으로 돌아온 상훈이 자동응답기를 틀자 주성의 음성이 녹음되어 있었다. 반가운 목소리였다.

'내일 도쿄로 취재 가네. 국방위원장의 일본 방문 때문이야. 자네하고 같이 자게 될지는 모르겠지만 술독에는 빠뜨려줘.'

주성의 전화는 오랜만에 신선한 기분을 갖게 했다.

「북한 국방위원장의 일본 방문을 취재하러 왔다고?」

「그래, 북한부에 있으니 취재할 것이 많지.」

「일본에 있는 동안 내 집에서 지내게.」

「고맙지만 그건 안 돼. 같이 온 사람들과 호텔에서 합숙해야

해. 언제 뉴스거리가 터질지 모르고 취재 결과를 취합하기도 해야 하니까 같이 지내야 한단 말이야. 오늘은 첫날이니까 예외지만.」

「그럼 오늘은 실컷 마셔도 된단 말이지.」

「그럼, 그러니까 초저녁부터 자넬 찾아온 게 아닌가.」

상훈은 주성을 데리고 동네의 로바다야키 주점으로 갔다. 좁아터진 주점의 한구석에서 술로 식사를 대신하여 어지간히 취하자 주성은 취재와 관련한 얘기들을 늘어놓기 시작했다.

「이번에 국방위원장이 일본을 방문하는 것은 의외야.」

「수교도 했으니 이상할 것은 없잖아. 국방위원장은 외교에서 자신의 역량을 보여 지도력을 강화하고 싶어 할 테고. 무엇보다도 앞으로 지속적 경제개발을 하려면 일본의 협력이 필요하겠지.」

「과거 박정희 대통령이 서둘러 일본을 방문했듯이 말이야?」

「비슷한 맥락이지.」

「남한에서 다 해가면 오죽 좋겠어?」

「좋긴 하겠지만 북한 주민들이 크게 동요하겠지.」

「그렇게 보면 방문의 필요성이 충분하긴 한데, 의문이 좀 있단 말이야.」

「의문?」

「북한의 정정이 뒤숭숭하잖아. 그런데도 국방위원장이 안심하고 일본에 올 수 있을까?」

「정권의 안정을 과시하려는 속셈도 있겠지. 어차피 실권은 군부에서 쥐고 있으니 폭동에 대한 대처도 군에서 하겠지.」

「그렇다 하더라도 국방위원장 본인은 자리를 비우기 싫어하지 않을까?」

「모르지. 그 안에서 어떤 파워 게임이 이루어지고 있는지는.」

이렇게 대답하는 상훈의 기억에 조 전무의 얼굴이 얼핏 스쳤다. 조 전무는 혼란을 막기 위해 가즈오의 삼촌인 최독준 대장과 선을 연결해두는 것이 필요하다고 했던 것이다. 최독준 대장은 국방위원장의 최측근이라고 했다.

「참, 그런데 이번에 국방위원장을 수행하는 사람들 중에 군인도 있나?」

「물론이지.」

「명단을 좀 볼 수 있어?」

「아직은 안 나왔어. 아마 내일 조간에는 나올지 모르지. 근데 왜 그래?」

「아냐, 별일은.」

택시를 잡아 주성을 호텔로 태워 보내고 집으로 돌아오면서 상훈은 가즈오의 삼촌인 최독준 대장이 올지도 모른다는 생각을 했다.

다음날 아침 상훈은 주성의 전화를 받고 잠을 깼다.

「몇 신데 아직 자고 있는 거야?」

「자네야말로 꼭두새벽부터 무슨 일이야?」

「조간 봤어?」

「아니, 지금 눈떴는데 신문을 언제 봐?」

「아무거나 집어 보라구. 북한 측 수행원 명단이 나와 있으니.」

「고마워.」

상훈은 어젯밤 이 기자에게 수행원 명단을 물었던 것이 생각났다. 상훈은 자리에서 일어나 편지통에 꽂혀 있는 신문을 집었다. 1면 머리기사에 국방위원장의 일본 방문이 대문짝만한 제목으로 실렸고 그 밑에 공식 수행원 명단이 실려 있었다.

'인민무력부 총정치국장 최독준 대장'.

가즈오의 삼촌 이름이 분명히 실려 있는 것을 본 상훈은 하코네에 가야겠다고 생각했다. 조 전무의 정치적 이유와는 상관없이 가즈오에게 세상의 유일한 혈육인 삼촌이 일본에 온다는 소식을 전해주지 않을 도리가 없었다. 상훈은 하나코와 같이 가는 것도 좋을 거라고 생각했다.

「유황 냄새가 그리 싫지 않아요. 아마도 익숙해져서 그렇겠죠.」

「옛날 생각이 나게 해주는 냄새죠.」

「언젠가는 유황 냄새를 맡으며 상훈 씨 생각을 하게 될 것 같아요.」

「어쩐지 헤어질 것 같은 기분이 드는 얘기군요.」

「…….」

농담처럼 던진 말이었지만 상훈은 이내 후회했다. 늘 밝기만 하던 하나코의 눈매가 어딘지 서늘하게 느껴졌기 때문이었다.

「덴리시를 갔다 오고 나서 뭔가 해야 한다고 느꼈어요. 그날 고통스러워하던 상훈 씨의 모습이 가슴에 맺혀 오랫동안 우울했어요. 우리 일본인들의 진실은 따로 있는데, 우리 일본인들이 그렇게 나쁜 사람들은 분명 아닌데, 역사는 왜 이렇게 흘러왔는지 안타까웠어요. 여기 편지 사본을 읽어보세요.」

가방에서 편지 봉투를 꺼내 상훈에게 건네주는 하나코의 눈망울이 더없이 맑아 보였다. 편지는 덴리교주에게 보낸 것이었다. 편지를 읽는 상훈의 마음은 하나코의 배려에 대한 고마움으로 가득 찼다. 상훈은 하나코를 바라보았다. 그녀는 아무렇지도 않은 듯 살짝 미소만 지어 보였다.

교주님. 덴리시를 방문했던 것은 아름다운 기억이었습니다. 그 고요하고 검소한 분위기의 도시에서 저는 정녕 마음이 깨끗해지는 것을 느꼈습니다. 자전거를 타고 마주치는 학생 한 사람 한 사람의 얼굴이 그렇게나 깨끗해 보일 수 없었습니다. 기독교나 불교와 같은 큰 종교에서도 느끼지 못했던 편안함이 금세 몸에 와 닿았습니다. 저는 덴리교가 아무도 해치지 않고 누구의 것도 빼앗지 않으면서도 이토록 교세를 확장해온 것이 너무도 당연하다고 생각합니다. 세속의 때를 벗고 어리석은 탐욕을 버리며 마음을 깨끗이 하자는 교리가 어느 종교의 거창한 교리보다 훌륭하기 때문입니다. 그리고 이 종교가 순수하게 우리 일본에서 생겨난 것도 자랑스럽습니다. 저도 언젠가는 덴리교의 제자가 될 것 같은 기분이 들었습니다.

그런데 교주님, 덴리교에 옥의 티와 같은 일이 하나 있습니다. 바로 한국의 〈몽유도원도〉가 덴리대학교 도서관에 있다는 사실입니다. 그 그림은 한국으로서는 너무도 중요한 그림입니다. 중학교 교과서에도, 고등학교 교과서에도, 그리고 사회의 모든 시험에도 어김없이 나오는 이 그림과 거기에 붙여진 글들은 미술사적인 가치는 말할 것도 없고 한국의 역사, 문화 전반에 걸쳐 더할 나위 없이 중요한 것들입니다. 한국인들은 이 그림을 임진왜란 혹은 근대의 식민지 시대에 빼앗겼습니다. 그들은 이런 그림들을 우리나라에 빼앗김으로써 문화를 상실해가고 있다고 합니다. 문화의 상실은 그들에게 뿌리 잘린 사회를 살게 할 것입니다.

무엇보다 한국인들은 이런 그림들을 돌려받기를 너무나 간

절히 원하고 있습니다.

교주님. 맑고 깨끗한 정신으로 살아가는 덴리교에서 경위야 어떻게 되었든 한국에서 빼앗아 온 그림을 갖고 있다는 것은 모순입니다. 아니, 어쩌면 덴리교에서 그 그림을 갖고 있다는 것은 크나큰 다행일지도 모릅니다. 아마 일본에서 그 그림을 돌려줄 수 있을 정도의 윤리와 도덕을 확실히 갖고 있는 사람들은 덴리교의 교인들일 것이기 때문입니다.

교주님. 이 그림이 돌아오기를 바라는 한국인들의 눈동자를 생각해주세요.

-하나코 올림

「오늘은 기분이 좋은 날이군. 두 분이 같이 이렇게 방문해주다니.」

가즈오는 지난번 상훈을 황급히 떠나게 한 것을 생각하는 모양이었다.

「기분이 나아 보이는군요.」

「네, 기분이 좋아요. 머리가 말끔해졌거든요.」

「정말요?」

「네, 머릿속에 피어오르던 검은 안개들을 걷어냈어요.」

가즈오가 유쾌한 표정으로 얘기하고 있음에도 불구하고 자꾸 지난번 얘기했던 끝내겠다는 말이 생각나 상훈은 불안했다. 어쩌면 유쾌한 표정은 깊은 마음을 감추기 위한 것일지도 몰랐다. 상훈은 가즈오의 삼촌 얘기를 꺼냈다.

「반가운 소식이 있습니다.」

「반가운 소식? 내게도 반가운 소식이 올 때가 있나요?」

「가즈오 씨의 내력에 대한 얘기거든요.」

「…….」

「가즈오 씨에게는 삼촌이 있습니다.」

「네, 삼촌이라구요?」

가즈오의 눈이 반짝 빛났다.

「그렇습니다. 부친 최독립 씨의 동생 최독준 씨죠.」

「정말인가요?」

「네.」

「삼촌이 어디에 있습니까?」

「북한에 있습니다.」

「북한에요?」

「그렇습니다. 그분은 오랫동안 가즈오 씨를 찾은 모양입니다.」

「나를 찾았다고?」

상훈은 이때 가즈오를 만난 이후 처음으로 그가 놀라는 것을 보았다. 언제나 우울하고 파리한 모습으로 목소리조차 높낮이가 없던 가즈오였지만, 혈육이 살아 있고 자신을 찾기까지 했다는 말에는 보통 사람과 조금도 다름없이 반응하는 것이었다.

「삼촌이 나를 찾았다는 말이죠?」

「그렇습니다.」

「오랫동안이나요?」

「네.」

「어떻게 그것을 알 수 있었죠?」

상훈은 아는 대로 설명을 했다.

「그랬군요. 내게도 그런 삼촌이 있었군요. 나를 찾아주는 삼촌이 있었다는 말이군요.」

가즈오는 이상할 정도로 흥분했다.

「어릴 때 나는 누구인가 하는 생각을 하곤 했었어요. 할아버지가 보낸 편지를 해독한 후 내가 한국인이라는 것을 알고 나자, 내게 손을 내밀었다가 무안을 당하고 오사카로 전학 간 그 아이의 얼굴이 떠올라서는 사라지지 않더군요. 찾아가서 사과를 해야 한다는 생각 한편으로 내가 한국인으로 전락해야 한다는 공포감에 시달렸습니다. 일본에서의 한국인이란 늘 신분을 숨기고 살아야 하는 그러한 존재거든요. 학교에서 애들이 내가 한국인이라는 것을 알게 되면 어쩌나 하는 생각으로 매일매일 가시방석에 앉은 것처럼 지내던 때는, 누군가 찾아와 '가즈오야, 너는 한국인이란다' 하고 외치며 나를 한국으로 데려가주기를 바랐어요.」

「그런데 더욱 놀라운 소식이 있습니다.」

「…….」

「그 삼촌이 며칠 후면 일본에 옵니다.」

「네? 삼촌이 오신다구요?」

「네.」

「무슨 일로?」

「북한의 국방위원장을 수행해서 옵니다.」

「삼촌이 오면 만날 수 있겠죠?」

「물론이죠.」

「삼촌도 나를 만나고 싶어 할까요?」

「이르다 뿐입니까? 그 삼촌이 가즈오 씨를 얼마나 찾았는데.」

「내가 도쿄로 가야겠죠?」

「데리러 오겠습니다.」

가즈오가 흥분하는 것을 보자 아직 모든 것이 분명치 않은 상황에서 속으로 은근히 걱정이 되기도 했으나 상훈은 일단 그렇게 약속을 했다.

# 평양의 모반

'오극렬을 죽이지 않으면 안 돼. 그놈은 살모사 새끼 같은 놈이야. 언젠가는 혁명과업을 뒤엎을 놈이야.'

이을설은 전화기를 내려놓으며 언젠가 오진우가 자신에게 하던 말을 생생하게 떠올리고 있었다. 왠지 모르게 유달리 오극렬을 미워했던 옹고집 오진우의 태도가 지금에 와서는 이유가 있는 것으로 생각되었다. 이을설은 벽에 걸린 수령의 사진에 눈길을 보냈다. 수령은 죽기 전에 몇 번인가 자신을 불러 특별히 국방위원장을 부탁했었다.

「총국장, 내레 죽고 나면 반드시 동요가 있을 거야. 그러면 갸레 총국장이 봐줘야 해. 약속할 수 있갔디?」

「의심 가는 놈들을 미리 제거하면 되지 않갔습네까?」

「당장은 몰라. 지금 충신 아닌 놈이 어드메 있갔어. 내레 죽고 나면 문제지. 어떤 놈들이 어드러케 변할지 어케 알갔어. 총국장이 봐줘야 해. 알갔디?」

「여부가 있갔습네까?」

이을설은 아득한 옛날 민족통일전쟁 때 국방위원장을 등에 업고 낭림산을 넘어 만주로 피난 가던 기억을 떠올렸다. 미군기의 폭격을 뭔지도 모르고 재미있어 하던 그 일곱 살짜리 어린애가 이제는 조선인민공화국의 위대한 지도자가 되어 있는 것이다. 그 짙은 패전의 기미 속에서도 수령은 자신의 장자를 끔찍이도 귀여워했다. 온갖 고생 끝에 만주에서 무사한 모습으로 만나자 울며 뛰어드는 국방위원장을 품에 안고 그 큰 덩치의 수령은 어깨를 들먹였었다. 그때 눈물이 채 마르지도 않은 얼굴로 자신을 보며 진정 감사해하던 수령. 그도 결국은 한 사람의 평범한 아버지에 불과했다. 20년간이나 자신의 아들을 후계자로 만들기 위해 치밀하게 계획을 짜고 수도 없이 많은 혁명 동지들을 숙청하고는, 때로는 달랠 길 없는 후회로 밤을 지새우던 수령의 모습이 이을설의 기억에 실루엣처럼 떠올라왔다. 그러나 다음 순간 그는 퍼뜩 정신을 차리고 시계를 봤다. 이미 8시에 가까워지고 있었다.

「아저씨, 8시까지 이봉원이 집으로 오시라요. 갸레 오늘 생일이래요. 어른도 모셔야지 않겠냐니까 다들 한 입으로 아저씨를 모셔야 한다지 않갔시오. 뉘가 뭐래도 갸네들은 아저씨레 제일 따른다니까요.」

국방위원장을 생각하고 수령을 생각하면 가서는 안 되는 자리였다. 그러나 이을설은 자신이 점점 약해지는 것을 느꼈다. 비록 10만에 이르는 실병을 직접 지휘하는 자리였지만 이을설은 자신이 허수아비라고 느끼지 않을 도리가 없었다. 호위총국 예하의 실질적 힘을 가진 참모부와 평양경비사령부, 평양방위사령부의 지휘관들이 모두 오극렬의 추종 세력인 이상, 자신은 무사태평인 듯 이들이 하자는 대로 따라갈 수밖에 없는 노릇이었다.

「공화국의 희망은 원로 군 간부들이 모두 은퇴한 뒤에나 찾을 수 있습네다. 그때까지는 지옥이야요.」

오진우의 사망 직후 오극렬은 이런 말을 했었다. 묘한 시기에 아무도 함부로 할 수 없었던 강력한 발언을 토해낸 그의 진정한 의도는 무엇이었던가. 이제야 그의 뜻이 드러나고 있는 것이다. 이런 날이 올 줄 알았으면 진작 제거해야 했었는데, 이제는 왠지 시기가 늦은 것 같은 생각이 드는 것이었다.

어지러운 생각이 교차하는 가운데 잔칫집에 도착한 이을설은 자신을 환영하는 젊은 군인들의 표정이 예사롭지 않은 것을 느꼈다. 오극렬이 기다렸다는 듯한 표정으로 현관까지 나와서 영접을 했지만, 이을설은 어쩐지 분위기가 낯설고 냉랭하다는 느낌을 떨쳐버릴 수가 없었다.

「와주셨구만요, 아저씨. 들어가시라요.」

「하하, 이 늙은이가 올 자리가 아닌 것 같구만.」

「원, 아저씨도. 무슨 말씀을 그리 하십니까. 다들 아저씨를 환영하는데요.」

이을설은 오극렬이 자신을 끈덕지게 아저씨라 부르는 것에 대해 내심으로는 달갑지 않았지만 달리 싫은 기색을 표시할 수도 없는 일이라 그냥 내버려두고 있었다. 거기에는 오극렬이 자신과 같은 세대의 혁명 동지인 오진우의 조카라는 관계도 있었지만, 그것보다는 언젠가 오극렬이 큰일을 터뜨릴 사람이라는 판단을 하고 있었기 때문이다.

이을설이 이제 소장이나 중장급인 젊은 군인들이 대거 섞인 잔치에서 그런 대로 어울려 술잔을 몇 번 입에 갖다 댔을 무렵, 어디선가 들었던 기억이 나는 낭랑한 목소리가 울려퍼졌다.

「조선민주주의 인민공화국 호위총국장 이을설 차수를 모신 이 자리에서 인민무력부를 대표하는 우리 스물다섯 명의 장성은 혼란에 처한 나라를 보위하고자 하는 일념으로 영명하신 지도자 동지께 우리의 결의를 연명으로 표하고자 합니다. 반대가 있는 분은 손을 들어주십시오.」

바로 자신의 직속인 평양방위사령관이었다. 좌중의 눈길이 모두 자신에게로 쏠린 것이 느껴지는 순간 이을설의 가슴이 크게 출렁였다. 이것은 완전한 기습이었다. 어떻게 대항할 수 없는 묘한 기습이었다. 만약 자신이 이 자리에서 반대를 한다면 그 다음 자신의 운명은 뻔한 것이었다. 찬성은 하고 말고 할 것도 없었다. 반대를 하지 않는 자세가 바로 찬성이었다. 지금 자신이 어느 쪽도 선택할 수 없는 입장에 처했다는 것을 이을설은 누구보다도 잘 알았다. 이럴 경우 어떻게 해야 할 것인가. 노회한 그의 머리가 번개처럼 돌고 있었지만 이 급박한 순간에 해답을 찾을 수는 없었다. 그러나 수십 개 성상을 피비린내 나는 권력투쟁의 소용돌이 속에서 목숨과 자리를 보전해온 그의 후각은 남다른 데가 있었다. 그는 여기에 모인 면면이 모두 실병을 가진 지휘관이라는 것을 생각했다. 이들이 단합하면 마땅히 맞설 부대가 없는 것이었다. 그리고 무엇보다도 이들은 시류에 편승하고 있었다. 일단 머리가 이렇게 돌아가자 이을설은 노인답지 않은 적극성을 보였다.

그 적극성은 오랜 동안의 숙청을 경험하면서 스스로 체득한 보신술이었다.

「나 호위총국장이 한마디 하갔시다.」

좌중의 시선이 이을설의 얼굴에 집중됐다. 그의 입에서 무슨 말이 나올지 모르는지라 좌중은 아연 긴장의 분위기로 휩싸였다. 평양방위사령관은 경호병들에게 눈짓을 했다. 자신이 명령하면 즉각 이을설을 체포하라는 의미였다. 이을설은 이 광경을 보면서 천천히 입을 열었다.

「나는 평소에 우리 공화국에 새로운 흐름이 필요하다고 생각해온 만큼 여러 젊은 지휘관이 동의한다면 기꺼이 앞장을 서갔시다.」

여기저기서 환호성이 터졌다. 얼굴에 웃음을 흘리며 이 광경을 바라보던 오극렬이 술잔을 들며 건배를 제창했다. 사실 그가 국방위원장 배후에서 1992년의 군 인사를 주무르던 순간부터 오늘과 같은 상황은 배태되어 왔던 것이다. 건배의 환호가 가라앉자 평방사령관이 나섰다.

「우선 우리는 다음의 세 가지를 결의하고자 합니다. 첫째 이을설 차수를 제외한 모든 원로 군 간부들의 용퇴. 둘째 군 개혁위원회 설치. 셋째 유일사상의 철폐.」

다시 이을설의 가슴이 철렁 내려앉았다. 몇몇 다른 지휘관도 놀라기는 마찬가지였는지 안색이 변했다. 결의사항 중 첫째 둘째는 그렇다 치더라도 셋째는 감히 생각조차 하기 어려운 무서운 말이었다. 이제까지 이 말은 바로 숙청, 나아가서는 반드시 죽음과 연결되었었다. 그러나 평방사령관은 태연히 아니 당당하게 외치고 있었다.

「옳소.」

이을설은 그제야 확연히 깨달을 수 있었다. 이들이 최종적으로 바라는 것이 무엇인가를.

모반.

이들은 모반을 꾸미고 있는 것이었다. 언젠가 이런 일이 올 수 있다고 생각했지만 뜻밖에도 사태는 너무 일찍 벌어지고 있었다. 아이러니컬한 것은 이들을 진압하는 임무를 가진 자신이 모반의 맨 앞에 서 있다는 사실이었다. 그러나 이을설은 이것이 어쩔 수 없는 흐름이란 것, 또한 대세는 이미 기울었다는 것을 느끼고 있었다.

국방위원장은 이들 젊은 지휘관들의 마음을 붙들기 위해 온갖 노력을 다했지만, 결국 이들은 더 이상 국방위원장만 쳐다보고 있다가는 흔적도 없이 사라지고 만다는 것을 깨달은 것이었다. 국방위원장은 이래저래 조금씩 개방의 물꼬를 트고 있었다. 때때로 자신들의 눈치를 보면서 속도를 조정하고 있긴 했지만 큰 흐름은 역시 개방으로 가고 있었다. 개방은 군의 입지를 끊임없이 좁혀갔다. 인민군에 지급되던 보급품들이 자신들의 동의도 얻지 않고 싹둑싹둑 잘려나갔다. 과거에는 함부로 쳐다보지도 못하던 경제관료란 것들이 군의 훈련비용을 주무르고 앉아 있는 꼴을 더 이상 참아줄 수 없었다. 국방위원장은 그만의 살길을 찾아가고 있었고, 국방위원장의 살길이란 자신들에게는 죽을 길이었다. 이 모든 불길한 조짐들을 뒤집어버리는 것. 그것은 바로 반란이었다. 그리고 이 반란은 모두가 예감하고 있는 터였다. 그것은 피할 수 없는 역사의 한 과정이었다.

반란은 국방위원장의 측근으로부터 비롯되었다. 반란을 진압할 위치에 있는 지휘관들이 일으키는 반란을 제압할 수는 없는 일이었다. 인민의 힘을 빌릴 수도 없었다. 이미 모든 자유를 박탈당하고 노예처럼 살아온 인민들에게 반란의 부당함을 호소할 수 없는 일이었다. 이을설은 시대가 바뀌는 것을 느끼고 있었고, 바뀌는 시대에는 몸을 아껴야 한다는 것을 누구보다도 잘 알고 있는 사람이었다. 다행히 이들이 자신은 숙청 대상에서 제외시켜주었다. 그렇다면 이제 자신이 무엇을 해야 하는지도 분명해진 셈이었다.

「조만간 행동을 개시할 예정이니 여러 동지들은 지금부터 각자의 부대를 관장하고 연락을 기다리기 바랍네다.」

이을설은 돌아가는 지휘관들과 일일이 악수를 나누었다. 젊은 지휘관들이 돌아가자 집주인 이봉원은 이을설을 밀실로 안내했다. 밀실에는 이미 오극렬이 앉아 있었다.

「아저씨, 고맙시다. 아저씨가 우리와 뜻을 같이해주니 마음이 든든합네다.」

공치사와도 같은 말이었다. 그러나 이을설은 아부 섞인 웃음을 흘리며 역시 공치사로 맞받을 수밖에 없었다.

「이 늙은이에게 조국을 위해 다시 한 번 봉사할 기회를 주어 고맙시다.」

이을설은 자신도 모르게 말투조차 바꾸었다.

「이거 우리 기냥 있으면 다 말라죽고 말아요. 국방위원장 동지레 자꾸 개방이다 경제개발이다 하면서 우리 군부를 푸대

접하는데, 이거 이러다간 남한 아이들한테 통째로 다 멕히고 말아요. 거사를 일으켜야 돼요. 미국도 확고한 지지를 약속했습네다. 거사 후 중국과 거리를 유지하기만 하면 지지하겠다는 겁네다.」

이을설은 이들이 이미 미국과도 접촉을 해두고 있다는 사실에 놀라움을 금할 수 없었다. 그것은 또 한편으로 안도감으로 다가왔다. 미국이 뒤에 있다면 더더군다나 무서울 것이 없었다.

「최소한의 유혈사태라도 피하기 위해서는 지도자 동지의 일본 방문을 이용하는 것이 가장 좋습네다.」

국방위원장이 일본에 가 있는 동안 쿠데타를 일으킨다면 저항을 최소화할 수 있을 것이었다.

이을설은 고개를 끄덕이며 혼잣말로 되뇌었다.

'돌아올 수 없겠구만.'

# 추악한 한국인

「박 선생, 대동아연구소에 대해 얘기해줄 것이 있소. 시내로 좀 나오시오.」

조 전무였다. 목소리를 듣는 순간 상훈은 그가 일전에 집에 왔을 때 뭔가를 얘기하려다 말고 그냥 가버렸던 기억이 났다. 프린스호텔의 라운지 한구석에 먼저 와 있던 조 전무는 상훈이 나타나자 반갑게 손을 들어 보였다. 간단한 인사를 하고 차를 시키고 나자 조 전무는 고민이라도 털어놓는 표정으로 상훈의 눈을 보며 말했다.

「박 선생, 최근에 일본 각지에서 태평양전쟁 찬양대회가 열리는 것을 알고 있소?」

「네, 근래에 맹렬한 기세로 불타오르고 있지요.」

「많은 시민단체의 자발적 운동으로 알려져 있긴 한데…….」

조 전무는 잠시 뜸을 들였다.

「그 구호가 너무 비슷하다는 생각을 해보지 않았소?」

「그런 것 같기도 하군요.」

「그들은 한결같이 일본이 희생하여 아시아의 해방을 가져왔다고 한단 말이오.」

「그렇더군요.」

「자발적 운동이라면 그렇게나 구호와 논리가 비슷할 수 없는 것 아니오.」

상훈은 고개를 끄덕였다. 조 전무의 말을 듣고 보니 언젠가 자신이 대동아연구소에 갔을 때 이사장인 와타나베가 강의하던 내용이 그대로 일본 국민의 논리로 흡입되고 있다는 것을 느낄 수 있었다.

「'추한 한국인'이란 책을 혹시 알고 있소?」

「물론이죠. 한국인은 일본이 한반도를 병합한 것에 대해 고마움을 느낀다는 등의 허황된 내용으로 점철된 책이죠.」

「정작 더 큰 문제는 그 책이 일본 독자들로 하여금 제국주의 시절에 대한 향수를 느끼게 한다는 데에 있단 말이오.」

「그런 책이 팔리기나 합니까?」

「수십만 부가 팔려나갔소. 일본인들은 그런 책을 보고 한국인에 대한 부정적 견해를 가질 수밖에 없지 않겠소.」

「답답한 일이군요.」

「그런데 그 책의 저자가 누군지 아시오?」

「저자의 이름이 박태혁으로 되어 있더군요.」

「책에는 그렇게 나와 있지. 그 박태혁이란 자가 자신의 생각을 술회한 형식으로 위장했지.」

「그렇다면 실제의 저자는 따로 있다는 말입니까?」

「그렇소. 박태혁이란 이름은 가공이고, 그 책의 평론을 쓴 가세 히데아키가 실제의 저자요.」

「세상에, 그런 일이 있을 수 있는 겁니까?」

「일종의 사기지. 한국인으로 하여금 한국인을 욕하도록 만들어 결국은 선량한 일본인들이 한국에 대해 나쁜 인상을 갖게 하는 범죄행위지. 세계에서 유일하게 오직 일본의 일부 그릇된 지식인들만이 할 수 있는 일이오.」

「우리의 역사를 조작한 것과 똑같은 수법이군요.」

「지금도 이런 식의 발상을 할 정도니 그 시절은 어땠겠소.」

상훈의 기억에 일본의 식민정책을 좇다가 발견했던 사이토 총독의 발언이 떠올랐다.

'조선 사람들에게 그들의 역사를 알지 못하게 하라. 그들 조상의 무위, 무능, 악행을 들추어내 그것을 과장하여 조선의 후손들에게 가르쳐라. 그리하여 청소년들로 하여금 실망과 허무감에 빠지게 하라.'

36년간이나 이런 교육을 해댔으니 지금에 이르러 사람들은 자신도 모르게 스스로를 비하하도록 길들여져 있었다.

'한국인은 역시 안 돼.'

'한국인은 맞아야 말을 들어.'

'우리는 민족성이 나빠.'

이런 말들은 모두 어디에서 나온 말들인가. 배운 사람까지도 이런 말들을 거리낌 없이 쓰고 있는 것은 통탄할 수밖에 없는 식민지배의 폐해라는 생각이 들었다. 그와 동시에 왜 학교에서는 이런 현상의 이면을 파악하여 가르치지 못하고 있는지 답답한 생각도 드는 것이었다. 오랜 세월에 걸친 일본의 역사 왜곡, 지금도 자행되고 있는 그들의 왜곡된 역사 해석에 대응하는 우리의 노력이 너무나 보잘것없다는 생각이 도쿄 시내 한복판의 호텔에서 서글픔을 느끼게 했다. 의식이 있는 사람들조차 무의식적으로 쓰는 이조실록, 이조백자, 민비라는 말도 역시 일본이 조선의 정통성을 부인하는 말이었다. 즉, 조선은 이씨의 정권이니 일본이 지배해도 크게 달라지는 것은 없다는 의식을 암암리에 심기 위해 지어낸 말이었다. 그럼에도 불구하고 학교에서도 이렇게 가르치고 있다는 것은 처참한 일이었다.

「사실 이것은 책 한 권의 문제만은 아니오.」

「…… .」

「박 선생은 부전 결의를 반대하는 '종전 50주년 국민위원회'라는 단체를 아시오?」

「알지요.」

범국민적으로 부전 결의 반대를 주도하는 이 단체는 이미 대단한 세력을 형성하고 있으며, 위원장인 가세 도시카즈는 진작부터 평화헌법 개정을 주장해온 우익의 대부였다.

「위원장인 가세 도시카즈는 그 추한 책의 숨은 저자 가세 히데아키의 부친이오.」

상훈은 왜 조 전무가 책 한 권의 문제만은 아니라고 하는지 짐작할 수 있었다.

「모두가 연결된 의식의 조작행위요. 이런 일련의 행위들 뒤에는 문제의 그 연구소가 있소. 와타나베의 영향이 지대하지.」

상훈은 의외로 조 전무가 연구소에 대해 깊이 안다는 생각이 들었다. 정보를 다루는 사람이라 상관하지 않는 분야가 없겠지만 자신보다도 연구소를 더 잘 아는 것은 놀라운 일이었다.

「근본적으로 이런 연구소의 뒤에는 뿌리 깊은 일본인들의 우월의식이 있소. 천황제를 수호하고 신이 일본을 보호한다고 생각하는 민족적 우월주의자들이지. 대동아연구소는 특이하게도 자금을 자체 조달하지만 다른 우익의 연구소들은 모금과 더불어 천황제를 받치는 사람들, 나아가서는 천황 주변, 어쩌면 천황의 돈으로 운영되는지도 모르오.」

「안기부에서는 모든 분야에 그렇게 관심이 많습니까?」

조 전무는 잠시 상훈을 쳐다보더니 품에서 한 장의 종이를 꺼냈다.

「박 선생, 이것을 보시오.」

잔뜩 구겨져 있던 것을 펴서 다렸는지 접혀진 종이는 온통 주름투성이였다.

「거기 줄친 부분을 읽어보시오.」

조 전무가 가리키는 부분에는 행동강령이라는 소제목 밑에 이런 내용이 인쇄되어 있었다.

일본 혼을 자극하기 위한 방법으로서의 테러 활용

그리고 그 밑에는 다시 펜으로 쓰인 글씨가 있었다.

일조 수교 결사반대

「이게 뭡니까?」

「그 연구소에서 나온 거요.」

「대동아연구소 말입니까?」

「그렇소.」

「이것을 어떻게 손에 넣었습니까?」

「그런 건 묻지 마시오.」

상훈은 고개를 끄덕였다. 자신에게 대답해줄 수 있는 일은 아닐 것이었다.

「이 행동강령이란 무엇을 말하는 걸까요?」

「나라고 알 수 있겠소. 다만 그 연구소의 음모 중 하나일 것으로 볼 수밖에. 그러나 내가 관심을 가지는 것은 그 밑의 글씨요.」

상훈의 눈길이 다시 펜글씨를 짚었다.

「살벌한 느낌이 드는군요.」

「행동강령에 인쇄된 유의 테러는 늘상 있어온 거요. 가장 일본적인 테러지. 이런 연구소의 앞에는 언제나 전위적 우익 돌격대들이 있소. 이들의 테러는 사람을 죽이거나 무고한 시민을 다치게 하거나 하지는 않소. 주로 정치인과 학자를 대상으로 그 주장에 대한 반대를 분명히 하는 경우가 많소. 이전의 호소카와 수상에 대한 테러도 사람을 향해 발포하지는 않았잖소. 천장을 향해 쏘면서 우익의 목소리를 터뜨리는 거요. 일종의 애교 있는 테러라고나 할까.」

상훈은 일본을 보는 조 전무의 안목이 탁월한 데가 있는 것을 알았다.

「박 선생, 그런데 내가 고민하는 것은 바로 그 밑의 메모 때문이오.」

「메모 때문이라구요?」

「그렇소. 메모의 내용도 아니고 그 메모를 쓴 글씨 때문이지.」

조 전무는 쉽사리 납득이 가지 않는 말을 계속하고 있었다.

「잘 이해가 안 되는군요.」

「행동강령은 인쇄가 되어 있는 것으로 보아 여러 사람에게 나누어준 것인데, 그 밑의 메모를 한 사람이 누군가를 알아내는 것이 필요할 것 같단 말이오.」

「있을 수 있는 메모가 아닌가요?」

결사반대라는 단어는 흔히 쓰이는 말이라 상훈은 가볍게 반문했다. 그러나 조 전무는 미간을 좁혔다.

「그 사람은 결사라는 단어를 여러 번 반복해서 썼소.」

상훈이 보니 과연 결사라는 단어가 진하게 덧칠이 되어 있었다.

「무심코 쓴 것이 아니라 기가 들어가 있는 글씨요. 펜 자국이 깊이 나 있는 것을 보면 알 수 있소. 그런데 정작 중요한 것은 그 사람의 글씨체요.」

「글씨체를 보면 성격을 알 수 있단 말이군요.」

「바로 그렇소. 이 사람은 연구소의 고정 멤버가 아니오. 늘상 보던 글씨들도 아니지만 얌전히 연구소에서 무엇을 할 성격이 아니란 말이오. 무인에 가까운 사람이 어떤 특별한 일로 연구소의 회의에 참석했든지 한 것 같소. 나는 그 종이를 전문가에게 가지고 갔소.」

상훈은 정보를 다루는 사람들이란 상상 못할 정도로 치밀한 데가 있다는 것을 느낄 수 있었다.

「그 글씨를 쓴 사람은 편집증이 있는 사람이라는 감정이 나왔소.」

「편집증이라구요?」

「그렇소. 자신의 엉뚱한 신념에 의거하여 무슨 일이라도 저지를 수 있는 사람이오.」

「그런 사람이 일조 수교 결사반대라고 썼다면?」

「일조 수교와 관련하여 엉뚱한 짓을 할 수 있는 가능성이 있다는 얘기지. 전부터 북한과 일본의 수교를 반대하는 데모는 많았지만 이렇게 힘이 들어가 있는 메모는 처음이란 말이오.」

「그러나 이미 북한과 일본의 수교는 이루어지지 않았습니까?」

「수교가 이루어졌다 하더라도 여전히 문제가 있을 수 있소. 나는 일본 경찰에 이런 메모를 알려주어야 할 것으로 생각되오. 이전의 아사히신문 난입 소동이나 문예춘추 사장 집 발포 같은 것과 연결시켜 생각할 수 있기 때문이오.」

「일본 경찰서에서 이 메모를 어떻게 입수했느냐고 묻는다면요?」

상훈은 그가 메모를 어떻게 입수했는지 궁금하여 슬쩍 물었다.

「하하, 우리는 라인이 있소. 그런 것을 애기할 필요는 없어요.」

「그렇다 하더라도 짐작은 가는군요.」

「정말이오?」

「쓰레기 수거원을 매수했겠죠.」

「하하하, 그런 정도로 해둡시다. 그건 그렇고 나의 얘기가 박 선생에게 도움이 되었을지 모르겠소.」

「물론입니다. 연구소는 과거에 하던 추악한 행위를 지금도 계속하고 있군요?」

「그 에이지 살해사건의 수사는 진전이 있소?」

「연구소를 어떻게 해보기 전에는 어려울 것 같은데요.」

「박 선생, 철옹성도 녹 부스러기 하나로 말미암아 쓰러지는 법이오. 차분하게 생각하면 뭔가 허점이 나올 거요. 그건 세상의 법칙이거든.」

조 전무는 상훈의 눈을 들여다보며 용기를 주려는 듯이 한마디 한마디를 또박또박 힘주어 말했다.

「참, 그리고 최독준 대장이 이번에 일본에 오게 되어 있소.」

「알고 있습니다. 그래서 가즈오에게 가서 얘기를 했습니다. 삼촌이 오면 만나고 싶다고 하더군요.」

「그래요? 그것 참 잘되었군요.」

활짝 펴지는 조 전무의 얼굴을 보며 상훈은 정보 계통에 있는 사람들의 속성을 느낄 수 있었다. 조 전무가 그 바쁜 와중에도 자신을 만나 연구소에 대한 정보를 일러주는 것에는 최독준 대장과 가즈오, 그리고 가즈오와 자신과의 관계를 염두에 둔 계산이 깔려 있을 터였다. 조 전무에게 있어서 자신은 가즈오와의 연결고리라는 의미밖에 없기 때문이었다. 역시 조 전무는 헤어지면서 상훈에게 가즈오의 얘기를 꺼내는 것을 잊지 않았다.

「박 선생, 친구의 상태가 좀 나아지면 나를 한번 만나게 해주시오.」

# 주민등록부

조 전무를 만나고 학교로 가는 길에 상훈은 야마모토 서장에게 전화를 했다.

「죄송합니다, 서장님. 고초를 겪으셨죠.」

「박 선생, 정말 훌륭했소.」

느닷없는 서장의 반응에 상훈은 어리둥절했다.

「큰 봉변은 안 당하셨는지요?」

「가서 백배사죄하고 오긴 했지만 문제는 그런 것이 아니오. 박 선생의 추리가 맞다는 것이 어제 증명이 됐단 말이오.」

「네? 어떻게요?」

「반장의 시체가 발견되었소. 경찰병원에 가보시오.」

「아, 저런.」

죽었다고 단정은 하고 있었지만 막상 시체가 발견되었다는 얘기는 크나큰 충격으로 다가왔다. 복받치는 감정을 억지로 누르고 택시를 잡아타자 가슴 깊숙이에서 뭔가 생겨나서는 심장을 꽉 죄는 것 같았다. 목이 메어 가까스로 운전사에게 목적지를 말하고는 무거운 머리를 창가에 대자 이마무라의 모습이 머릿속에서 생생하게 살아나왔다. 도쿄대학 구내식당에서 학생들과 줄을 서서 식사를 타며 겸연쩍게 웃던 모습이 상훈의 가슴을 저며왔다.

'제가 도쿄대 들어갈 머리가 됐으면 지금쯤은 경시총감이 되어 있게요.'

영안실 밖에서도 들리는 부인 미야코의 흐느낌은 다시 한 번 상훈을 망연자실하게 만들었다.

「큰 충격을 받고 쓰러지면서 뇌진탕을 일으켰던 것 같습니다. 후두부가 심하게 함몰됐어요. 교통사고로 볼 수 있습니다.」

시체는 도쿄 교외의 한 야적장에서 발견되었다고 했다. 처참한 죽음이었다. 상훈은 무섭게 뻗쳐오르는 분노를 누르며 냉정하려고 애를 썼다.

집에 돌아와 책상 앞에서 두 손으로 턱을 괴고 반장을 처음 만나서부터 지금에 이르기까지의 모든 과정과 반장이 했던 말을 하나하나 떠올리면서 그 의미를 곱씹었다. 이마무라 반장이 연구소를 찾아가다 죽음을 당했을 것이라는 자신의 추리는 이제 교통사고로 추정되는 반장의 시체가 발견됨으로써 옳았던 것으로 증명이 되었다. 그러나 이 추리의 증명만으로는 아무것도 해낼 수 없다는 것도 분명한 사실이었다. 너무도 강력한 상대방의 범죄를 밝혀내려면 확실한 증거가 필요했다.

이렇게 생각하자 상훈에게는 새삼 반장이 실종되기 전 떠올렸다는 그 중요한 사실이 부각되어왔다. 반장이 도쿄에 올라온 이후에 자신에게 연락이 없었던 것으로 보아서는 올라오자마자 변을 당한 것으로 생각되었다. 그렇다면 반장은 닛코에서 출발하면서 이미 강력한 단서를 가지고 출발한 것으로 생각할 수 있었다. 그 강력한 단서는 아마도 자신에게 전화를 걸어 알리려 했던 예의 그 중요한 사실일 것이다. 상훈은 다시 친구들의 증언을 떠올렸다.

'초인종이 울리고 나서 동료들이 들어오는 것을 보더니 갑자기 놀란 얼굴이 되더군요.'

그 점이 이해가 가지 않았다. 가장 가까운 동료들이 들어오는 것을 보고 놀란 얼굴이 되었다는 것을 도대체 어떻게 이해해야 할 것인가. 반장이 동료들의 얼굴을 보고 깨달은 것은 무엇이었을까.

상훈은 그 다음날 반장이 시야쿠쇼에 갔던 사실에 대해서도 의문을 품었다. 반장은 무엇을 확인하기 위해서 시야쿠쇼에 갔던 것일까. 뭔가가 아물아물 떠오를 것 같으면서도 딱히 머리에 와서 집히지는 않았다. 상훈은 시야쿠쇼에서 확인할 수 있는 것이 무엇인가 곰곰이 생각했다. 주민등록부를 보고 확인할 수 있는 사실은 현재 동거하고 있는 가족 상황과 전입일자 같은 것이었다. 반장은 준이치가 혼자 사는 것을 너무도 잘 알고 있었으므로 동거 가족을 확인하기 위해서 주민등록부를 확인하러 가지는 않았을 것이다. 그렇다면 반장이 시야쿠쇼에 간 것은 준이치의 전입일자를 확인하러 갔다고 생각할 수도 있었다.

'전입일자'.

이 단어를 떠올리는 순간 무엇이 생각날 것 같았다. 반장은 왜 준이치의 전입일자를 확인하는 것이 필요하다고 생각했을까. 상훈의 머리에 뭔가 아물아물 떠오르려고 하는 순간 전화벨이 울렸다. 조 전무였다.

「박 선생, 내일 최독준 대장을 만나러 가는 것이 좋겠소. 오늘 그들이 일본에 들어오니까. 선발대 중의 누군가가 외무성 이민국과 접촉하여 가즈오를 추적하고 있는 것으로 보아 대장이 지시한 것 같소. 아마 이민국에서는 찾아주지 못했을 거요. 가즈오의 입양기록은 부모의 요청에 따라 소멸되었거든. 그리고 내가 가즈오를 만나는 것은 일단 연기합시다. 자칫 잘못하면 쓸데없는 오해를 받을 수도 있으니까.」

조 전무의 전화를 끊고 나자 막 떠오르려 했던 생각이 씻은 듯이 사라졌다. 아무리 생각해도 아까와 같은 생각의 경로를 되찾을 수 없었다. 안타까웠지만 할 수 없는 일이었다. 마치 영감과도 같이 다시 생각이 떠오를 때를 기다리면서 상훈은 일단 가즈오의 일을 먼저 처리하기로 했다. 그러고는 전력을 다해 반장의 죽음을 추적할 셈이었다.

이제는 더 이상 연구소의 밖에서 머물러서는 안 된다고 생각했다. 위험이 닥치더라도 반장이 생각했던 것이 무엇이었는지를 알아내어 반장과 같은 방법으로 상대방과 마주쳐야 한다고 생각했다. 그건 그렇고, 우선은 가즈오를 데려와 최독준 대장과 상면시키는 것도 보통 일은 아니라는 생각이 들었다. 최독준 대장을 만나는 방법도 생각해두어야 했다.

저녁에 상훈은 주성에게 전화를 걸었다.

「내일 국방위원장 일행의 일정이 어떻게 돼?」

「오전에 수상과 정상회담을 하고 저녁에는 아키히토 왕이 베푸는 만찬에 참석하게 되어 있어.」

「그 사이에는 뭘 하지?」

「증권거래소를 비롯해 한두 군데 더 둘러보도록 되어 있어. 그리고는 호텔에서 쉬다가 만찬에 가지.」

「알았어. 고마워.」

「그런데 갑자기 국방위원장의 일정은 왜 물어? 그 만찬사에 신경이 쓰이는 모양이지? 역시 역사를 하는 사람이라 다르군.」

「만찬사라니?」

「아, 이 사람. 지금 그 만찬사를 두고 한일 양국이 온통 신경을 곤두세우고 있는데 자네가 모른다면 말이나 돼?」

상훈은 그제야 자신이 반장의 사건 때문에 다른 일에 전혀 신경을 쓰지 못하고 있었다는 것을 깨달았다. 만찬사 때문에 신경들이 곤두서 있다면 이유는 오직 하나, 과거에 대한 일왕의 사죄 문제일 것이었다. 전쟁 배상을 하지 않았던 일본은 역시 한 번도 시원하게 과거에 대해 사과한 적이 없었던 것이다. 늘상 유감으로 생각한다는 정도로 끝냈던 일왕이 최근에 한국에 대해 통석의 념을 가진다라는 표현을 했던 것이 최고 수준의 사죄였던 것이다. 그러나 태평양전쟁 후 그 어느 때보다도 보수 우익의 목소리가 높은 때라 이 정도의 사과조차 나올지 어떨지에 사람들의 관심이 집중되어 있었다. 수십 년간을 식민지배하고 한국민의 뜻과는 상관없이 합병까지 해놓고도 사과 한마디 하지 않는 일본이라는 나라도 한심하지만, 제대로 된 사과 한번 못 받고도 따끔하게 응징 한번 못 해온 한국민도 딱하기는 마찬가지였다.

「만찬사 작성을 놓고 외무성 내에서도 의견이 분분해. 이렇게 가다간 내일 만찬 직전에야 작성이 될 거야. 내일 일왕의 만찬사를 들어보자구.」

주성의 관심은 온통 만찬사에 가 있는 모양이었다.

그 시간, 만찬사를 작성하는 외무성 청사 앞에 검은 세단

한 대가 멎었다. 키가 작고 머리가 약간 벗겨진 오십대 후반의 사나이가 거만한 태도로 차에서 내려서는 미리 대기하고 있던 비서의 안내를 받으며 외무대신의 집무실에 들어섰다. 한참 무엇인가 작은 소리로 수군수군하다가 소리가 차츰 커졌고 급기야는 고함이 터져나왔다.

「외무대신, 지금 북조선이 어떤 지경에 빠져 있는지 아시오?」

「알고 있소.」

「북조선은 어떤 형태로든 개방할 수밖에 없소. 지금 국방위원장이 국내의 급박한 사정을 돌보지 않고 일본에 오는 것도 결국은 돈 때문이 아니오?」

「그렇소.」

「앞으로 동북아를 끌어가기 위해서는 우리의 깊고도 강한 면모를 보여야 하는 것 아니오?」

「그런데요.」

「뭐가 그런뎁니까. 그럼에도 불구하고 과거에 잘못했느니 어쩌니 하고 자빠져 있으면 되겠어요? 폐하가 과거를 사죄하시면 국방위원장은 우쭐해져선 우리나라와 대등하게 나오려고 할 게 아니오. 돈이 급하고 정치적 입지가 흔들려서 이것저것 가릴 것 없이 온 친구에게 잘못했다고 청승을 떨고 있는 것이 될 말이오?」

「그러나 이제 북한과 지구상에서 마지막으로 과거를 청산하고 국교를 트는 마당인데 과거에 대한 정의를 해야 할 것 아니오. 청산이란 게 그런 것 아니오.」

「누가 청산을 하지 말랬나요. 청산을 제대로 하란 말이지.」

「어떻게 하는 것이 제대로 청산을 하는 것입니까?」

「외무대신은 지난번 부전 결의 때의 범국민적 반대를 보지 못했나요? 그 수많은 연판장들이 기억나지 않소? 왜 국민의 뜻을 꺾어놓으려 하는 거요?」

「그럼 어떻게 하란 말이오?」

「다시 지난번처럼 통석의 념이니 뭐니 하는 실없는 소리를 집어넣지 말란 말이오.」

「그럼 아예 글귀까지 와타나베 의원이 집어넣으시오.」

「내가 넣는다면 '일본의 도움으로 근대화에 눈을 뜬 인연을 미래에 다시 살려나가자'고 하겠소. 어차피 북조선에는 언론도 의식 있는 지식인들도 없으니 그랬다고 시끄러울 것도 없잖소. 급해서 찾아온 국방위원장이야 말할 것도 없고.」

「…….」

「외무대신이란 사람이 때를 알아야지…….」

다음날 상훈은 하나코와 같이 하코네에 내려갔다. 반가워할 것으로 생각했던 가즈오는 뜻밖에도 고개를 가로저었다.

「나는 가지 않겠어요.」

며칠 전엔 그렇게나 반가워하며 삼촌이 오면 만나게 해달라던 가즈오였지만 막상 그 순간이 다가오자 불안해하는 것이었다.

「일이 잘못될 수도 있거든요. 삼촌이 아닐 거예요.」

가즈오의 병이 확실히 나타나는 순간이었다.

「틀림없이 확인이 됐어요. 삼촌이 가즈오 씨를 찾고 있다니까요.」

「삼촌한테 부끄러워요. 이 가즈오가 어떤 돈으로 살아오고 있었는지 삼촌한테 얘기할 수가 없어요.」

「그게 무슨 얘기예요?」

「처음 여기 왔을 때 상훈 씨가 뛰어나가는 것을 보고 내가 기뻤다고 얘기한 적이 있었지요.」

「네, 기억납니다.」

「그때 나는 상훈 씨의 마음에 살아 있는 조국에 대한 긍지를 느꼈거든요. 나의 아버지가 일본인의 하수인 노릇을 하면서 팔아먹었던 그것 말이에요.」

「야마자키 씨가 무엇을 했든 그것은 가즈오 씨의 잘못이 아니잖아요.」

「우리는 모두 공범이라니까요.」

가즈오의 표정이 거칠게 변하고 있었다. 하나코는 가즈오의 얘기를 듣고 있다가 종내는 흑 하고 울음을 터뜨렸다. 이때 등 뒤에서 굵직한 목소리가 들렸다.

「그냥 가시오.」

상훈이 돌아보니 언제 다가왔는지 가즈오의 양부 야마자키가 무거운 표정으로 서 있었다. 하나코를 보는 그의 눈길은 분노로 활활 타고 있었다.

「안녕하세요, 아저씨.」

하나코의 인사에도 한마디 대답 없이 서 있던 그는 다시 한번 굵고 탁한 목소리로 내뱉었다.

「너, 이제 다시는 여기 오지 마라.」

야마자키의 목소리가 사라지기 전에 가즈오의 악에 받친 목소리가 날카롭게 상훈의 귓속으로 파고들었다.

「공범, 공범, 우리는 공범이라니까!」

가즈오의 흥분된 목소리가 이내 악에 받친 비명으로 변해가자 야마자키는 근심이 가득한 표정으로 가즈오를 바라보며 두 사람에게 손을 내저었다. 숨이 넘어갈 듯 비명 섞인 고함을 질러대는 가즈오의 모습을 뒤로하고 두 사람은 박물관을 나와 전차를 탔다.

「가즈오의 이중적 심리를 이제야 알 것 같군요. 양부에 대한 사랑과 미움이 깊이 교차하는 것 같더군요.」

「가즈오 씨에 대한 야마자키 씨의 애정도 극진해요.」

「그것이 더욱더 가즈오 씨로 하여금 자신의 병에서 헤어나지 못하게 하는 요소일지 몰라요. 가까이 있는 사람들이 늘 원인을 제공하는 법이니까요.」

무심코 한 상훈의 말을 들은 하나코의 표정이 미묘하게 변했다. 한동안 창밖의 풍경을 말없이 바라보던 그녀는 갑자기 자리에서 벌떡 일어났다.

「돌아가야겠어요.」

「네?」

「가즈오 씨에게 가봐야겠어요.」

「지금 상태가 안 좋을 텐데.」

「절 필요로 하고 있어요.」

하나코의 얼굴이 울음을 머금었다.

「발작을 하고 있을지 몰라요.」

「그래요. 바로 그 발작, 저 때문이에요. 그전에는 발작을 한 적이 없었단 말이에요.」

하나코는 전차가 멎자 뛰어내려서는 급히 반대쪽으로 달려갔다. 상훈은 어떻게 해볼 도리도 없이 하나코의 뒷모습을 멍하니 바라볼 수밖에 없었다. 하나코가 그전에는 발작을 한 적이 없다고 하는 것은 어쩌면 상훈 자신에 대한 얘기일지 몰랐다. 즉, 상훈이 나타나기 전에는 발작을 한 적이 없다는 얘기로 들렸다. 상훈은 자신의 마음에도 어두운 그림자가 드리우는 것을 느끼며 텅 빈 가슴을 안고 혼자 도쿄로 돌아왔다.

집에 돌아와 공허한 마음으로 어둠이 깔리는 밖을 내다보고 있는데 전화벨이 울렸다. 뜻밖에도 가즈오였다.

「상훈 씨, 아까는 미안했습니다. 삼촌에게 이 가즈오가 있다는 사실을 알리고 싶어요. 미안하지만 상훈 씨가 가줄 수 있습니까?」

「네, 가겠습니다.」

「돌아가시기 전에 찾아가겠다고도 전해주세요.」

상훈은 가즈오의 심리상태를 알 수 있었다. 삼촌을 만나고는 싶지만 그의 예민한 성격에 선뜻 나서지는 못하는 것이었다. 전화를 끊고 나자 상훈은 마음이 가벼워지는 것을 느꼈다. 전화번호는 하나코가 알려줬을 것이었고, 그렇다면 하나코가 돌아간 것은 결국 가즈오를 위해서는 아주 잘한 일이었다.

# 만찬사

가즈오의 전화를 끊고 나서 상훈은 서둘러 최독준 대장을 찾아갔다. 북한 대표단의 숙소인 프린스호텔은 경계가 삼엄했다. 상훈은 로비의 엘리베이터 입구에서 지켜보는 형사들에게 용건을 말하고 그들의 안내에 따라 대표단이 머무르는 15층에서 엘리베이터를 내렸다.

「아, 그렇습니까. 그런데 안됐군요. 대표단은 이미 만찬장으로 떠났습니다.」

상훈이 낭패한 표정으로 돌아서려 하자 일본인 안내자의 뒤에서 듣고 있던 북한 측 연락원이 내용을 물어왔다. 안내자가 설명을 하자 연락원은 놀란 표정이 되더니 능숙한 일어로 물었다.

「최독준 총정치국장 동지를 찾아오셨다구요?」

「그렇습니다.」

「어떻게 되는 사이십네까?」

「그분 조카의 친구입니다.」

「그렇다면 잠시 기다려보시라요.」

연락원은 전화기를 들고 번호를 돌렸다. 만찬장으로 연결하는 모양이었다. 연락원이 상황을 설명하자 저쪽에서는 한동안 기다리게 하더니 뭐라고 지시를 하는지 연락원은 긴장된 태도로 전화를 받았다.

「총정치국장 동지께서 만찬장으로 모시고 오라고 하신다는구만요.」

「만찬장으로요?」

「네, 저희가 모시겠습네다.」

자신이 참석하기에 적절한지 판단이 서지는 않았지만 일단 상훈으로서는 갈 수밖에 없었다. 연락원은 대기하고 있던 차의 뒷좌석으로 상훈을 안내했다.

차가 만찬장에 도착하자 다른 안내원이 입구에 나와 있다가 상훈을 안으로 안내했다. 일본 경찰의 삼엄한 경호는 상훈으로 하여금 몇 번이나 탐지기를 통과하게 했다.

「총정치국장 동지께서는 앞자리에 계십네다. 이따가 이리로 오실 테니 우선 여기 앉아 계시라요.」

상훈이 일단의 북한 관리들 사이에 앉자 누군가가 샴페인을 부어주었다. 상훈이 샴페인을 입에 대는 순간 박수 소리가 들리며 모든 사람의 시선이 앞으로 집중됐다. 아카히토 일왕과 국방위원장의 건배가 시작되는 순간이었다. 두 사람은 샴페인 잔을 공중에서 부딪치며 축하의 말을 주고받았다. 소박하고 침착한 모습의 일왕 부처와 어딘지 모르게 약간 들떠 있는 듯한 국방위원장 부처의 모습이 한눈에 들어왔다. 국방위원장 측근의 인사들도 어딘지 모르게 미숙하고 딱딱해 보이는 것이 일본 측의 세련된 모습과 극명하게 대비되어 보였다. 상견례를 마친 북한 대표단과 일본 측 환영인사들은 모두 잔을 높이 들었다. 이제 잔을 부딪치기만 하면 역사적 화해가 이루어지는 것이었다. 분위기는 극도로 고조되었다. 종전 후 반세기가 지나고서야 비로소 국교를 틀 수 있었을 정도로 이웃의 거리는 멀고 멀었다. 만찬장에 카메라를 들이대고 중계를 하는 아나운서의 상기된 얼굴과 들뜬 목소리가 국방위원장의 일본 방문의 역사적 의미를 여실히 보여주고 있었다. 드디어 국방위원장과 일왕의 건배를 필두로 만찬장은 잔 부딪치는 소리로 요란해졌다. 건배를 마치자 일왕은 국방위원장 부처를 자리로 안내하고 만찬사를 시작했다.

「오늘 북조선인민공화국 국방위원장의 역사적인 일본 방문을 내외빈 여러분과 더불어 진심으로 환영하는 바입니다. 생각하면 가장 가까워야 할 두 나라가 지난 반세기의 세월이 흐르는 동안 과거에 대한 인식의 차이로 그리고 이념의 상이함으로 말미암아 가장 가까운 이웃이 되지 못하고 지내온 것은 유감스런 일입니다. 지난날 일본이 조선 반도에 진출함으로써 조선 국민들에게 불행을 초래한 것에 대해 본인은 전 일본 국민과 더불어 통석의 념을 금치 못하는 바입니다. 그러나 이제 불행했던 과거는 역사 속에 흘려보내고 미래를 공동 개척하는 동반자로서의 역사가 시작되었습니다…….」

만찬사를 마친 아키히토는 국방위원장이 있는 쪽을 향해 가볍게 고개를 숙여 보이고 좌중의 박수를 받으며 자리에 가서 앉았다. 수상의 안내를 받으며 왕으로서의 위엄을 은연중에 보이는 아키히토를 조명이 집중적으로 비치고, 아나운서는 열심히 아키히토의 만찬사를 시청자에게 옮겼다.

「외무성은 그간의 이견을 물리치고 한국에 표명했던 수준의 만찬사를 준비했습니다. 뒷얘기입니다만 이렇게까지 하는 데는 외무대신의 고집이 결정적이었다고 합니다. 자리를 내놓는 한이 있더라도 한국에 했던 정도의 과거 인식을 북조선과도 나누어야 형평의 원칙에 맞다는 것이 그의 신념입니다. 이에 대해 많은 의원들은 역사를 재조명하는 마당에 잘못된 과거의 역사 속에 일본을 묻어두는 행위라며 외무대신에 대해 강한 비난을 제기했다고 합니다. 막후 접촉에서 상당한 부담을 가졌다는 보도가 끊임없이 이어졌던 북한 대표단은 정부로부터 과거 한국에 했던 수준의 과거 정리를 받아냈으니 매우 만족스러울 것입니다.」

아나운서의 멘트가 끝나자 조명은 이제 국방위원장의 자리로 옮겨졌다. 답사가 시작될 것이었다. 그러나 제법 시간이 흘렀음에도 국방위원장은 일어나지 않았다.

오늘의 일정 중 가장 고조된 분위기를 연출할 만찬의 답사가 즉각 이어지지 않자 좌중의 시선과 관심은 모두 국방위원장에게로 모아졌다.

상훈은 은근히 걱정이 되었다. 국방위원장의 건강에 대해 말도 많고 추측도 많았던지라, 혹시 그가 이 중요한 자리에서 답사를 하지 못할 정도로 쇠약하다면 그것은 정녕 작은 일이 아니기 때문이었다. 한참의 시간이 지났지만 국방위원장은 여전히 일어나지 않았다. 북한과 일본 측 관리들이 분주히 오가는 것으로 보아 무슨 일이 생긴 것 같기는 했지만 의사가 들어오거나 국방위원장의 자세가 흐트러지지 않은 것으로 보아 건강상의 문제는 아닌 것 같았다. 좌중의 관리, 초청 인사, 도쿄 주재 외교관, 기자 할 것 없이 모든 사람의 신경이 극도로 곤두선 채 도대체 국방위원장에게 무슨 일이 일어났는지 보려고 소란이 일었다. 상훈도 눈길을 국방위원장의 자리로 보내며 무슨 이상이 있는지 신경을 집중했다. 옆자리의 북한 관리들도 말을 꺼내진 않았지만 심각한 얼굴을 하고 있는 것으로 보아 매우 불안한 모양이었다. 초조해진 상훈은 좌중의 다른 사람들의 모습을 살피기 위해 눈길을 돌렸다. 이제 좌중의 모든 사람들, 특히 내외신 기자들의 눈과 귀는 모두 국방위원장의 일거수일투족에 쏠려 있었다.

「역시 듣던 대로 괴팍한 자로군. 이봐, 윌리, 저 친구 도대체 왜 저래. 뭘 잘못 먹은 것 아냐.」

경박한 미국 기자의 비난조의 농담이 귀에 들리자 상훈은 부끄러운 생각이 들었다. 비록 남북한으로 갈라져 있기는 하지만 북한도 그리고 국방위원장도 엄연한 겨레임에 틀림이 없기 때문이었다. 세계 외교사에 유례가 없을 이 사태에 대해서는 특히 의전을 맡고 있는 일본의 외교 담당 관리들이 크게 당황했다.

「우리도 왜 그러시는지 모르겠습니다. 몸이 편찮은 것은 아니라 하시는데 아무 말씀도 없이 일어나질 않으시니.」

그러나 북한의 관리들로부터도 시원한 대답을 들을 수 없기는 마찬가지였다. 본인을 제외하고는 누구도 그 원인이나 앞으로의 사태 진전을 예측할 수 없었다. 지나치게 시간이 흐르자 좌석 여기저기서 소란이 일었다.

번연히 이 소란을 목도하고 있으면서 미동도 하지 않고 앞만 쳐다본 채 앉아 있던 국방위원장에게 변화가 생긴 것은 일본의 외무대신과 한참이나 얘기를 나누던 북한의 외교부장이 국방위원장에게로 다가와 무엇인가를 귀띔하고 나서였다. 국방위원장은 그때까지도 묵묵히 자리에 앉아 있기만 하다가 귀띔을 듣고서야 비로소 자리에서 일어났다. 그러자 좌중의 곤두선 신경이 가라앉는 듯 한숨소리가 곳곳에서 들렸다. 한숨은 특히 북한의 수행원들과 조총련계 교포 사이에서 많이 들렸다. 그들은 가뜩이나 구설수에 올라 있는 자신들의 국방위원장이 이렇게 중요한 자리에서 즉각 답사를 하지 못하고 있는 것이 이유를 불문하고 답답하기 짝이 없었을 것이었다.

이윽고 국방위원장은 일왕이 있는 쪽을 향해 가볍게 고개를 숙이고 단상에 섰다. 도발적인 눈매로 좌중을 훑은 그는 낮게 가라앉은 음성으로 답사를 시작했다. 사람들은 왜 그가 그렇게 오랫동안 자리에서 일어나지 않았는지 의문이 가득 담긴 눈길을 그의 얼굴로부터 떼지 않았다.

「북조선인민공화국의 국방위원장인 본인은 이번 일본 방문의 의미가 지대하다고 생각합니다. 지난 역사의 고통을 묻어버리고 새로운 미래를 개척하기 위한 초석을 마련하기 위해 본인의 일본 방문은 이루어진 것입니다. 그러나 본인은 이 자리에서 그러한 본인의 희망이 현실에 근거를 두지 못한 환상으로 끝날 수도 있다는 위기감을 지금 느끼고 있습니다.」

일단 안심했던 좌중은 국방위원장의 만찬사가 매우 이상한 방향으로 흐르는 것을 느끼자 더욱 긴장하며 단상에 주목하고 있었다.

「본인은 일본의 사과에 의해 과거의 역사가 달라진다고 생각하지는 않지만, 일본의 진정하고 솔직한 사죄만이 양국의 미래를 밝힐 수 있는 최소한의 필요조건이 된다고 생각합니다. 지금 본인은 귀국으로부터 죽임을 당하고 자유와 재산을 빼앗긴 수없이 많은 조선인을 대표하여 이 자리에서 귀국의 사과를 받아야만 하는 입장이 되었습니다. 그러나 진정한 사과의 의지가 보이지 않는 모호한 표현으로 얼룩진 역사를 슬쩍 넘겨버리는 귀국 아키히토 전하의 사과 아닌 사과를 본인은 받아들일 수가 없습니다. 그것은 과거 희생된 수많은 조선인의 원혼이 반대할 뿐만 아니라 지금도 조선을 무시하고 있다는 부정할 수 없는 증좌가 되기 때문입니다.」

좌중에서 크게 소용돌이가 일었다. 이런 일은 외교 관례상 있을 수 없는 일이었기 때문이다. 유일하게 취재가 허용된 텔레비전의 카메라가 정신없이 돌고 기자들은 한마디도 빼놓지 않으려고 땀난 손으로 펜을 부지런히 놀렸다.

「물론 본인은 이 자리에서 그러한 것을 논한다는 것이 외교 관례에 벗어나는 것임을 잘 알고 있습니다만, 과거 귀국과 남조선의 예로 볼 때에 수십 년간 남조선이 귀국으로부터 진정한 사과를 받지 못하고 지금까지도 국민 여론이 들끓고 있는 것은 첫 단추를 잘못 끼웠기 때문인 것으로 생각됩니다. 그때 남조선은 귀국의 경협자금, 아니 제대로 표현하자면 전쟁배상금을 필요로 했기 때문에 귀국의 과거에 대한 사죄를 받지 못했습니다.

그리고 이제 이 자리에는 북조선을 대표하여 본인이 섰습니다. 본인은 진솔한 사과, 혼이 담기고 성의가 담긴 사과만을 받을 수 있습니다. 불과 일 년 남짓 프랑스를 점령한 독일도 그토록 정중하고 깊은 사과를 했는데, 36년간이나 한반도를 지배하고 병합한 귀국이 이렇듯 기만적 사과로 일관한다면 세계의 인민들은 우리 조선인이 못나서 그런 것으로밖에는 생각지 않을 것입니다. 이것이 조선의 젊은이들에게는 국가 정기를 흐리고 귀국의 젊은이들에게는 역사를 왜곡하는 무서운 행위가 된다는 것을 인식하시기 바랍니다. 본인은 지금 이 자리에서 귀국 아키히토 전하의 진실한 사과가 추가적으로 이루어지길 정중히 요구합니다.」

좌중은 얼어붙은 듯했다. 한국어나 일본어를 못 알아듣는 외국인들조차 숨소리도 내지 않고 온 관심을 집중하고 있었다. 일본의 관리들도 처음 접하는 이 상황을 어떻게 처리할지 몰라 당황해하는 모습이 역력했다. 외국의 원수가 답사에서 자국 왕의 추가적 언급을 요구했으므로 다음 순서로 그냥 넘어갈 수는 없는 노릇이었다. 그렇다고 왕에게 당장 어떤 발언을 하도록 한다는 것은 일본의 관리에게는 불가능한 일이었다. 이런 경우 왕의 즉흥적 기지나 단안만이 사태를 해결할 유일한 방법이었지만 왕은 묵묵히 앉아 있을 뿐이었다. 일본의 왕이란 이런 경우 그저 묵묵히 앉아 있는 존재였다. 그냥 있을 수도 어떤 행동을 취할 수도 없는 상황이 좌중의 침묵 속에 마냥 이어지고 있었다.

한참을 기다리던 국방위원장은 자리에서 일어났다. 그는 일왕 앞을 지나면서 고개도 숙이지 않고 밖으로 나가버렸다. 수행원들도 국방위원장의 뒤를 따라 퇴장하자 좌중의 조총련계 인사들도 잇따라 일어나 퇴장했다. 묘한 것은 한국에서 온 기자들도 따라서 일어나고 있는 것이었다. 그리고 상훈 자신도 자리에서 일어나 그들의 뒤를 따르고 있었다.

# 돌아가지 못할 자

「뭘 해, 이 친구야.」

흥분이 극에 달한 주성의 목소리가 새벽잠을 깨웠다.

「꼭두새벽부터 웬일이야?」

「어서 일어나 조간을 봐.」

「뭔데 그래?」

반문은 했지만 무슨 일인지 짐작할 수 있었다.

「세상이 발칵 뒤집혔어.」

그 자리에 자신이 있었다는 것을 꿈에도 모르는 주성은 불문곡직하고 신문을 보라고 말하고는 전화를 끊었다. 한국과 일본의 신문만이 아니었다. 세계의 모든 신문은 제1면에 도쿄에서 송고된 기사를 대서특필했다.

일본을 방문 중인 북한의 국방위원장은 아키히토 왕이 초청한 만찬의 답사에서 아키히토 왕이 과거 일본의 조선 진출에 대해 통석의 념을 표한다고 말한 것에 대해 진정한 사과가 아니기 때문에 받아들일 수 없다고 말했다. 국방위원장은 일본의 침략행위에 의해 목숨을 빼앗기고 생명과 재산을 잃은 조선인의 수가 헤아릴 수 없고 그 결과로 한반도가 분단되는 등 피해가 이루 말할 수 없는 터에 통석의 념을 표한다는 장난과 같은 표현은 아직도 조선인을 얕잡아보는 발상에서 나온 것이므로 받아들이지 않겠다고 말했다. 이에 대해 일본 외무성은 곧 외교 관례에 벗어나는 일이라고 엄중한 항의를 전달했으며, 북조선 외교부장은 관례 때문에 진실을 얘기하지 않을 수는 없다고 반박했다.

이날 새벽 야스쿠니신사에는 머리에 수건을 두른 한 사나이가 신상 앞에 무릎을 꿇고 있었다. 사무라이풍의 유카타를 걸친 사나이의 눈에서는 혁혁한 안광이 쏟아져 나오고 있었으며, 솟구친 관자놀이 밑으로 꽉 다문 어금니는 사나이의 무서운 결의를 보여주고 있었다.

'국조가 나라를 연 이래 오늘과 같은 모욕은 처음이다. 폐하의 신민으로서 어떻게 이런 일을 견디고 있을 것인가. 죽음으로 폐하의 욕을 씻으리라.'

어젯밤의 일을 되새기는 사나이의 관자놀이가 다시 꿈틀했다. 자리에서 일어난 사나이는 입구의 공중전화 박스에서 수화기를 들었다.

「와타나베 이사장을 바꿔주시오.」

잠시 기다렸던 사내는 상대방이 나왔는지 비장함이 담긴 묵직한 목소리를 뱉어냈다.

「와타나베 군, 이대로 있을 수는 없네.」

와타나베의 당황한 목소리가 전화선을 타고 사나이의 귀에 와 닿았다.

「어떻게 하자는 것인가?」

「그냥 돌려보낼 수는 없어.」

「그렇다면?」

「그렇게만 알아둬.」

「자네가 한다면 완벽하겠지. 그러나 자네 또한…….」

「미시마 선배의 뒤를 따르려네.」

묵직하고 단호한 음성이 귀를 파고들자 와타나베는 자신에게 전화를 걸어오고 있는 친구와의 젊은 시절을 떠올렸다.

그의 백부는 쇼와 11년의 반란사건 때 내무대신 사이토를 직접 찔러 살해하고는 젊은 장교들의 앞장을 서서 수상 관저로 난입한 후 수상 오카다 게이스케로 착각하고 비서관을 살해했던 인물이었다. 어려서부터 그는 백부를 자신의 영웅으로 삼아 언젠가는 일본 혼을 백방에 알리고 장렬하게 죽으리라고 말해왔었다. 그의 부친과 자신의 부친은 육군참모본부의 장교였던 터라 두 사람은 어려서부터 자주 만났다. 백부의 행위에 영웅적 향수를 품고 성장한 그는 젊었을 때부터 따르던 작가 미시마 유키오가 일본 우익의 부활을 부르짖으며 대중 앞에서 할복 자결하자 사흘 밤낮을 단식하며 뜨거운 눈물을 흘렸다. 나흘째 되던 날 자신을 찾아와서는 미시마의 뒤를 따르겠다고 우기는 통에 진땀을 흘리며 말리던 기억이 있었다.

'훗날 반드시 값지게 목숨을 바칠 일이 있을 것이네.'

그때 자신이 했던 말이었다. 그런데 수년이 지난 지금에 와서 친구는 다시 한 번 미시마의 뒤를 따르겠다는 것이었다.

'말려야 할 것인가?'

그러나 와타나베는 말리려 하지 않았다. 말려서 들을 친구가 아니었다. 아니, 오히려 지금 이 순간 그는 와타나베에게도 반드시 필요한 사람이었다.

국방위원장은 자신에게도 그냥 돌려보내고 싶지 않은 인물이었다.

「잘 가게.」

뜻밖의 사태로 인해 최독준 대장을 만날 수 없게 된 상훈이 어떻게 해야 할지를 생각하고 있을 때 조 전무로부터 전화가 왔다.

「마침 전화를 잘 해주셨군요. 북한 대표단은 그냥 돌아갑니까?」

「아니요. 예정대로 남은 일정을 계속할 것이라 합니다.」

「그럼 오늘 최독준 대장을 만나러 가야겠군요.」

「그래야 할 것 같소. 그런데 친구는 괜찮소?」

「마음의 안정을 못 찾고 있어요. 일단 저에게 대장을 대신 만나라고 하는군요. 」

「음, 그래요?」

조 전무는 무언가를 생각하는 눈치였다.

「박 선생, 내가 지금 그리 갈 테니까 조금만 기다려주시오.」

상훈의 대답은 듣지도 않고 전화를 끊은 조 전무는 곧 도착했다. 그는 아무도 없음에도 불구하고 마치 누군가가 듣기라도 하는 듯이 작은 목소리로 용건을 끄집어냈다.

「박 선생, 지금 평양의 분위기가 심상치 않소.」

「…….」

「미군 정보대의 감청에 따르면 인민군의 주요 지휘관들이 평양으로 속속 모이고 있다 하오.」

「…….」

「국방위원장은 군부의 강경파들과 심한 대립을 보이던 중 일본을 방문하고 있단 말이오. 우리의 분석으로도 통상의 경우라면 있을 수 없는 일이오.」

얼마 전 주성과 대화했던 내용이었다.

「어쩌면 국방위원장이 북한으로 돌아가지 못할 사정이 발생

할지도 모르오.」

「어떤 사정이지요?」

「평양에서 쿠데타가 일어날 경우이지.」

「쿠데타가 성공할까요?」

「지금 상황으로 봐서는 일단 쿠데타가 일어나면 성공할 가능성이 높소. 강경파가 주도하는 군부에 대항하기란 쉽지 않을 거요.」

「쿠데타의 성격은 어떤 것입니까?」

「거두절미하고 결론적으로 얘기하면, 국방위원장의 폭압적 독재를 깨뜨리고 평화통일을 지향하는 사람들의 쿠데타는 아닐 것 같소.」

「그렇다면 또다시 북한 주민들이 고통을 당해야 한다는 얘긴가요?」

「그럴 공산이 커요. 주민들과는 상관없는, 아니 오히려 주민들이 희생되어야만 하는 권력다툼일 것이오.」

「못 견디겠군요. 국방위원장이니 군부 강경파니 하는 되지 못한 자들 때문에 북한 동포들이 끝없이 고통을 겪어야만 한다는 사실이.」

상훈의 가슴은 찢어질 것 같았다. 이 비참한 역사가 언제까지나 반복되어야 하는지 치가 떨렸다.

「시간이 필요할 거요. 정부로서도 답답하지만 나설 수 없는 것은 박 선생도 잘 알지 않소.」

「그렇겠지요. 그러니 더욱 답답하군요.」

「박 선생, 지금 우리로서는 일본에 와 있는 북한 대표단의 분위기를 포착하는 것이 매우 중요하오. 그들과의 유일한 연결고리는 바로 박 선생이오. 최독준 대장과 접촉해주시오.」

그러나 최독준 대장은 하루 종일 만나지지 않았다.

「총정치국장 동지는 전화를 받으실 수 없습니다.」

국방위원장을 수행하고 있지 않은 것을 확인한 조 전무의 정보에 따라 상훈이 호텔로 몇 번 전화를 했지만 대답은 똑같았다.

「아마 대사관에 가 있는 모양이오.」

조 전무는 최독준 대장이 본국과의 연락을 위해 대사관에 가 있는 것으로 판단했다. 평양의 사정이 예사롭지 않은 모양이었다. 그러나 만날 기대를 거의 포기하고 있던 저녁 무렵 상훈은 한 통의 전화를 받았다.

「박상훈 씨입니까? 잠시 기다리십시오.」

이어서 나온 목소리는 카랑카랑한 이북 사투리였다.

「내레 최독준입네다. 의송이레 어데 있습네까?」

상훈이 간단하게 상황을 얘기하자 최독준 대장은 걱정이 많이 되는 모양인지 만나서 얘기를 들어야겠다고 했다.

「갸레 어디가 그렇게 많이 아픕네까? 이거이 내가 시간이 워낙 없어놔서 미안하지만 이따가 만찬장으로 와주시갔습네까? 대사관으로 오시면 차를 대기시켜 놓겠습네다.」

만찬장은 초청받은 사람들 말고도 어제 일왕이 베푼 만찬에서의 해프닝 때문인지 기자들로 초만원이었다. 출입이 허락되지 않은 기자들이 입구를 둘러싸고 있는 가운데로 상훈이 북한 요원으로부터 안내를 받고 들어가자 셔터를 누르는 사진기자도 있었다.

「아니, 이거 박 선생 아니오? 어떻게 여길.」

깜짝 놀란 목소리의 주인공은 야마모토 서장이었다.

「초청을 받고 왔습니다.」

상훈이 간단히 설명하자 서장은 재미있다는 웃음을 지으며 농을 던졌다.

「경호감독관으로 나와 있는 중이지만 박 선생을 만나게 될 줄은 꿈에도 몰랐소. 박 선생 경호는 내가 책임지겠소.」

수상 초청의 만찬은 어제의 해프닝 때문인지 조심스러운 분위기에서 시작되었다. 수상은 으레 왕보다 한층 깊은 유감을 표시하곤 했던데다가 어제의 일도 있었으므로 모든 사람의 신경은 수상의 입술에 머물러 있었다. 국방위원장 부처와 잔을 부딪친 수상이 단상에 서자 어제보다도 훨씬 더한 보도의 열기가 밀어닥쳤다. 곳곳에서 카메라의 플래시가 터지고

TV 카메라의 조명은 수상의 작은 입술 동작 하나도 놓치지 않겠다는 듯이 얼굴을 집중적으로 비추고 있었다.

# 이마무라의 단서

앞에서 두 번째의 테이블에 북한의 관리들과 같이 앉은 상훈 역시 수상의 입에서 무슨 말이 나올지 청각을 곤두세웠다.

「존경하는 북조선인민민주주의공화국의 국방위원장과 방일 대표단을 맞게 된 것을 본인은 더없는 영광으로 생각합니다. 지난날의 역사를 생각하면 유감스런 일이 아닐 수 없습니다만 지금에 이르러 그 표현상의 문제가 아직도 해결이 안 되고 있는 것은 더더욱 가슴이 아픕니다. 어제 귀 대표단의 돌발적 행동에 대해서는 우리도 책임이 지대하다는 것을 느끼며, 이에 본인은 빠른 시일 내에 국내외 중지를 모아 표현상의 문제를 매듭짓고자 합니다. 이에 대해 귀 대표단의 깊은 양찰 있기를 바랍니다.」

수상은 매끄럽게 빠져나가는 와중에도 은연중에 북한 대표단의 어제 행동을 질책했다. 기자들은 역시 일본 수상답다는 생각을 하며, 기대가 무산되자 실망하는 표정이 역력했다. 그러나 다음 순간 수상의 만찬사가 끝나고 국방위원장의 답사가 시작되자 다시 눈동자를 빛내며 그의 목소리와 표정에 신경을 집중했다. 그들은 수상의 연설에서 놓친 대어를 반항아 기질이 농후한 이 지도자 동지의 입으로부터 잡아들일 수 있을 것이라는 기대감을 노골적으로 나타냈다.

「이봐 윌리, 저 사이코의 100만 불짜리 입을 놓치지 마.」

「걱정 마. 녹음기를 다섯 개나 가지고 왔으니까.」

좌중의 이런 기대를 아는지 모르는지 국방위원장은 예의 그 도발적인 자세로 단상에 섰다.

「존경하는 총리대신 각하, 본인은 귀 정부와 국민의 환영에 대해 진심으로 감사드립니다. 특히 어제의 유감스런 사태에 대한 각하의 깊은 관심과 약속에 대해 본인은 한반도의 7천만 조선 민족과 더불어 심심한 감사를 드립니다.」

국방위원장의 답사 역시 수상의 송사에 화답하는 형식이었다. 아마 사전에 실무자들 간에 깊이 조율된 만찬사일 것이었다.

「다만 하나 본인이 우려하는 것은…….」

이 대목에서 국방위원장의 고개가 들리며 눈은 좌중을 훑었다. 순간 양국 관리들의 얼굴이 하얗게 변했다. 읽어야 할 원고로부터 눈이 떠났다는 것은 바로 국방위원장 자신의 목소리가 나오기 시작한다는 것을 의미했다.

「경제적 신용으로는 세계 제일이라 할 수 있는 귀국이 유독 과거사의 사과나 배상에 대해서는 유난히 인색하고 누차에 걸쳐 약속을 어기고 있다는 점입니다.」

이 대목에 이르자 모든 사람의 호흡이 정지된 듯했다. 특히 기자들의 신경은 곤두설 대로 곤두섰다. 드디어 기다리던 장면이 연출되기 시작한 것이다. 상훈 역시 숨을 죽였다. 자신도 모르게 국방위원장을 염려하는 기분이 드는 것을 느꼈다. 어제의 퇴장으로도 모자라 오늘 다시 극단적 행동을 보인다면 국방위원장은 정말 세계의 비웃음거리가 될지도 몰랐다.

그러나 다음 순간 제발 그냥 넘어갔으면 하고 바라던 상훈의 가슴속에서 세찬 의문이 치고 올라왔다. 어쩌면 국방위원장이 옳은 것은 아닌가 하는 생각이 들었던 것이다. 짧은 순간이지만 상훈은 혼란스러웠다. 적당히 넘어갔으면 하고 바라는 자신이 옳은지, 외교 관례를 따르며 편하게 넘어가는 것을 한사코 거부하고 엉뚱하나마 하고 싶은 말을 토해내는 국방위원장이 옳은지 판단이 잘 서지 않는 것이었다.

상훈은 다른 사람들은 어떻게 받아들이는지 궁금한 마음이 생겨 고개를 돌리며 좌중을 살폈다. 사람들은 거의 표정을 나타내지 않은 채 국방위원장만을 주시하고 있었다. 그러나 다음 순간 다시 앞으로 고개를 돌리던 상훈의 눈에 낯익은 얼굴이 들어왔다. 야마모토 서장이었다. 경호 관리의 목적으로 온 그조차도 국방위원장의 만찬사에 온 신경을 뺏기고 있다고 생각하며 다시 눈길을 단상의 국방위원장에게 돌리는 순간,

상훈은 멈칫했다. 어딘지 모르게 낯선 느낌이 들었던 것이다. 야마모토 서장의 얼굴이 늘상 봐오던 평범하고 친숙한 것이 아니었다. 그도 국방위원장의 다음 말에 신경을 곤두세우고 있어서 그러려니 했지만, 단지 그렇게 여기기에는 표정이 너무 굳어 있었다. 오른쪽 복도에 서서 벽에 등을 붙인 채 테이블에 눈길을 주고 있는 다른 경호원들과는 달리 국방위원장에게 온 신경을 모으고 있는 모습이 어딘지 모르게 불안해 보였다. 상훈은 이런 느낌이 왜 오는가 싶어 서장에게로 재차 눈길을 보내다가 자신도 모르게 신음을 토했다. 갑자기 머리를 흉기로 세차게 얻어맞은 듯한 충격이 왔던 것이다. 머리가 텅 빈 것 같은 상태에서 이마무라 반장의 얼굴이 야마모토 서장의 그림자 위로 스쳤다.

'박 선생님, 중요한 사실을 떠올렸습니다.'

갑자기 왜 이 말이 생각나는지 몰랐다. 자신이 이제껏 추측하려던 그 중요한 사실이 야마모토의 긴장된 얼굴을 보는 순간 갑자기 떠오르는 것이었다. 언젠가 반장은 형사들이 매일 순찰을 하는데도 준이치가 감시당하고 있었다는 결론이 나오는 것에 대해 매우 의아하게 생각했었고 그 점은 자신도 마찬가지였다. 반장은 그 점을 파고들지 않았을까. 상훈의 뇌리에 반장의 친구들이 하던 말이 생생히 떠올랐다.

'깜짝 놀랐던 반장이 초인종을 누른 사람이 동료 형사들인

것을 알고는 갑자기 몸을 부르르 떨었어요. 그러더니 가서 박 선생께 전화를 했거든요.'

왜 그랬을까? 왜 방문객이 동료 형사들임을 알고 중요한 사실이라는 것을 깨달았을까. 혹시 반장은 그때 형사들도 감시자가 될 수 있다는 생각을 했던 것은 아닐까.

'아, 그랬구나. 서장이 형사를 시켜 준이치를 감시했다면?'

형사들은 내용도 모르고 준이치의 감시자 역할을 충실히 수행했을 것이다. 준이치만이 느끼는 공포, 그만이 느낄 수 있는 감시의 분위기. 그런 것은 본인 외에는 아무도 느낄 수 없었을 것이다. 어느 날 이마무라 반장은 자신의 집에 찾아온 동료 형사들의 초인종 소리에 놀랐고, 형사들도 감시자가 될 수 있다는 생각을 했을 것이다. 반장은 자신도 모르는 사이에 준이치의 감시자가 되어 있었던 것을 깨달았던 것이다. 형사를 감시자로 만들어버릴 수 있는 경우. 그것은 바로 서장이 준이치를 위협하는 경우뿐이었다. 그 경우 준이치에게 형사들이란 다만 야마모토의 부하일 뿐이었다.

현장에서 책 뒷장의 종이 한 장만 떼어갈 수 있을 정도로 준이치를 샅샅이 감시하던 사람. 그럴 수 있는 사람은 바로 야마모토 서장밖에 없었다. 이렇게 생각하자 모든 추리가 정확하게 들어맞았다. 어느 장면이든 야마모토를 넣으면 해결되지 않는 것이 없었다. 야마모토가 앞장서서 연구소를 의심하던 것이나 연구소의 수색에 그렇게나 열을 올리던 것도 지금 생각하니 모두 교묘한 연극이었다. 야마모토는 이미 연구소와 밀접한 연관을 갖고 와타나베의 명령을 충실히 수행하는 하수인임에 틀림없었다. 그렇다면 그런 야마모토가 이 자리에 나타난 이유가 무엇일까를 생각하던 상훈은 소스라치게 놀랐다.

'테러.'

야마모토가 이 자리에 나타난 것은 테러를 위한 것이란 말인가. 상훈은 고개를 가로저었다. 설마 자국을 방문한 외국의 국가 원수를 경찰서장의 신분으로서 살해하리라고는 생각되지 않았다. 그러나 다음 순간, 설마 하는 생각 사이로 세 사람의 죽음이 떠올랐다. 준이치, 마쓰모토, 이마무라. 이 사람들도 모두 죽지 않았는가. 그런데도 설마 하고만 있을 것인가. 상훈의 뇌리에 며칠 전에 조 전무가 보여주던 쪽지가 떠올랐다.

'일조 수교 결사반대.'

조 전무는 편집증이 있는 자의 글씨라 하지 않았던가. 상훈은 야마모토의 얼굴에서 눈을 떼지 않은 채 다시 한 번 준이치의 죽음 이래로 지금에 이르기까지의 과정을 더듬었다. 조 전무가 준 쪽지와 관련해서 볼 때도 야마모토는 가장 유력한 용의자였다. 본래 연구소의 멤버가 아닌 야마모토만이 부주의로 메모를 유출시킬 수 있었다. 그 쪽지를 쓴 자가 야마모토라면 그가 여기에 와 있는 이유는 국방위원장의 암살일 가능성이 높았다. 골수 우익인 그에게 어제 일왕이 당한 모욕은 그냥 지나칠 수 있는 일이 아닐 것이었다.

상훈의 생각이 이어지는 동안 야마모토는 서서히 움직였다. 상훈은 몸이 달아올랐지만 상황이 미묘하여 자신이 어떤 행동을 취할 수는 없었다. 무엇보다도 자신의 추리가 맞다는 보장이 없었다. 검증을 해야 할 것이지만 방법이 없었다. 보통 사람과는 달리 야마모토는 경찰서장이기 때문에 총을 소지할 수 있는 신분이고 따라서 몸을 수색하여 범의의 유무를 판단할 수도 없는 것이었다. 몸이 달아오르고 머리가 후끈거렸지만 어떻게 할 도리가 없었다. 만약 지금이라도 야마모토가 앞으로 나가 국방위원장을 쏘면 그걸로 끝이었다. 아무도 야마모토를 저지할 수 없었다.

'어떻게 해야 할 것인가?'

땀이 흘렀다. 입술이 타오르고 비지땀이 났지만 자신의 추리를 확인할 수 있는 방법이 없었다. 이 자리에서 만약 자신이 실수라도 한다면 국방위원장까지도, 아니 모든 한국인이 우스운 사람이 되어버리고 말 것이었다. 그렇다고 그냥 있을 수만도 없었다.

'아, 그렇지.'

속수무책의 이 순간에 상훈의 머리에 떠오르는 것이 있었다.

'이마무라 반장은 시야쿠쇼에 가지 않았던가?'

야마모토가 사건의 배후에 있다고 생각한 반장은 다음날 아침 바로 시야쿠쇼에 갔다. 뭔가를 확인하기 위해서였을 것이었다.

'준이치의 전입일자.'

상훈은 반장을 처음 봤던 때부터 지금에 이르기까지의 과정을 급히 더듬었다. 짧은 순간이었지만 수도 없이 많은 생각이 상훈의 뇌리를 전광석화처럼 스쳐 지나갔다. 그중 상훈의 뇌리에 걸리는 말이 하나 있었다.

'야마모토 서장님은 닛코에 부임해왔을 당시 준이치 씨로부터 전화를 받았다고 합니다. 이제 은퇴도 하고 했으니 어디 좋은 곳이 없느냐고 해서 닛코로 내려오라고 했답니다.'

상훈은 왠지 모르게 숨이 가빠지는 것을 느꼈다. 그 말이 준이치의 전입일자와 연결되었다.

반장은 전입일자를 알아보기 위해 시야쿠쇼에 갔을 것이다. 준이치가 전입해온 날짜와 서장이 부임해온 날짜를 비교하여, 서장의 말과는 달리 준이치가 이사한 후에 서장이 부임했다면 그것은 틀림없이 준이치를 감시하고 위협하기 위해서였을 것이다.

'그렇다면.'

속수무책의 이 순간에 상훈의 머리에 떠오르는 방법이 있었다. 상훈은 여전히 야마모토에게서 시선을 떼지 않은 채로 한국 기자들이 있는 자리로 걸어갔다.

「미안하지만 휴대폰을 가진 분이 있습니까?」

주재 기자로 보이는 사람이 눈은 여전히 국방위원장에게서 떼지 않은 채 품속에서 휴대폰을 꺼내주었다. 상훈은 닛코에 있는 이마무라 반장의 집으로 전화를 했다. 부인 미야코가 받았다.

「박상훈입니다. 지금 대단히 급한 상황이니 최대한 빨리 확인해주십시오. 무슨 수를 써서라도 준이치의 전입일자를 확인해주십시오. 확인되시면 휴대폰으로 전화를 해주십시오.」

상훈은 기자에게 물어 휴대폰의 번호를 일러줬다. 그리고는 닛코경찰서 경무과에 전화를 해서 야마모토 서장의 부임일자를 확인했다. 1994년 7월 17일이었다. 이제 남은 것은 부인의 전화였다. 상훈은 조마조마한 심정으로 야마모토의 움직임을 주시했다. 야마모토 역시 홀 안의 다른 사람들과 마찬가지로 국방위원장의 거동에 신경을 곤두세우고 있는 모습이었다.

모두가 온 신경을 단상의 국방위원장에게 쏟고 있을 때에 야마모토의 오른손이 스르르 움직였다. 손은 마치 뱀처럼 서서히 미끄러져 가슴을 타고 겨드랑이 밑으로 들어갔다. 상훈은 당황했다. 지금 이 극적인 순간에 자신이 야마모토를 덮쳐야 할지 판단이 서지 않았다. 만약 야마모토의 동작이 별 뜻이 없는 것이라면, 아니 별 뜻이 있어도 경호요원인 그의 범의를 입증할 수 없으므로 결과는 마찬가지겠지만, 자신은 일대 소동을 일으키고 체포되어 나갈 것이다. 자신은 문제가 아니었다. 지금 국방위원장이 남북을 막론하고 한민족을 대표하여 일본에 중요한 질문을 던져놓고 있는 마당에 모든 상황은 우스꽝스런 것이 되어버릴 수밖에 없는 일이었다. 상훈의 입술이 타들어갔다. 번연히 알면서도 앉아서 당할 수밖에 없는 상황이었다. 확인이 되지 않는 한 설사 당하더라도 경거망동해서는 안 되는 일이었다. 홀 안의 사람들은 어느 누구도 야마모토의 동작에 신경을 쓰지 않았다. 사람들은 끝없는 침묵을 유지하면서 국방위원장에게만 시선을 던지고 있었다. 경호원들은 자신들의 관리자인 야마모토에게 신경을 쓸 생각은 꿈에도 하지 못하고 좌중의 인물들에게만 감시의 눈길을 번득이고 있었다. 상훈의 눈에 야마모토의 오른손이 양복 주머니로 들어가는 것이 보였다. 손의 모양으로 보아 주머니 안의 어떤 물건을 움켜쥐는 것으로 여겨졌다. 권총일 것이다. 그와 국방위원장과의 거리는 불과 20미터.

'오, 하느님.'

상훈은 등줄기에 식은땀이 흐르며 온몸에 힘이 빠져나가는 것을 느꼈다. 이제 총만 꺼내면 모든 것은 끝이었다. 심장이 조이고 피가 역류하는 것 같았지만 자신으로서는 어떻게 할 수 없는 순간이었다.

'확인되지 않는 한 아무것도 해서는 안 된다.'

상훈은 아예 눈을 감아버렸다. 눈꺼풀로 닫힌 망막에는 끝없는 암흑만이 있었다.

「당연한 책임배상을 마치 동냥 주듯 해온 귀국의 행태는 결국 남조선의 대통령으로 하여금 정신대를 돈으로 배상하라고 요구하지 않겠다는 결단을 내리게 만들었습니다. 나는 그분의 정신이 옳다고 생각합니다.」

국방위원장의 연설은 거의 끝이 나고 있었다. 이제 1분도 안 되어 연설이 끝날지도 모른다는 생각에 상훈은 머리 꼭대기까지 피가 솟구치는 기분이었다. 이제 불과 몇 십 초 혹은 몇 초 후면 좌중의 깊은 침묵은 끝이 날 것이었다. 아수라장이 벌어지고 피가 튈 것이었다. 국방위원장은 역사의 목소리를 남겨놓고 만찬장의 차디찬 제물로 변할 것이었다. 불현듯 수없이 많은 한국인의 얼굴이 국방위원장의 얼굴 위로 실루엣처럼 피어오르고, 그들이 입을 모아 외쳐대는 고함이 상훈의 귀에 들리는 듯했다.

소리.

그것은 억울하게 숨져간 한국인들의 소리였다. 헐벗고 순박한 모습으로 차디찬 총칼 앞에 모든 것을 빼앗긴 반도인들의 소리였다. 그리고 이제 그 희생자들을 대표한 국방위원장이 다시 일본인의 손에 쓰러질 것이었다. 상훈의 뇌리에 자신이 이들을 지켜야 한다는 소리가 천둥소리처럼 울려왔다. 그것은 자신이 한평생 몸을 바쳐 연구할 역사의 소리였다. 이 소리에 상훈은 감았던 눈을 부릅떴다.

망막을 열자 맨 처음 들어온 야마모토의 모습은 한 걸음 앞으로 나가고 있는 것이었다. 상훈은 마음으로부터 울부짖었다. 파도와 같은 끝없는 긴장을 견딜 수 없어 두 손으로 머리를 감싸쥐었다.

이때였다.

삐리리리.

전화벨이었다. 상훈은 진땀이 고인 손으로 통화 버튼을 눌렀다.

「박 선생님, 94년 6월 30일이에요.」

모든 사람들의 눈과 귀가 난데없는 전화벨 소리에 집중되었다가 다시 용수철처럼 튀어오르는 한 청년의 고함 소리에 집중되었다.

「엎드려!」

고함이라기보다는 비명이었다. 국가 원수에 대한 존칭도 경칭도 없는 그저 한 인간의 단말마와도 같은 비명이 홀에 울려퍼지는 순간, 사람들은 품에서 권총을 빼드는 건장한 오십대의 메마른 몸짓을 보았다. 청년이 오십대를 덮쳤다. 오십대의 격렬한 몸짓이 달려든 청년을 팽개쳤고, 아직 어안이 벙벙한 사람들 사이를 뚫고 앞으로 내달았다. 청년은 벌떡 일어나 오십대의 다리를 붙잡고 쓰러졌다. 오십대의 권총이 청년의 머리를 겨누고 격발되기 직전 경호원이 달려와 권총을 발로 찼다. 권총이 땅에 떨어지자 순간적으로 모든 것이 글러버렸다는 것을 깨달은 오십대의 전력을 실은 주먹이 모로 누운 청년의 허리를 강타했다. 청년은 숨이 끊어지는 듯한 신음을 내뱉으면서 정신을 잃었고, 오십대는 재빨리 양복 속에서 무엇인가를 꺼내어 자신의 가슴을 찔렀다. 너무 순식간에 일어난 일이라 아무도 손을 쓰지 못했다. 피가 흥건한 가운데 쓰러져 있는 야마모토와 상훈에게 경호원들이 몰려들었다.

# 국방위원장의 결단

다음날 아침 상훈은 뜻밖의 방문객을 맞았다.

「계십네까?」

「누구시죠?」

「지도자 동지레 박 선생님을 만나고 싶어 하시기에 모시러 왔습네다. 시간이 있갔습네까?」

북한의 외교부 부부장이 직접 온 것으로 보아 국방위원장은 상훈에게 깊이 감사하는 모양이었다. 상훈이 막 나가려고 하는데 전화벨이 울렸다. 조 전무였다.

「박 선생, 푹 쉬었소?」

「네, 덕분에요.」

상훈은 조 전무의 목소리를 듣자 단순한 안부인사 이상의 무엇이 있다는 느낌이 들었다.

「박 선생, 지금 평양의 사태가 급박해진 것 같소. 혹시 최독준 대장을 만나러 가면 가급적 신경을 곤두세우고 그들을 살펴주었으면 해서 전화 드렸소.」

「그렇잖아도 지금 북한 대표단의 숙소로 가려고 하는데, 급박한 사태라면 무엇을 말하는 겁니까?」

「확실친 않아요. 평양 시내에서 부대의 이동이 포착되고 있소.」

「알았습니다.」

상훈은 조용히 전화를 끊었다.

국방위원장을 만난다는 의미를 곱씹으며 숙소인 프린스호텔에 도착한 상훈은 외교부장의 영접을 받았다. 노련한 외교부장은 여유 있는 모습으로 상훈을 맞이했으나 표정의 한구석에는 어딘지 모르게 불안한 기색이 엿보였다.

「지도자 동지께서는 박 선생의 헌신적인 행위에 대해 깊은 감사를 표했습니다. 우리 공화국의 훈장을 드리게 될 것입니다.」

기다리는 동안 역시 외교관의 면모가 풍기는 사십대 후반의 한 사나이가 얼굴에 웃음을 띠고 말했다. 그러나 이 사나이는 상훈이 제법 오래 기다리게 되자 어리둥절한 표정으로 외교부장이 들어간 문에 연신 눈길을 보냈다.

「바쁘신 모양이죠?」

「네, 하지만 박 선생님을 꼭 만나겠다며 어서 모셔오라고 지시하셨는데…….」

「혹시 무슨 일이 있는 것은 아닙니까?」

상훈이 떠봤지만 사나이는 영문을 모르겠다는 듯이 고개를 좌우로 흔들었다. 약간의 시간이 더 지나서야 외교부장이 밖으로 나왔다.

「기다리시게 해서 미안합네다. 들어가시죠.」

커다란 사무실과 응접실이 붙어 있는 로열 스위트룸의 화려한 분위기 한가운데 회색 인민복을 간소하게 차려입은 국방위원장이 소파에 앉아 있다가 상훈이 들어오자 활짝 웃으며 일어나 손을 내밀었다. 상훈은 그가 격식을 싫어하는 성품의 소유자라고 생각했다.

「여어, 박 선생. 어서 오시오. 기다리게 해서 미안하오.」

「반갑습니다.」

「어디 다친 데는 없소?」

「없습니다.」

「이거 내가 생명의 은인에게 결례가 심합네다. 자, 이리 앉으시오.」

중키 혹은 약간 작은 키에 퉁퉁한 모습의 국방위원장은 사진에서 볼 때의 날카로운 모습에 더하여 상당히 들떠 있는 인상을 주었다. 상훈은 외교부장의 얼굴에 보이던 일말의 불안감이 국방위원장의 얼굴에도 배어 있는 것을 보았다. 여비서가 차를 가져오자 국방위원장은 상훈에게 권하며 짐짓 유쾌한 표정으로 이것저것 물었다. 그는 상훈이 도쿄대학에 유학하고 있다는 것을 알고 있었던 모양으로 상훈을 수재라 일컬으며 칭찬했다.

「어제 만찬장에서 나를 암살하려던 그자의 배후에는 어떤 놈들이 있을까?」

「경찰이 밝혀낼 겁니다.」

「보나 안 보나 극우단체인지 뭔지 하는 놈들이 있을 거야. 그놈들 내가 만찬장에서 할 말 한 것 가지고 자기네 천황이 모욕을 당했네 어쩌네 하는 모양인데, 전쟁에 대해 사과 한마디 않고 조선 인민들을 모욕한 것은 눈에 안 보이는 모양이야.」

「일본인들은 아시아의 다른 나라에 대해 우월의식을 갖고 있는 것 같습니다.」

「갖고 있지. 그러나 재미있는 건 말이지, 세계의 인민들이 모두 일본에 대해 두려워하고 우러러보지만 우리 조선 인민들만은 일본을 우습게 본다는 점이오.」

「그건 왜 그렇습니까?」

「아마 오래전부터 내려오는 정신적 전통인 모양이오.」

「고대에 문화를 전승해주었던 사실로부터 내려오는 전통인지도 모르겠군요. 서구의 학자들 중에는 앞으로의 세계는 일본인보다 오히려 우리 한국인들에게 맞다는 얘기를 하는 사람들이 많습니다.」

「왜 그럴까?」

「몰개성적 산업사회에서는 일본인들과 같은 집단주의적 사고가 효율적이지만, 앞으로 다가올 철저한 개성적 사회에서는 한국인들처럼 한 사람 한 사람이 우수한 것이 더 낫다는 얘기입니다.」

「일리 있는 얘기구만.」

국방위원장은 고개를 끄덕였다. 이때 노크소리가 들리더니 다급한 표정의 보좌관이 뛰어들어왔다. 그는 급히 무언가를 말하려다 상훈이 있는 것을 보고는 국방위원장의 옆에 서서 조그만 소리로 말했다.

「국방위원장님, 급히 말씀드릴 것이 있습네다.」

「박 선생, 미안하지만 좀 기다리시라요.」

국방위원장은 상훈에게 가볍게 고개를 숙이고는 옆방으로 들어갔다. 잇따라 들어온 외교부장의 허둥대는 목소리를 들으며 상훈은 예삿일로는 외교부장이 저리도 당황할 수 없을 것이라고 생각했다. 외교부장의 보고에 곧이어 국방위원장의 격앙된 목소리가 울려 퍼졌다.

「이을설이는 뭘 하고 있나.」

다시 외교부장이 낮은 목소리로 뭐라고 한참 설명했다.

「측근이라는 놈들이 모두 나를 배신했다는 말인가.」

국방위원장의 목소리가 처음과는 달리 힘을 잃고 떨려 나왔다. 한참의 시간이 흐른 후 비관적인 목소리가 뒤를 이었다.

「총정치국장에게 계속 군부와 접촉해보라고 하시오.」

외교부장이 급한 발걸음으로 나가는 것과 동시에 대기하고 있던 여비서가 방에서 나오는 국방위원장에게 뭔가를 보고하고 나갔다. 상훈은 급한 시기에 자신이 응접실에 앉아 있는 것이 부적절하다고 생각했지만 국방위원장이 기다려달라고 부탁한 상황에서 말없이 나가기도 뭣하여 그냥 앉아 있었다. 안에서 국방위원장이 전화를 받는 소리가 들렸다. 처음에는 조용히 얘기했지만 뭔가가 잘 풀리지 않는지 대화가 거듭될수록 말소리가 커졌다.

「글쎄, 위험하다는 것을 누가 모르갔소? 다만 사태의 진전을 좀 더 지켜봐야 한단 말이오.」

다시 저쪽의 얘기를 기다렸다가 국방위원장의 말은 계속되었다.

「비행기는 공항에 24시간 대기상태로 두면 되지 않소?」

국방위원장은 단정적으로 전화를 끊고는 밖으로 나왔다. 상훈에게는 애써 웃는 얼굴을 지어 보였으나 조금 전과는 달리 초조하고 불안한 기색이 얼굴에 역력했다. 상훈이 가겠다고 말을 하려 했으나 국방위원장은 몇 번 심호흡을 하고 안정을 되찾으려는 듯 눈을 감았다. 그의 뇌리에는 주석궁에서 만났던 매콤스키 의원의 모습이 떠올랐다.

「국방위원장 각하, 얼마 전의 폭동은 이제 곧 전국으로 퍼질 것입니다. 개방의 맛을 안 주민들은 죽음을 두려워하지 않습니다. 또한 군부의 반란도 필연적입니다. 우리의 정보에 의하면 국방위원장 각하의 일본 방문시 거사를 결의했다고 합니다. 둘 중 어느 것도 막을 수 없습니다.」

매콤스키는 미국 정부의 신뢰를 보이기 위해 일부러 자신을 찾아왔었다.

「방법은 일본 방문 후 망명하는 것밖에 없습니다. 합중국으로 망명을 하십시오. 가지고 오실 수 있을 만큼의 돈을 갖고 오십시오. 우리가 도와드릴 것입니다. 기회는 그때밖에 없습니다. 루마니아의 차우세스쿠를 기억하십시오.」

매콤스키의 마지막 말은 국방위원장의 머리에 대포를 쏜 것 같았다. 가장 민감한 부분을 건드렸던 것이었다. 어제까지도 대통령이었던 차우세스쿠는 불과 하루 만에 성난 군중에 의해 권좌에서 끌어내려져 생을 마치고 말았다. 늘 생각해왔던 것이지만 자신도 잘못되면 그의 경우와 흡사할 가능성이 많았다. 믿는 것은 군부였지만 끊임없이 들려오는 쿠데타설에 하루도 편안하게 있을 수 없었다. 자다가도 벌떡 일어나곤 하는 일이 잦아지더니 급기야는 불면증까지 생겼다. 오랫동안 번민하던 국방위원장이 결정을 내린 것은 헤이룽장성에 주둔하고 있는 중국 동부군 사령관이 평양에 왔다가 자신을 찾아오지 않고 돌아가버린 일이 있고서였다. 오극렬은 그가 주석궁을 방문하지 못한 것은 전적으로 꽉 짜인 일정 때문이었다고 변명을 했지만 그것이 이유일 수는 없었다. 머리가 비상한 국방위원장은 그들이 자신을 어떻게 보는지 알 수 있었다. 흉조였다. 그 후 국방위원장은 미국인 클라크와 만나는 일이 잦아졌다. 미국은 평생이 보장되는 안전한 방법을 제시했다.

「일본 방문이 끝나면 부인과 측근만을 데리고 우리 비행기를 타시면 됩니다.」

국방위원장은 눈을 떴다. 최종 결정은 일본 방문을 끝낸 후 내리려 했지만 이제는 그럴 시간이 없었다. 지금 이 자리에서 결정을 내려야만 하는 것이었다. 쿠데타가 성공한다면 물론 돌아갈 수 없는 일이지만, 실패한다면 어떻게 해야 할 것인가. 일본에서 사태의 진전을 주시하다가 실패의 조짐이 보이면 그때 돌아가야 할 것인가. 그러나 자신에게는 돌아가서의 상황도 만만치 않은 것이었다. 자신의 측근들이 거의 가담하여 쿠데타를 일으킨 마당에 쿠데타가 제압된다 하더라도 거센 군부의 입김을 받지 않을 수 없었다. 자신은 꼭두각시로 전락해 있다가 머지않아 비참한 최후를 맞을 공산이 컸다. 그렇다 하더라도 지금으로서는 쿠데타의 결말이 어떻게 날 것인가가 초미의 관심사였다. 급박한 순간이었지만 국방위원장은 어쩐지 자신을 테러로부터 지켜준 남조선의 청년을 보내고 싶지 않았다.

「박 선생, 어젯밤 공화국에서는 군사 쿠데타가 일어났소. 지금 정확한 정보가 들어왔는데 나의 측근들이 대거 가담한 쿠데타가 진행 중이오.」

상훈은 국방위원장이 왜 자신에게 이런 말을 하는지 몰랐다. 그의 괴팍하다는 성격은 이런 것을 두고 하는 말이었던가.

국방위원장은 잠시 상훈의 얼굴을 물끄러미 바라보다가 다시 입을 열었다.

「박 선생은 내가 몰락할 것 같소?」

「저는 알 수 없습니다.」

「그렇갔디.」

국방위원장의 비관적인 목소리가 채 끝나기도 전에 노크도 없이 군복을 입은 한 사람이 황급히 들어왔다. 그는 무의식적으로 국방위원장에게 경례를 붙이고는 무슨 말인가 하려다가 상훈을 보고는 입을 다물었다.

「괜찮소, 그냥 말하시오.」

「국방위원장 동지, 중국대사관에서 오는 길입네다. 상황에 큰 변수가 생겼습네다.」

「변수라니?」

「대규모 민란이 터졌습네다.」

「민란?」

「쿠데타군이 평양시를 장악하는 과정에서 시민에게 발포를 했습네다. 이에 대한 저항이 대규모 폭동으로 번졌다고 합니다. 학생과 시민들은 자유를 외치며 거리로 쏟아져나오고 쿠데타군은 무자비한 진압을 하고 있습네다.」

「…….」

국방위원장은 아무런 말이 없이 눈을 감았다. 만감이 교차하는 표정으로 머리를 소파에 기댄 채 한참이나 미동도 하지 않고 있었다. 상훈은 그의 얼굴에 형언하기 어려운 온갖 표정이 어려 있는 것을 볼 수 있었다. 역사적 순간이었다. 해방 후 반세기가 넘도록 한반도의 북쪽을 지배해오던 독재정권의 말로가 다가온 것 같았다. 착 가라앉은 국방위원장의 목소리가 들렸다.

「최 동지는 나가 있으시오.」

뜻밖이었다. 국방위원장은 침통한 목소리로 말했다.

「나의 목숨을 구해준 은인과 조금 더 있고 싶소.」

국방위원장은 일어나 홈 바에서 술을 골랐다.

「박 선생은 뭘 마시겠소? 스카치, 코냑, 보드카. 얘기를 하시오.」

상훈은 날카롭고 예민한 성격의 국방위원장이 측근들에게 배신을 당하여 허무감을 느끼고 있다는 것을 알았다. 지금이 술을 마실 만한 분위기는 아니었지만 이 역사적 순간에 그와 같이 있는 것이 커다란 의미가 있다고 생각했다.

「같은 걸로 하고 싶습니다.」

「고맙소.」

「국방위원장님, 지금부터 할 일이 많으실 텐데요.」

「모두 헛된 일이오. 본국과 연락도 되지 않는 상황에서 내가 할 수 있는 일이 무엇이 있갔소. 러시아대사관이나 중국대사관에 가서 반란을 중지하라고 본국에 전화를 해야 하갔소? 어차피 소용없는 일들이오.」

국방위원장은 역시 듣던 대로 괴팍했다. 불타는 로마시를 보면서 시를 읊었다는 네로와 견줄 바는 아니겠지만, 자신을 축출하는 쿠데타를 당하고 있는 이 순간에 생명의 은인과 같이 있고 싶다고 하는 것이나 분위기에 맞는 술을 고른다는 것은 보통 사람이라면 엄두도 내지 못할 일이었다. 그는 발렌타인 30년산에 말리부 초코를 타고 얼음을 집어넣은 칵테일을 만들어 왔다.

「생명의 은인을 위한 축배를 듭시다.」

상훈은 잔을 부딪치며 얼굴이 거의 맞닿는 위치에서 국방위원장의 표정을 관찰했다. 일인자의 장남으로, 그리고 그 자신이 일인자로만 커온 오만함과 태어나면서부터 정해진 운명을 따를 수밖에 없었던 고독감이 이 급박한 순간 그의 얼굴에 교차하고 있었다. 상훈은 국방위원장이 이 순간 이런 태도를 취하는 것에 대해 어느 만큼은 이해할 수 있을 것 같았다.

「박 선생.」

「네.」

「남조선 사람들은 날 어떻게 생각하고 있소?」

역시 뜻밖의 질문이었다.

「솔직하게 얘기해도 됩니까?」

「그렇소. 생명의 은인으로부터 무슨 소리를 못 듣겠소?」

「우리의 역사를 무겁게 짓누르는 반민족적 도배의 수괴라고 생각합니다. 국방위원장님이 집권하는 한 북한의 동포들은 행복할 수가 없다고 믿고 있습니다.」

「그렇갔디.」

국방위원장은 씁쓸하게 웃었다.

「박 선생도 마찬가지 생각이오?」

「크게 어긋나지는 않겠지요. 다만 언젠가 매우 인상적인 사진을 봤던 것이 잊히지 않는군요.」

「인상적인 사진이라구?」

「네. 어느 지방 기업소를 현장지도하고 있는 사진이었는데, 가난하고 초라해 보이는 노동자들에 둘러싸여 다 같이 웃고 있는 사진이었습니다. 열악한 환경에서 그들과 같이 뭔가를 이루어보고자 애쓰는 모습이 담겼던 사진이었지요. 무엇보다도 그 순진무구한 표정의 노동자들과 팔짱을 끼고 격의 없이 웃는 모습이 좋았습니다.」

「그랬소?」

국방위원장은 기분이 좋은 모양이었다. 비록 쿠데타를 당하여 백척간두에 선 운명이 되었지만 새로운 느낌의 이 남한 청년에게는 어쩐지 좋은 인상을 주고 싶은 모양이었다. 인간에게는 그런 측면이 있는 법이었다.

「박 선생, 역사란 무엇이오?」

또 다른 뜻밖의 질문이었다.

상훈은 술잔을 놓고 국방위원장의 얼굴을 다시 쳐다보았다. 거기에는 번민과 고뇌를 안고 길을 찾지 못해 방황하는 한 인간의 자포자기적인 눈빛이 있었다. 그러나 그것은 어떻게 보면 가장 급박한 순간에 하찮은 것으로부터도 무엇인가를 얻고 싶어 하는 처절한 기대가 배어 있는 눈빛이기도 했다. 상훈은 이미 국방위원장이 권력을 놓고 있다는 것을 알아차렸다. 권력자는 자신의 종말이 가까웠다고 생각할 때에야 비로소 역사를 생각하는 법이었다. 국방위원장은 지금 자신이 데리고 있는 부하 중 어느 누구도 자신에게 도움이 되지 못한다는 것을 너무나 잘 깨닫고 있었다.

「역사는 일기장이나 거울과 같은 것입니다.」

「재미있군. 역사가 일기장이나 거울과 같은 것이라고……그도 그럴 법하구만.」

국방위원장은 웃었다. 싱거운 웃음 같기도 했으나 무섭도록 깊이 공감하는 처절한 웃음 같기도 했다. 상훈은 국방위원장이 내면적으로 깊이 흔들리고 있다고 생각했다.

「사람들은 인생을 한 번 왔다 가면 그만인 것으로 보지만 역사의 눈은 그렇지 않습니다.」

「역사에서는 어떻게 본단 말이오?」

「인간은 영원히 살아 있습니다. 육신은 가지만 그가 살았던 인생, 그의 이름, 그 존재의 의미는 결코 사라지지 않습니다.」

상훈은 자신이 일반적인 얘기를 했음에도 불구하고 국방위원장이 이 말에 크게 흔들리는 듯한 인상을 느꼈다.

「그러나 인간은 현실의 필요와 욕심에 따라 살 수밖에 없지 않소?」

「그렇습니다. 인간은 누구나 나약합니다. 그러나 그 나약한 인간이 역사의식을 가지면 죽음도 두려워하지 않는 강철 같은 인간이 됩니다. 자신의 가치관에 반하는 일에 대해서는 목숨을 던지며 반대합니다. 비겁하게 사느니 기쁘게 죽음의 대열에 서는 것입니다.」

국방위원장은 눈에 띄게 동요하고 있었다. 상훈은 국방위원장이 왜 이렇게나 동요하는지 이유를 알 수 없었다. 어차피 외국을 방문하던 중에 쿠데타가 발생한 것이고, 일본에서 사태를 주시하다가 상황에 따라 처신을 결정하면 될 것이었다. 권력의 속성을 잘 아는 것으로 보이는 국방위원장은 그래서 여유롭게 자신을 상대로 술을 마시며 마음을 달래고 있는 것이 아니었던가. 그런데 이상하게도 국방위원장은 역사의 일반론에 지나치게 흔들리고 있었다. 그 이유를 곰곰 생각하던 상훈은 아까 국방위원장이 받던 전화가 예사롭지 않던 것을 떠올렸다.

'국방위원장은 아까 누구와 통화를 했을까. 그리고 공항에 비행기를 24시간 대기상태로 두면 되지 않느냐고 반문한 것은 무슨 얘기일까.'

분명 이상한 점이 있었다. 자신의 수행원이나 부하에게 할 얘기가 아니었다. 게다가 국방위원장은 모든 상황을 부하를 통해서 보고를 받고 지시를 내리곤 했다. 그런데 그 전화는 직접 국방위원장에게로 온 것이었다. 도대체 누구이기에 밖에서 전화로 국방위원장을 찾을 수 있으며 국방위원장은 순순히 전화를 받았을까. 갑자기 상훈의 뇌리에 떠오르는 단어가 하나 있었다.

'망명.'

그렇다. 그것은 바로 망명일 것이다. 그렇지 않고서는 그런 내용의 대화를 외부인과 할 리가 없는 것이고, 지금 이렇게 흔들릴 이유도 없는 것이었다. 망명을 생각하고 있다면 국방위원장은 이미 평양을 떠나기 전에 쿠데타의 조짐을 읽었다는 얘기였다. 그렇지 않고서야 이렇듯 신속하게 망명 계획을 실행에

옮길 수는 없는 것이었다.

상훈은 국방위원장에 대한 실망감이 엄습하는 것을 느꼈다. 자신이 생명을 구해준 사람이어서, 아니면 최고 권력을 잃고 떨어지는 모습이 안되어서, 혹은 가까이서 본 모습이 인간적이어서 잠시 느꼈던 애정이 봄볕에 눈 녹듯 사라지고 마는 것이었다. 한 나라의 최고 지도자가 망명을 준비해서 외국을 방문한다. 국방위원장의 미묘한 입장이 전혀 이해되지 않는 것은 아니었지만 웬지 비감한 기분과 더불어 북한의 주민, 나아가서는 한반도에 사는 모든 사람이 비참해지는 기분이 들었다. 그러자 가슴에 울컥 치미는 것이 있었다.

「국방위원장님, 한반도의 역사란 왜 이래야만 합니까?」

상훈의 비감한 목소리에 국방위원장은 흠칫 놀라는 표정이었다.

「무슨 얘기요?」

「지도자가 없지 않습니까. 역사의식을 가진 지도자라곤 그림자도 찾을 수 없지 않습니까?」

「나를 두고 하는 얘기요?」

「그렇습니다. 비단 국방위원장님뿐만이 아니라 남북한의 모든 지도자가 다 그래왔단 말입니다.」

「…….」

「북한에서는 어떤지 모르겠습니다만 우리는 어릴 때 계백

장군의 최후를 학교에서 배웠습니다. 황산벌 싸움에 나서기 전 장군은 부인과 자식들을 먼저 베었습니다.」

국방위원장은 묵묵히 듣고만 있었다.

「지도자란 나라의 운명을 결정하는 사람이 아닙니까. 그의 일거수일투족에 온 국민의 운명이 좌우되지 않습니까. 그런데 이제껏 불법적 쿠데타를 당하여 우리의 지도자들이 보여온 행태는 어떤 것이었습니까?」

「…….」

「장면 수상은 쿠데타가 나자 수녀원으로 들어가 3일을 숨었습니다. 최규하 대통령은 군사반란자에게 항변 한 번 하지 못하고 대통령 자리를 넘겨주었습니다. 그것이 이 땅의 지도자들이 보여온 행태입니다. 그들의 이렇듯 비겁한 행동의 대가로 수도 없는 선량한 국민들이 죽고 고통에 시달려야 했습니다.」

「…….」

「그리고 이제 북한에 쿠데타가 일어났습니다. 역시 죄 없는 양민이 죽고 있습니다. 지난 50년간 국방위원장님의 아버지와 국방위원장님만을 하늘로 믿고 살아오던 사람들이 죽고 있습니다. 사진에서 보았던 그 순진무구한 노동자들이 죽고 있단 말입니다. 그들은 오로지 국방위원장님만을 믿고 굶주림을 참으며 살아오고 있었습니다. 그러나 그들이 그렸던 배부른 세상이 오기는커녕 권력을 탐하는 군인들에 의해 학살당하고 있습니다.」

국방위원장의 달아올랐던 얼굴이 점차 창백하게 변해가고 있었다. 글라스에 반이나 차 있던 위스키를 한숨에 들이켜고는 고개를 돌려 창밖을 바라보는 그의 표정이 한 마리 사슴처럼 고독해 보였다.

「그런데 지금 국방위원장님은 무엇을 하고 계신 겁니까?」

가슴에 맺혔던 말을 남김없이 토해낸 상훈 역시 술잔을 마지막 한 방울까지 비웠다. 독한 액체가 목젖을 타고 흐르며 텅 빈 가슴에 새로운 혈기를 북돋웠다. 뭔가를 토해내고 싶은 욕망이 불쑥 솟아올랐지만 다음 순간 상훈은 입을 꽉 다물고 말았다. 창백하던 국방위원장의 얼굴에 질릴 정도로 엄숙한 결의가 서리는 것을 보았기 때문이었다.

「후후, 박 선생. 조선의 인민들이 이제껏 버림만 받고 살아왔다고 그랬소? 그래서 조선의 역사가 비참하다고 그랬소?」

국방위원장의 표정이 묘하게 변하고 있었다. 눈을 부릅뜨고 있는 것과는 대조적으로 입에는 이상스런 느낌을 주는 차가운 웃음이 배어 나왔다. 그러나 그 웃음은 이내 사라지고 허탈한 표정과 비장한 기색이 교차했다. 상훈은 국방위원장이 무엇을 생각하는지 알 수 있을 것 같았다.

「내가 그렇게도 비겁하게 목숨을 이어가는 꼴을 지금 보이고 있소?」

「…….」

「내가 지금 인민으로부터 도망치고 있다고 말했소?」

상훈의 복받치는 감정이 목소리에 담겨져 나왔다.

「바로 그렇습니다. 국방위원장님은 지난 반세기를 이어온 국방위원장님 부자의 추악한 허위를 온 세상에 드러내고 이제 하찮은 목숨을 도모하기 위해 한민족을 영원히 부끄럽게 만들 그 더러운 망명을 하려 합니다.」

국방위원장의 얼굴은 경련을 일으키며 추악하게 일그러졌다. 그는 떨리는 손으로 여러 번 잔을 채워 입에 털어넣고는 눈을 감았다. 현실의 모든 것으로부터 멀어지고 싶은 심정이었지만 술기운이 퍼지는 중에도 너무나 선명하게 살아나는 한 얼굴이 있었다.

'무슨 일이 있어도 네 동생을 버리면 안 돼.'

여든이라는 고령에 낳은 아이를 품에 안은 아버지의 애절한 당부와 함께 이제 겨우 다섯 살이 된 어린아이의 천진한 얼굴이 뇌리에 살아나고 있었다. 그 아이를 데리고 오지 못한 것은 천추의 한이 될 것이었다. 이제껏 모든 것을 이해해준 아버지였지만, 그 아이를 두고 왔다면 저승에서도 아버지는 자신을 용서하지 않을 것 같았다. 국방위원장은 순간 사방이 꽉 막힌 듯한 기분이 들었다. 이어 지금 일어나고 있는 모든 일들이 마치 장난과 같다는 생각이 들면서 돌연 주체할 수 없는 허무감에 휩싸였다. 권력은 무엇이고, 쿠데타는 무엇이며, 망명이란 또 무엇이란 말인가. 아버지가 신신당부한 동생을 버리고, 인민을 버리고, 자신은 무엇을 위해 어디로 가려는 것인가.

자신이 이리도 못난 인간이었던가 하는 비관이 공허한 의식을 가득 채우고 있었다. 최정상에서 나락으로 떨어지는 고통은 감당하기 힘들었다. 모든 것이 허무하다는 생각에 국방위원장은 고개를 가로저었다. 자신이 일본에 온 것도 부질없는 짓이었다. 일본에 와서 무엇을 했단 말인가. 일본의 지도자들을 만나 우호 협력을 약속하고, 파티에 참석하고, 만찬사를 하고, 테러를 당할 뻔했던 일들이 파노라마처럼 떠올랐다가 사라졌다. 하지만 이미 허무의 심연에 빠진 국방위원장은 이런 것들에서 아무 의미도 찾을 수 없었다. 상황이 바뀌면 의미도 바뀌어버리는 덧없는 것들이었다.

이런 생각에 빠진 국방위원장의 뇌리에 돌연 매우 낯설고 특이한 한마디가 떠올랐다. 술기운이 퍼져 몽롱해져가는 의식을 추스르고 기억을 더듬자 떨쳐버릴 수 없는 허무감의 한 끝을 타고 폐부를 찔러오는 한마디가 있었다.

'인간은 영원히 살아 있습니다. 육신은 가지만 그가 살았던 인생, 그의 이름, 그 존재의 의미는 결코 사라지지 않습니다.'

육중한 둔기로 머리를 세차게 얻어맞은 기분이었다. 국방위원장은 눈을 번쩍 떴다. 엄숙하면서도 비감함을 머금은 상훈의 얼굴이 망막에 들어와 맺혔다. 터질 듯한 심장을 억누르며 국방위원장은 천천히 손을 내밀었다. 순간 상훈에게도 무엇인지 짚여오는 것이 있었다. 두 손을 모아 국방위원장의 내밀어진 손을 맞잡으며 두 눈을 똑바로 응시했다.

「인민의 앞에서 떳떳이 죽겠소.」

단호한 결의가 배어 있는 목소리였다. 이 목소리에 상훈은 마음속 깊은 곳으로부터 조그만 떨림이 생겨나서는 곧 온몸을 휘감아 올라오는 것을 느꼈다. 지금 이 순간 국방위원장이 어떤 생각을 하고 있는지 분명히 알 수 있었다. 상훈은 국방위원장의 손을 놓고 조용히 일어섰다. 이제 자신이 이 외로운 지도자 옆에 있는 것은 별로 의미가 없다는 생각이 들어서였다. 국방위원장과 상훈은 잠시 이별의 눈길을 나누었다. 이때 군복을 입은 한 사람이 황급히 뛰어들어왔다. 온 얼굴에 땀이 맺혀 있는 것으로 봐서 대단히 중요한 소식을 갖고 왔음에 틀림없었다.

「지도자 동지, 중요한 보고입니다.」

그러나 국방위원장은 고개를 좌우로 흔들었다. 술잔을 테이블에 내려놓는 그의 잔잔한 표정이 군인의 다급한 표정과 대조되었다. 국방위원장은 조용히 손가락을 입술에 갖다 댔다. 아무 말도 하지 말라는 지시였다. 방 안에는 침묵이 흘렀다. 시간이 정지해버린 것 같은 깊고 깊은 침묵이 계속되었지만 아무도 입을 열지 않았다. 군인은 비록 국방위원장의 심중을 헤아리지는 못했지만 기분만은 알아차린 것 같았다. 짧지 않은 인생의 연륜으로 그는 이 순간에 어떠한 말도 침묵보다 못하다는 것을 직감적으로 알아차린 것 같았다. 하긴 그의 입에서 나올 얘기란 상황을 국방위원장의 편에서 조금이라도 더 멀리 옮겨놓는 내용일 수밖에 없었다. 끝없이 계속될 것 같던 침묵은 날카로운 전화벨 소리에 의해 깨어졌다. 다급한 손길로 전화를 받으려던 군인을 국방위원장의 느릿한 손짓이 만류했다. 국방위원장은 천천히 손을 뻗어 자신이 전화기를 들었다. 한동안 전화기를 귀에 대고만 있던 국방위원장이 가라앉은 음성으로 대답했다.

「위원장에게 전하시오. 국방위원장은 공화국으로 돌아갔다고.」

# 평양의 쿠데타

상훈은 다리가 후들거리는 것을 느꼈다. 말 못할 감격이 전신을 휩쌌지만 상훈은 국방위원장에게 아무런 말도 건넬 수가 없었다.

「대장 동지, 지금 즉시 공화국으로 돌아갈 것이오. 준비를 하시오. 그리고 중국에 있는 정남이와 설송이도 평양으로 돌아오도록 연락하시오.」

군인은 그제야 국방위원장의 결심을 알아차린 모양이었다. 국방위원장에게 불리한 상황을 가지고 돌아온 그에게는 감격의 깊이도 더한 모양인지 한동안 대답 없이 섰다가 비장한 어조로 되물었다.

「아이들도 들어오라고 하셨습네까?」

국방위원장은 대답 대신 고개를 끄덕였다.

「국방위원장 동지, 아이들을 희생시킬 수는 없습네다.」

그러나 국방위원장은 침통한 표정으로 고개를 좌우로 흔들었다. 돌이킬 수 없는 결론이 담긴 확고한 고갯짓이었다. 이 모습을 지켜보며 말없이 돌아서는 상훈의 등 뒤에서 마지막이 될 국방위원장의 목소리가 떨어져 내렸다.

「박 선생, 고마웠소.」

상훈이 호텔 밖으로 나오자 기다리고 있었던 모양인지 조 전무가 현관 앞에 바로 차를 갖다 댔다.

「어떤 상황인지 파악이 되던가요?」

상훈은 있었던 일을 그대로 얘기했다.

「저런!」

조 전무도 뜻밖의 얘기에 깜짝 놀랐다.

「국방위원장이 그런 결심을 했단 말입니까?」

「네, 지금 돌아간다고 합니다.」

「박 선생, 미안하지만 나와 같이 갑시다.」

「어디를요?」

「일단 대사님을 만납시다.」

조 전무는 기사에게 대사관으로 가도록 지시했다.

대사관에 도착한 조 전무는 바로 전화기를 들고 본국과 연락을 취했다. 통화를 마친 조 전무는 상훈과 함께 대사 집무실로 뛰어들다시피 들어갔다. 놀라는 표정의 대사에게 간단하게 상황 설명을 마치자마자 본국에서 조 전무를 찾는 전화가 연결됐다.

「네, 부장님. 접니다.」

전화는 안기부장으로부터였다. 두 사람의 통화는 오래 계속됐고 전화를 받는 조 전무의 목소리가 간간이 떨려나오는 것으로 보아 전화의 내용은 보통 중요한 것이 아닌 모양이었다.

「네, 알았습니다. 해보겠습니다.」

수화기를 내려놓는 조 전무의 눈길이 상훈의 얼굴에 와서 박혔다. 상훈은 그의 눈이 마치 짐승의 것처럼 활활 타오르고 있는 것을 보았다.

「박 선생. 중차대한 일을 해주어야겠소.」

상훈은 직감적으로 이것은 보통 일이 아니구나 하고 생각했다.

「무슨 일입니까?」

「가서 국방위원장을 다시 만나주시오.」

「네? 국방위원장을요?」

「그렇소. 가서 우리 정부의 의지를 전해주시오.」

「정부의 의지라구요?」

「그가 죽음을 무릅쓰고 북한으로 돌아가기로 했다는 말을 듣고 대통령께서는 그를 도와야 한다고 판단하셨소. 아마 주민을 무차별로 학살하고 있는 쿠데타 세력에 대해 깊이 분노하신 모양이오.」

「어떻게 그를 도울 수 있죠?」

「그에 대한 지지를 표방하고 미국, 일본, 중국, 러시아로 하여금 우리와 같은 노선을 택하도록 노력할 것이오.」

「국방위원장에게는 큰 힘이 되겠군요.」

「그렇소. 아마 국방위원장은 모르고 있겠지만 개성에 있는 전투부대들이 평양으로 이동하기 시작했소. 우리의 분석에 의하면 이 부대들은 반쿠데타군이오. 쿠데타군이 평양을 장악하고 있는 이때에 같은 편이라면 굳이 올라갈 필요가 없는 것이 아니겠소.」

상훈은 조 전문의 말을 듣자 힘이 솟는 것을 느꼈다. 망명을 하려다가 다시 북한으로 돌아가는 과정에서 보여준 국방위원장의 역사의식이 자신으로 하여금 그에 대해 애정을 느끼게 했다.

「제가 가는 것은 문제가 아니겠지만 국방위원장이 저의 말을 믿어줄까요?」

「그가 박 선생에게 평양으로 돌아가겠다고 얘기했다면 아마 박 선생의 말을 믿어줄 거요. 그쪽에서 필요하다면 대통령 각하와의 전화통화도 가능할 것이오.」

「알았습니다. 지금 가겠습니다.」

국방위원장은 상훈이 다시 찾아온 것을 보고 황망 중에도 반가운 표정을 지어 보였다.

「대통령께서는 국방위원장님이 무고한 주민을 보호하는 한 끝까지 지지하겠다고 하셨습니다. 뿐만 아니라 미·일·중·러의 정상들과도 긴밀한 접촉을 갖고 국방위원장님에 대한 지지를 이끌어낼 것입니다.」

국방위원장은 상훈의 입에서 나온 뜻밖의 말에 숙연해졌다.

「그리고 개성에 주둔하고 있던 부대가 평양으로 이동하기 시작했다고 합니다. 정부에서는 그 부대를 반쿠데타군으로 보는 모양입니다.」

「뭐라고, 위성갑이가?」

국방위원장의 표정이 환해지며 생기가 돌았다. 그는 급한 손길로 전화기를 들어 최독준 대장을 불렀다.

「정치국장 동지, 개성의 위성갑이가 평양으로 올라간다고 하는구만.」

「역시 위 동무레 움직여주는구만요. 갸레 가장 강직한 군인이디요.」

최독준 대장 역시 큰 희망이 생기는 모양이었다.

「가만, 이러고 있을 때가 아니디. 위성갑이한테 용기를 주어야 하지 않갔습네까?」

「어떻게?」

「갸레 지금 속으로는 무척 불안할 거이구만요. 이런 때 국방위원장님이 쿠데타 진압의 전권을 맡기고 모든 군으로 하여금 그를 돕게 하는 명령을 내리면 용기백배할 것이 아닙네까?」

「맞아. 그런데 어찌 됐건 그러려면 북조선으로 들어가야 할 것이 아닌가. 그런데 순안비행장은 그놈들이 장악하고 있을 테니 착륙하자마자 체포될 테고.」

「위성갑이가 먼저 비행장부터 장악하면 좋갔구만요.」

국방위원장은 생각이 조금 달라지는 모양이었다. 처음에는 죽음을 각오하고 평양으로 돌아가려 했었으나, 이제 측근이 부대를 이끌고 쿠데타를 진압하러 평양을 향하고 있다는 말에 가슴이 부풀어 있었다.

「정남이와 설송이를 중국에 머무르라고 하라.」

국방위원장은 반쿠데타군에게 용기를 북돋워주는 것이 절실하다고 생각했다.

「그들에게 연락할 수 있는 방법이 없을까?」

「통신은 완전히 두절됐고 평양은 반동 놈들이 장악하고 있으니 답답하구만요.」

외교부장의 무기력한 대답이 끝나기 전에 힘찬 목소리가 뒤를 이었다.

「방법이 있습니다.」

국방위원장과 대장의 눈길이 동시에 상훈에게로 쏠렸다.

「판문점으로 넘어가십시오.」

「판문점?」

「그렇습니다. 개성에 있는 부대라면 판문점도 장악하고 있지 않겠습니까?」

「그렇지.」

「그러면 반쿠데타군에게는 더할 나위 없는 격려가 되지 않겠습니까? 국방위원장님이 앞장을 서서 쿠데타군을 토벌하러 간다면요.」

「기발한 생각이야. 그러나 남조선에서 협력할까?」

「대통령께서는 국방위원장님을 지지한다고 하지 않았습니까? 통화를 한번 해보시지요.」

국방위원장은 한참 무엇인가를 생각하다가 옆의 외교부장에게 물었다.

「부장, 어떻게 하면 좋을까?」

「괜찮을 것 같습네다.」

외교부장은 시원하게 대답했다. 북한에서는 누구보다도 국제정치의 흐름을 잘 읽고 있는 그로서는 망설일 이유가 없었다.

「남조선의 대통령께 전화를 연결시키라.」

전화는 신속히 연결됐다.

「대통령 각하, 접네다.」

「아, 국방위원장님. 심려가 크시겠습니다.」

「이럴 때 도움을 주시다니 너무나 고맙습네다.」

「국방위원장님께서 올바른 결단을 내리셨습니다. 무슨 일이 있어도 국민들과 같이해야 한다는 것이 저의 철학입니다. 국방위원장님이 진정으로 국민을 생각하고 운명을 같이하겠다고 생각하는 한 저는 최선을 다해 국방위원장님을 도울 것입니다.」

「판문점을 통해 개성으로 올라가고 싶은데 허락하시갔습네까?」

「여부가 있습니까. 모든 편의를 제공하겠습니다.」

통화를 끝낸 국방위원장은 몇 사람의 측근만을 대동하고 바로 서울로 떠났다. 대통령은 일본 수상에게 대한항공기의 특별 이륙과 자위대의 공중 경호를 부탁했고, 특별기가 영공에 들어오자 대기하고 있던 한국 공군의 전투기들이 호위했다. 특별기는 북한의 사태로 비상이 걸린 남반부의 하늘을 날아 극비리에 전방의 공군기지에 내렸다. 국방위원장은 거기서 바로 판문점을 통해 개성으로 들어갈 작정이었다.

「부장, 내가 가서 국방위원장을 만나고 싶소.」

「각하, 안 됩니다. 앞으로 상황이 어떻게 바뀔지 모르는데 국방위원장을 만나는 것은 곤란을 자초할 수 있습니다.」

「그럴 수 있겠지. 나도 그래서 심사숙고를 했소. 이미 도움은 준 것이니, 지금 국방위원장을 만나서 좋을 일은 하나도 없겠지.」

안기부장은 대통령을 너무나 잘 알고 있었다. 프로 정치인인 대통령의 판단력은 칼날처럼 예리한 것이었다. 지금 국방위원장을 만나서는 안 된다는 것을 대통령이 모를 리가 없었다. 그러나 대통령의 어조는 어딘지 모르게 촉촉했다. 정치적 판단에서 나오는 목소리가 아니었다.

「그런데 부장도 보고했듯이 지금 국방위원장은 자신을 위해서 평양으로 들어가고자 하는 것이 아니잖소.」

「그렇긴 합니다.」

「그가 북한의 선량한 국민들을 위해 북한으로 들어가는 한 나는 그를 만나 용기를 주고 싶소.」

「그러나 그의 진정한 의도가 무엇인지는 아직…….」

「망명을 마다하고 죽음이 기다리는 땅으로 들어가는 데에 다른 무슨 의도가 있겠소?…….」

「…….」

「진정한 정치는 어떠한 이념이나 조건에 구애됨이 없이 언제나 국민들을 위하는 것이오. 지금 그가 모든 것을 잃고 뭔가를 느껴 북으로 들어가고 있다면 나는 그를 만나 용기를 줘야 하오. 최소한 내가 북한의 동포들 때문에 그를 만났다는 것은 역사적 의미가 있는 것이오. 어떤 세력이 집권을 하든 우리가 바라는 것이 무엇인지를 깨우쳐주는 효과도 있을 것이오. 준비하시오.」

「알겠습니다.」

「사령관님, 아까부터 이상한 무전이 들어오고 있습네다.」

「꺼버리라, 개새끼들.」

잔뜩 긴장하고 있던 위성갑 상장은 신경질적으로 반응했다. 그로서는 일단 쿠데타를 진압해야 한다는 판단을 내리고 부대를 출동시키기는 했지만 시간이 흐를수록 불안이 더해왔다. 평양의 쿠데타군으로부터는 쉴 새 없이 부대를 원위치 시키고 자신들에게 합류하라는 무전이 들어왔다. 그럴 때마다 끊어버리곤 했지만 차츰 자신이 약해지고 있는 걸 느꼈다. 북조선 제일의 강병을 거느리고 있는 그로서는 평양에 올라가 쿠데타군과 한판 벌이는 것에는 자신이 있었지만 전투를 앞뒤로 한 정치 문제에는 전혀 아는 것이 없었다. 일본에 있는 국방위원장과 연락만 된다면 무서울 것이 없겠지만, 만약 국방위원장이 망명이라도 하게 되면 전투와 상관없이 자신의 운명은 끝이었다. 바라는 국방위원장과의 연락은 불통인 상황에서 평양으로부터는 5분이 멀다 하고 무전이 들어오고 있으니 신경질을 부리는 것도 무리는 아니었다. 이미 선봉군은 황주를 떠나 중화로 올라가고 있는 중이었고, 자신은 사리원에 주둔한 부대의 지휘관들을 만나 지원을 다짐받고 급히 황주의 본대로 들어가는 중이었다. 군용 지프는 선도차의 에스코트를 받으며 나는 듯이 달리고 있었다.

「사령관님, 평양이 아니고 총정치국장 동지라고 합네다.」

「무슨 소리야. 총정치국장 동지라니?」

「사령관님을 바꾸라고 성화입네다.」

「이보라, 일본에서 여기까지 무전이 들어올 수 있니?」

「안 됩네다.」

지프의 무전기는 근거리 야전용이었다.

「근데 무슨 총정치국장 동지야. 평양의 간나들이 내가 안 받으니까 그런 게 아니갔니?」

「이상하긴 한데 저쪽에서 워낙 딱딱거리는 게 평양 같지는 않습네다.」

그러면서도 무전병은 스위치를 끄려 했다.

「이리 줘봐.」

위성갑은 욕이나 한바탕 해줄 생각으로 전화기를 받아들었다.

「어떤 간나가 자꾸 전화질이야?」

그러나 다음 순간 그 탁하던 목소리는 순식간에 희열에 들떠 어쩔 줄 모르는 소리로 바뀌었다.

「총정치국장 동지. 어디 계십네까? 뭐, 판문점에 계신다구요? 이제 막 넘는다구요? 뭐라구요, 국방위원장 동지께서도 같이 오셨다구요? 그게 정말입네까? 내레 즉각 그리 가겠습네다.」

무전기를 내던지며 환호를 지른 위성갑이 뭐라고 지시를 하기도 전에 운전병은 지프를 돌리고 있었다.

「국방위원장님, 이제 출발하시면 됩니다.」

최독준 대장이 전방부대의 무전실에서 위성갑과 통화를 마치고 들뜬 표정으로 국방위원장에게 상황을 보고한 후 막 떠나려는 순간이었다. 밖에서 대기하고 있던 수행비서 중 한 사람이 황급히 문을 두드렸다.

「뭐야?」

「남조선의 대통령 각하께서 오셨습니다.」

최 대장의 날카로운 물음에 움찔한 비서가 다급한 보고를 토해냈다.

「뭐라고?」

최 대장이 자기도 모르게 국방위원장의 얼굴로 고개를 돌리는 순간 국방위원장은 황급히 자리에서 일어났다.

「어서 모시라.」

「네.」

비서가 나가자 바로 일단의 사람들이 들어왔다. 어깨에 별을

단 몇 사람의 군인을 대동하고 들어온 대통령은 자리에서 일어나는 국방위원장에게로 성큼 다가와 어깨를 덥석 껴안았다.

「국방위원장님, 반갑습니다.」

「아, 대통령 각하.」

「얼마나 심려가 많으십니까?」

국방위원장의 놀라움은 대단한 것이었다. 사진으로만 봐오던 남조선의 대통령이 추락하고 있는 자신을 전방 부대까지 일부러 찾아와주었다는 사실이 남다른 감회를 불러일으켰다.

「앞으로 사태가 어떻게 전개되든 오늘 이 순간을 잊지 않갔습네다.」

「저는 물론 주변의 모든 나라와 힘을 합쳐 국방위원장님을 돕겠습니다. 그러나 국방위원장님, 하나 약속을 해주십시오. 어떤 일이 생기더라도 무고한 국민들은 보호해주셔야 합니다.」

「명심하갔습네다.」

두 사람은 뜨거운 포옹을 나누었다. 그리고 국방위원장은 대통령의 배웅을 받으며 황망히 군사분계선을 넘었다.

# 비밀문서

그로부터 며칠 후 상훈은 조 전무의 전화를 받았다.

「박 선생, 기뻐하시오.」

조 전무의 목소리에는 활기가 넘쳤다. 상훈은 직감적으로 무언가 좋은 소식이 있을 것으로 판단했다.

「어떻게 됐습니까?」

「쿠데타는 완전히 진압되었소. 국방위원장은 다시 주석궁으로 들어갔소.」

「다행이군요.」

상훈은 진정 안심이 되었다.

「오늘 저녁 어떻소?」

「좋습니다.」

상훈은 절호의 기회라고 생각했다. 혼자서는 도저히 캐낼 수 없는 연구소의 비밀이지만 조 전무가 도와주면 가능할 것이란 생각이 들었다. 언젠가 그는 연구소에서 유출된 메모지를 가지고 있지 않았던가. 그가 최선을 다해주기만 하면 기획실의 금고 안도 볼 수 있을지 몰랐다.

저녁에 만난 조 전무는 상훈을 요정으로 데리고 갔다.

「너무나 거창한 저녁이군요.」

「박 선생의 공로는 저녁 한 끼로 갚을 수 있는 일이 아니오.」

「이제 남북 관계가 급속히 가까워질까요?」

「가까워지다 뿐이겠소? 그동안 가장 큰 과제였던 남북 간의 신뢰가 확고히 구축되었는데 민족의 앞날을 위해 얼마나 다행한 일이오.」

상훈은 고개를 끄덕였다.

「야마모토는 어떻게 되었습니까?」

「병원에서 치료를 받고 있소. 상처가 깊어 의식불명 상태라는군. 아직 배후를 조사할 수는 없을 것 같소.」

「꼭 밝혀내야 합니다. 준이치 노인, 마쓰모토, 이마무라 반장 모두 그에게 살해되었습니다. 그의 배후에는 엄청난 조직이 숨어 있습니다.」

「…….」

상훈의 열띤 주장에도 불구하고 조 전무는 별 응답을 하지 않았다. 아마도 정보를 다루는 입장에서 일본의 국내 문제에 대해 별로 관여하고 싶지 않아서였을 것이다. 어쩌면 와타나베라는 거물은 조 전무에게도 큰 부담일지 몰랐다. 이런 생각이 들자 상훈은 서운함을 금할 수가 없었다. 조 전무와 앉아서 장시간 술을 마신다는 것도 마음에 들지 않았다.

뒤를 아무렇게나 끝내고 일어나는 상훈의 표정을 보고 조 전무는 영문을 몰라 당황했다.

「아니, 박 선생. 뭐 섭섭한 일이라도 있소?」

「없습니다. 이제 일이 끝났으니 각자 할 일을 해야지요.」

상훈은 건성으로 악수를 나누고 먼저 음식점을 나섰다. 조 전무는 떨떠름한 기분으로 상훈의 뒷모습을 멀거니 바라보다가 차에 올랐다.

「별 이상한 놈들도 다 있군요.」

「왜?」

「차를 주차장에 대면 그만일 텐데 입구에 대고 있다가 다른 차들이 드나들 때마다 비켜주는군요. 운전 연습을 하는 놈들인지, 심심해서 할 일이 없는 놈들인지.」

「그런 놈들도 있겠지. 세상은 넓고 넓으니까.」

거나한 목소리로 되는 대로 한마디 뱉고는 뒷좌석에 몸을 눕히던 조 전무는 갑자기 무엇인가 생각난 듯 기사에게 물었다.

「그놈들 어디 있어?」

「방금 떠났어요.」

「어디로?」

「저쪽으로요.」

기사는 상훈이 걸어간 방향을 가리켰다.

「뭐야? 쫓아가. 밟아!」

조 전무가 탄 차는 상훈이 간 쪽을 향해 전속력으로 달렸다. 길은 언덕 쪽으로 이어지면서 점점 좁아지고 있었다.

「빨리빨리!」

저 멀리 언덕 위로 명상에 잠긴 듯이 천천히 걷고 있는 상훈의 모습이 보이고, 그 뒤로 은색 승용차 한 대가 바짝 뒤따르는 것이 보였다. 불안에 휩싸인 조 전무는 기사에게 다급하게 소리쳤다.

「경적을 울려. 빨리! 계속 울려!」

경적 소리에 놀란 상훈이 뒤돌아보며 몸을 피하는 순간 은색 승용차가 상훈을 덮쳤다. 조 전무는 눈앞이 캄캄해졌다. 상훈이 길 옆으로 쓰러지며 구르는 것이 보였고, 승용차는 전속력으로 도망치고 있었다.

「잡아, 저 새끼들 잡아!」

조 전무는 차에서 뛰어내리며 기사에게 소리쳤다.

「박 선생, 정신 차려요! 정신 차리라니까!」

당황한 조 전무는 울상이 되어 상훈을 붙들어 안았다. 다행히 상훈은 크게 다친 것 같지는 않았지만 잠시 정신을 잃고 있었다. 왼쪽 팔이 부러졌는지 축 늘어뜨린 채 신음소리를 냈다. 조 전무는 안도의 한숨을 내쉬었다. 상훈은 조 전무가 흔들자

정신을 차리고 상황을 짐작한 듯했다.

「아, 다행이오. 도대체 저 자들이 누구요?」

「아실 것 없어요.」

「무슨 소리요? 박 선생을 해치려는 자들을 내가 알 것이 없다니?」

「알아봐야 조 전무님은 발이나 빼려고 할 것 아닙니까? 비겁하게 말입니다.」

「음, 그러면 저 놈들이 바로 박 선생이 말하던…….」

「바로 그렇습니다.」

조 전무는 다시 입을 다물었다.

「이거 놓으세요.」

「무슨 소리요, 병원에 가야지.」

「병원에 가면 뭐 합니까? 어차피 곧 살해될 운명인걸. 가서 일이나 보시지요. 국가의 안전을 도모하고 국민을 보호하는 거창한 과업을 수행하세요.」

「내게 단단히 불만이 있는 모양이군.」

「그렇지 않겠습니까. 일개 유학생은 조국의 역사를 왜곡하는 것을 참지 못해 책도 놓아버린 채 위험을 무릅쓰고 돌아다니는데, 안기부의 책임자란 분은 조직이 누설될까 봐 아무것도 하지 않고 말로만 국가 안보니 국민 보호니 하고 있지 않습니까? 이번의 김 국방위원장 테러 건도 사실은 연구소를 추적하다 알아낸 것입니다. 연구소에는 우리 민족의 안위와 직접 적으로 연결되는 무서운 문서가 있습니다. 나는 그것들을 찾아야 하고 그 과정에서 죽임을 당하고 말겠지요. 길에서 자동차에 받쳐서도 죽을 판인데, 그 연구소에 문서를 찾으러 갔다가는 죽을 게 뻔하지 않습니까. 이 팔 놓으십시오. 으윽.」

상훈은 팔을 뿌리치다 아픔을 견디지 못하고 비명을 질렀다. 이때 조 전무의 차가 옆에 와서 멈추더니 기사가 얼굴에 땀이 맺힌 채 내렸다.

「보통 놈들이 아니더군요. 제가 못 잡을 정도였습니다.」

「번호판은 봤나?」

「네. 그러나 소용 있겠어요?」

「그렇겠지. 무슨 야쿠자 차나 그런 거겠지. 이미 도난 신고를 해뒀겠지. 그건 그렇고 어서 병원으로 가자.」

그러나 상훈은 고개를 가로저었다.

「박 선생, 병원으로 가면서 얘기합시다.」

「혼자서도 갈 수 있습니다.」

「박 선생은 국가유공자요. 어느 유공자보다 중요한 일을 해냈소. 나는 박 선생을 병원으로 인도할 책임이 있소.」

「그런 빈말은 제게 와 닿지 않습니다.」

상훈의 이 말에 심각한 표정으로 무엇인가를 한참 생각하던 조 전무는 이윽고 무겁게 입을 뗐다.

「좋소, 박 선생. 한 가지 부탁만은 들어주겠소. 그러나 어떤 일이 있더라도 보안을 유지하겠다고 맹세할 수 있소?」

「물론입니다.」

「그럼 차를 타시오. 병원으로 가면서 얘기합시다.」

병원으로 가는 차 안에서 조 전무는 신경을 곤두세우고 있었다. 상훈의 입에서 무슨 말이 나올지 곤혹스럽기 짝이 없는 표정으로 긴장한 얼굴이었다.

「대동아연구소의 기획실에는 석제 금고가 있습니다. 그 안의 내용물들을 보게 해주십시오.」

올 것이 왔구나 하는 표정이 조 전무의 얼굴에 무겁게 깔렸다. 조 전무는 상훈을 병원에 입원시키고 돌아갈 때까지도 아무런 대답을 하지 않았다.

열흘쯤 후, 상훈이 팔의 깁스를 떼고 퇴원하기 전날 깊은 밤에 조 전무는 소리 없이 찾아왔다.

「한 시간 안에 보시오.」

조 전무는 옆에 끼고 온 작은 가방을 상훈에게 넘겨주었다.

연구소의 금고 깊숙이 보관되어 있던 이 귀중한 서류들에 대한 호기심을 지그시 눌러가면서 상훈은 참을성 있게 서류를 하나하나 살폈다. 서류들은 주로 역사 관계의 학설이나 이론을 발표한 사람들의 경력이나 개인적 기록들이었다.

'이상한 일이군. 연구소에서 이런 것들을 그토록 소중하게 보관하고 있는 이유를 도대체 알 수가 없어.'

이런 것들은 도서관의 서고에도 얼마든지 있는 것이었다. 특히 태평양전쟁 전의 역사학자들 이름은 거의 망라되어 있다시피 했다. 별것도 아닌 것을 잘못 가져오지 않았나 하는 생각으로 실망스럽게 서류철을 넘기던 상훈의 두 눈에서 날카로운 빛이 쏟아졌다. 마지막에서 두 번째 장에 두 장의 낡은 원고지가 찢겨진 채 비닐로 씌워져 있었다. 상훈이 조심스럽게 들추어보니 후쿠야마라는 이름이 보였다. 후쿠야마라면 일본에서는 칠지도의 수수께끼를 해결했다는 평판을 듣는 사람으로, 기무라 박사의 스승이었다. 매우 귀중한 자료가 될 것 같은 예감에 상훈은 비닐을 조심스레 뜯었다. 그러나 정작 놀라운 것은 그 뒤에 있었다. 마지막 장을 넘긴 상훈은 어딘지 모르게 눈에 익은 듯한 한 구절을 보는 순간 마치 전류에 감전된 사람마냥 몸을 부르르 떨었다.

누렇게 바랜 종이에 쓰인 한 구절은 이전까지 한 번도 본 적이 없는 것이었지만, 마치 오랜 세월 동안 머릿속에서 맴돌아왔던 것처럼 익숙한 느낌을 주는 것이었다.

동(東)의 옆에 있는 글자로서 적합한 것은 침(侵), 정(征), 혹은 벌(伐)이다. 셋 중의 어느 것이든 뜻은 같다. 초 씨는 영원한 비밀을 남기고 가버린 것인가.

다시 한 번 이 구절을 되뇌던 상훈의 뇌리에 직감적으로 짚여오는 것이 있었다. 한동안 움직이지 않고 숨을 고르던 상훈은 불현듯 종이를 뒤집었다. 무엇인가에 붙어 있다 뜯긴 자국이 있었다. 이 자국이 눈에 들어오자 상훈은 갑자기 신들린 사람처럼 벌떡 일어났다. 다행히 조 전무는 등을 돌리고 누군가와 휴대폰으로 통화하는 중이라 상훈의 행동을 눈치채지 못했다. 상훈은 그 종이를 두 장의 원고지와 함께 슬쩍 시트 밑에 감추었다. 엄청난 성취감과 희열이 온몸을 휘감아왔다. 그러나 다음 순간 상훈은 다시 한 번 놀라지 않을 수 없었다. 가방에 남아 있던 한 뭉텅이의 노란 카드를 꺼냈을 때였다.

'아, 이것들은 모두 무엇이란 말인가.'

수십 장의 카드는 모두 같은 것이었다. 같은 서식에 같은 문구가 인쇄되어 있는 노란색 카드는 이름만으로도 학계의 존경을 한 몸에 받을 만한 학자와 교수들이 기명하고 날인한 서약서였다.

'대일본제국 천황 폐하'라는 서두의 밑에 이 이름 있는 학자들은 모두 한결같은 목소리를 토해내고 있었다.

저는 자랑스러운 황국민으로서 폐하의 신성과 존엄을 위해 진력할 것입니다. 쓰다 사유키치의 사건과 관련해서는 그의 저작물을 발행 금지케 하고 엄중한 신벌을 내려야 한다고 연명으로 결의합니다. 학문의 연구가 황실의 존엄을 해쳐서는 안 된다는 사실을 명심하고 서약합니다.

밑에는 쇼와 17년 5월이라고 연월이 박혀 있었다. 언젠가 마쓰모토가 기획실장이 떨어뜨린 것을 자신이 주워주려 하자 벌컥 화를 냈다고 하던 서류는 바로 이것을 말했던 모양이었다. 서약서에 쓰다 사유키치라는 이름이 들어가 있는 것으로 보아 이 서약서는 그의 사건과 관련하여 작성되었을 것으로 생각되었다. 쇼와 17년이라면 태평양전쟁 중으로, 군국주의가 극성을 부리고 모든 학문의 연구는 정부에 의해 엄격히 심사받고 탄압이 가해지던 시기였다.

상훈은 쓰다 사유키치의 사건이라는 것이 무엇을 말하는지 호기심이 일었다. 이 카드는 이미 아득한 옛날에 한 서약서임에도 불구하고 지금까지 영향을 미치는 것임에 틀림이 없었다. 카드의 명단을 다 살피지도 못했지만 1분도 어김없는 한 시간이 되자 조 전무는 상훈이 보던 서류들을 가방에 집어넣고는 인사도 나누지 않고 바로 병실을 나갔다. 상훈은 그의 긴장된 표정으로 보아 서류를 도로 갖다 놓으러 간다는 것을 알 수 있었다.

다음날 퇴원하여 집에 도착하자마자 상훈은 바로 책꽂이에서 한 권의 책을 뽑았다.

《비문의 연구》.

처음 이마무라 반장이 가지고 왔던 살인 현장의 바로 그 책이었다. 밤새 잠 못 이루고 설레던 가슴을 억지로 누르고 상훈은 조심스럽게 책의 뒷장을 열었다. 가방에서 빼낸 그 종이를 조심스럽게 맞추는 상훈의 손길이 가늘게 떨리고 있었다. 종이는 책 뒷장의 뜯겨나간 자국과 꼭 들어맞았다.

'아, 이제야 찾았구나.'

닛코의 살인 현장에서 뜯겨나간 그 종이였다. 상훈은 온몸의 긴장이 다 빠져나가는 것을 느꼈다. 그토록 찾아 헤매던 바로 그 종이를 찾아낸 순간 어쩔 수 없는 허탈감이 밀려왔다. 살해된 이마무라 반장이 떠올랐다. 그는 바로 이것을 찾다가 죽임을 당한 게 아니었던가. 이 종이는 준이치의 죽음과 연구소의 비밀을 파헤칠 수 있는 확고부동한 증거물이었다. 그러나 상훈은 그 내용을 쉽사리 이해할 수 없었다. 그것만으로는 무슨 내용인지 알 수가 없었다.

하루 종일 종이에 매달려 애써도 아무 소득이 없자 상훈은 종이를 책 속에 끼워두고 일어났다. 도서관에 가야겠다는 생각에서였다. 종이의 내용은 시간을 두고 생각해봐야겠지만 쓰다 사유키치의 사건이라는 것은 한시바삐 확인하고 싶은 것이었다. 서약서의 내용으로 보아 쓰다 사유키치는 학자, 그것도 역사학자일 가능성이 높았다. 상훈은 역사학자의 인명록을 뒤져 어렵잖게 그 이름을 찾아냈다. 그는 와세다대학의 교수였었다.

다음날 도서관으로 간 상훈은 그와 관련된 자료는 모두 찾아 구석자리에 앉았다. 그의 연구는 주로《일본서기》에 관한 것이었는데, 당시 대부분의 학자들과는 달리 그는 천황가의 계보가 꾸며진 것이라고 주장하고 있었다.

> 《고사기》와《일본서기》의 신화와 전설은 불행히도 민간에 전해져온 기록이 아니다. 물론 민간에서 전승되어온 것도 다소 들어 있지만, 이것은 어느 시기에 어떤 조정의 지식인이 정치적 목적을 위해 만들어 넣은 것이다.

그의 연구는 이 주장을 세세히 논증하는 것이었다. 그리고 그의 이런 연구는 즉각 탄압을 받았다. 그는 와세다대학의 교수직을 사임해야 했으며, 쇼와 15년 황실의 존엄을 모독했다는 이유로 기소당했다. 그리고 1942년 5월 유죄 판결을 받았다. 재판장 나카니시 요이치의 판결문은 다음과 같았다.

스진, 스이닌의 존재를 가정한다고 말하고, 주아이 천황 이전의 역대에 대해서는 그 계보에 관한 자료가 존재한 흔적이 없고 그에 관한 역사적 사실도 거의 전하지 않는다고 하는 등, 황공하게도 진무 천황으로부터 주아이 천황에 이르는 역대 천황의 존재에 대해 의혹을 품게 할 우려가 있는 강설을 감히 함으로써 황실의 존엄을 모독하는 문서를 저작하고 이를 이와나미로 하여금 발행케 한 것은 출판법 제26조 1항을 위반한 것이므로 금고 3개월, 집행유예 2년의 유죄를 선고한다.

쓰다 사유키치에 대한 이 판결은 천황이라는 존재에 관한한 설사 학자라 하더라도 함부로 접근할 수 없다는 사실을 보여주는 것이었다. 따라서 천황의 족보와 궁정에 전해져온 이야기를 편찬한《고사기》와《일본서기》역시 학자가 비판하고 연구할 수 있는 것이 아니었다. 모든 사람은 거기에 씌어 있는 그대로 믿기만을 강요당하였다. 그 내용에 대해 회의를 품는다거나 진정한 학문적 접근 태도를 보이면 위의 판결에서 보는 것처럼 단죄당했다.

상훈은 에이지의 죽음을 생각했다. 쓰다 사유키치가 처음부터 굴절된 일본 역사에 의문을 제기했다면, 에이지는 군인의 신분으로 천황에 대한 충성을 맹세했지만 차츰 시간이 지날수록 회의를 품고 종내는 역사의 진실을 밝히려다가 희생당했다는 생각이 들었다. 쓰다 사유키치나, 에이지나, 아직도 왜곡된 역사를 배우는 일본인이나, 역사 왜곡의 대상이 되고 있는 한국이나, 모두가 군국주의의 피해자인 셈이었다.

그러나 누구보다도 큰 희생자는 바로 일본의 지식인들이었다. 그들은 마땅히 청산했어야 할 군국 시대의 왜곡된 역사를 그대로 받아들이고 그것을 그대로 젊은 학생들에게 가르치고 있는 것이었다. 역사교과서 왜곡에 대한 주변국들의 항의에 대해서도 관리들이 외교적으로 해결하려 들 뿐, 정작 책임이 있는 지식인들은 마이동풍 격이었다.

상훈이 보기에는 일본의 역사학계가 황국사관의 잔재를 과감하게 떨치고 역사를 있는 그대로 받아들일 수 있을 것 같지가 않았다. 제국주의 시대의 침략적 지도자들 밑에서 일본이라는 나라의 맹목적 자존심만을 고양시키는 데 앞장서온 그들에게, 왜곡된 역사를 시정하고 있었던 그대로의 진실 세계로 나아가자고 얘기해봐야 먹혀들 것 같지가 않았다. 일본의 선량한 국민들에게 무엇이 올바른 역사고 어떻게 하는 것이 역사의 올바른 방법론인가를 알려 제국주의적 역사의 잔재를 스스로 청산하도록 하는 것이 유일한 방법이었다. 기회는 뜻밖에도 빨리 왔다.

# 조작된 전설

「박 군, 대동아연구소에서 고대사 세미나가 있는데 특히 광개토대왕비를 집중 조망한다는군. 토론자로 참석할 생각이 없어?」

상훈은 자신을 지도하고 있는 미나미 교수의 부름을 받고 갔다가 뜻밖의 제안을 받았다.

「나에게 참석해달라는 요청이 와서 응낙을 했었는데, 갑자기 다른 중요한 일이 생겼어. 다른 사람으로 바꾸어달라고 하니까 시간이 없어 안 된다는군. 요시다 교수에게 부탁을 하니까 그 양반도 안 된다고 하고. 그래서 생각해보니 박 군이 괜찮을 것 같아.」

「제가 실력이 돼야지요.」

「발표하는 사람들이 잘할 거야. 박 군은 가만 앉아 있다가 광개토왕비에 대해서 몇 마디 하면 될 거야. 사실 그 비에 대해서는 박 군이 나보다도 잘 알잖아.」

「격에 어긋나지 않을까요?」

「토론자로 참석하는 것이니까 괜찮아. 박 군은 강의 경력도 있고 토론에도 늘 앞서갔으니까 충분할 거야. 그럼 내가 저쪽에 통보하지.」

「알겠습니다.」

상훈은 어쩌면 잘된 일이라 생각했다. 어차피 일본 학계의 오류를 지적하려던 참이 아니었던가. 더군다나 대동아연구소 주최라면 연구소의 정체를 밝혀내는 기회가 될지도 모르는 일이었다.

그날 밤 잠자리에 누운 상훈은 도저히 잠을 이룰 수가 없었다. 세미나에 참석한다는 긴장감 탓이려니 생각했지만 그것만은 아니었다. 깊숙한 곳에서 누군가의 울부짖는 모습이 보이는 듯하여 계속 뒤척였다. 억지로 잠을 이루었지만 역시 꿈자리가 곱지 않았다. 누군지 알 듯 모를 듯한 얼굴이 끊임없이 눈앞에 아른거리더니 종내는 상훈의 팔을 잡고 어딘가로 끌고 가는 것이었다. 소스라치게 놀라 잠을 깬 상훈이 아무리 그 얼굴을 기억해내려 해도 좀처럼 떠오르지 않았다.

'이정호 교수.'

그 얼굴이 종내는 이정호 교수로 연결되었다. 상훈은 자신이 긴장하고 있다고 생각했다.

세미나가 열리는 날, 상훈은 예정 시간보다 일찍 대동아연구소에 도착하여 세미나가 열리는 3층 강당으로 발걸음을 옮겼다. 강당에는 제법 많은 수의 청중이 앉아 있었고, 연단 위에는 다섯 개의 의자가 놓여 있었다. 테이블 위에 놓인 명패에는 토론 참석자들의 이름이 씌어 있었는데, 그중 하나가 자신의 이름인 것을 본 상훈의 어깨에 중압감이 실려왔다. 쟁쟁한 일본 학자들 사이에서 자신이 해야 할 일이 결코 가볍지 않다고 생각하자 한숨조차 나왔다. 세미나는 대동아연구소의 이사장 와타나베의 인사말로부터 시작되었다. 인사말이 끝나고 주제발표가 시작했다. 주제는 대략 다음과 같은 내용이었다.

광개토대왕비에 대해 남북한 학자들이 일관되게 주장하는 것은 백제와 신라가 일본의 지배를 받은 적이 없다는 것이다. 심지어 이진희, 이정호 교수 등 한국의 대표적 사학자들은 일본이 광개토대왕비에 석회를 칠해 비문을 조작했다고 한다. 우스운 일이 아닐 수 없다.

그들은 광개토대왕비에 명백히 일본이 바다를 건너 백제와 신라를 깨뜨리고 신민으로 삼았다는 주장이 나오자 매우 당황했다. 그래서 광개토대왕비의 해석을 비틀어보고자 온갖 노력을 다했다. 심지어 담원 정인보 같은 사람은 자신 외에는 도저히 이해할 수 없는 해독문을 발표하기도 했다. 한국 학자들의 주장은 견강부회이다.

그들은 우리의 중·고교 교과서를 고치라고 요구하고 있지만 그들 민족의 비문에 기록되어 있는 것을 이제 와서 치욕이 된다고 고치라는 것이 어찌 온당하다고 하겠는가. 역사는 엄숙한 것이다. 과거의 역사가 지금의 입장과 배치된다고 해서 고치거나 왜곡하는 것은 역사에 대해 그리고 인류에 대해 죄를 짓는 것이다.

일본·중국·한국의 역사는 같은 사실을 제각기 다르게 기술하고 있다. 중국은 모든 역사적 사실 위에 군림하려 하고 있다. 즉, 모든 역사적 사실의 한가운데에는 언제나 중국이 있다는 식으로 역사를 기술하고 있다. 이처럼 자국의 역사 외에는 모두 변방의 해프닝 정도로 여기는 태도는 결과적으로 중국중심주의라는 그릇된 역사관을 낳고, 이것은 또한 소위 황화론(黃禍論) 등으로 확산되고 있다. 즉, 중국이 결국은 아시아를 장악하고 나아가서는 세계를 장악한다는 것이다. 이것은 매우 우려되는 현상으로 국가 간의 올바른 관계에 커다란 장애가 되고 있다.

한국도 역시 역사를 왜곡하고 있기는 마찬가지이다. 이민족과의 관계에서 항상 일방적으로 당하기만 해온 한국은 치욕이 된다고 생각되는 역사를 은폐하는 데 급급하고 있다. 한국의 어떠한 사서도 임나일본부를 기술하고 있지 않다. 분명한 역사적 사실을 회피하는 그들의 태도도 중국의 억지와 마찬가지로 올바른 역사 인식에 큰 걸림돌이 되고 있다. 그들 민족의 기록에도 나오는 엄연한 사실을 그들은 부정하고 있지 않은가. 올바른 역사의 정립을 위해 삼국 학계의 분발을 촉구하는 바이다.

말은 삼국 학계라 하고 있었지만 결론은 일본을 제외한 중국과 한국의 역사 기술이 옳지 못하다고 나무라는 것에 다름 아니었다. 몇 사람의 토론자들도 발표자의 견해에 적극 동조하는 듯한 발언을 하고 있었고, 따라서 분위기는 올바른 토론이라기보다는 한국과 중국의 역사학계에 대한 성토장이 되고 있었다.

어느 정도 토론이 진행되었을 때 누군가 상훈에게 의견을 물어왔다. 상훈은 호흡을 가다듬었다. 어쨌거나 그들은 일본 학계의 대표들이기 때문이었다.

「본인은 동양 삼국의 역사를 올바로 기술하기 위해서는 삼국의 사서를 대조하고 공통적으로 확인되는 사실을 위주로 하여 이제까지처럼 자국 중심의 역사 기술 태도를 버리고 철저히 사료에 입각하여 역사를 재구성해야 한다고 생각합니다. 특히 고대사 중에서 한일 간에 쟁점이 되어 있는 임나일본부에 대한 일본의 역사 기술은 여전히 황국사관을 벗어나지 못하고 있으므로 이 점에 있어서 학계의 양심을 촉구하는 바입니다.」

상훈의 발언에 토론자들은 발끈했다. 상훈이 발언을 마치자마자 거의 동시에 반론들이 튀어나왔다.

「임나일본부에 관해서는 《일본서기》의 기록과 광개토대왕비의 기록이 정확히 맞아떨어지고 있습니다. 한일 간의 역사 기술에서 이처럼 확실히 맞아떨어지는 예는 거의 없습니다. 그런데 어째서 일본 측의 역사 기술이 황국사관을 벗어나지 못하고 있다는 것입니까?」

「우선 《일본서기》의 사료로서의 가치를 보아야 합니다. 역사적 사실에 대한 연대 기록이 모두 틀려 있는데다, 240년 이상이나 산 사람이 나오고, 진구 황후가 물고기가 받치는 배를 타고 신라를 무찔렀다는 등 믿을 수 없는 사실이 한두 가지가 아닙니다. 한 예를 들자면, 667년 천황의 자식이 죽자 고구려·신라·백제의 사신들이 큰길에서 곡을 했다고 하는 기술이 있습니다. 이 해는 백제가 멸망한 지 7년 후입니다. 이것은 연대의 오류 외에도 《일본서기》라는 책이 누구에 의해 어떤 의도로 만들어진 책인지를 알 수 있게 합니다. 따라서 양심 있는 일본의 학자들은 이 책의 사료로서의 가치를 인정하는 데 매우 인색한 것으로 알고 있습니다.

그런데 이 책에 일본이 한반도의 남부를 정복하여 관청을 두고 2세기에 걸쳐 지배했다고 씌어 있는 것에 대해서는 일본의 학자들이 앞을 다투어 사실로 받아들이려 하고 있습니다. 한국에도 과거의 사실을 미화하여 기술한 사서는 얼마든지 있습니다. 예를 들면 어느 사서에는 연개소문이 장안에 입성하여 당태종으로부터 항복을 받았다고 씌어 있습니다. 그러나 이에 관한 다른 기록들이 없기 때문에 이것은 과장되었을 것으로 평가하고 있습니다. 아마 일본의 학자들도 평상시의 경우라면 《일본서기》에 있는 임나일본부를 받아들이는 입장이 위의 경우와 크게 다르지 않았을 것입니다. 《일본서기》 말고는 어디에도 임나일본부에 대한 기술이 없으니 말입니다.

그러나 불행하게도 순수한 학문 탐구의 영역에 일본 군국주의의 불순한 의도가 개입되었습니다. 그들은 한반도를 침략할 구실을 만들기 위해 광분하고 있던 중 참모본부의 간첩 사코 가게노부 대위가 만주에서 가져온 탁본에 주목했습니다. 이것을 본 순간 참모본부는 열광했습니다. 곧 학자들을 끌어모아 이 탁본의 해석에 착수했습니다. 그리고는 기어코 임나일본부라는 허상을 실체로 조립해냈습니다. 한반도는 본시 우리의 지배하에 있던 땅이니 이제 가서 찾자는 주장을 할 수 있게 되었습니다. 그리고 그것은 이제 그대로 일본 학계의 정설이 되어버렸습니다.」

「광개토대왕비에는 분명히 일본이 백제와 신라를 깨뜨리고 그들을 신민으로 삼았다고 나와 있지 않소. 그럼 박 선생은 그 비문이 거짓말을 한다고 생각한단 말이오?」

와세다대학의 원로교수 히라타의 무거운 목소리에 이어 게이오대학의 다나카 교수의 가시 돋친 질문이 뒤따랐다.

「이제까지 한국 학자들은 그 비문의 해석을 받아들이지 않으려고 온갖 해괴한 해석들을 다 갖다 붙여왔습니다. 게다가 대다수의 한국 학자들은 재일 사학자 이진희 교수가 발표한 석회도말론, 즉 우리 일본인들이 석회를 발라 비문을 조작했다는 주장에 동조하고 있습니다. 이러한 것들이 진실을 알리려는 태도라는 말입니까?」

「그 문제 역시 일본의 군국주의와 일본의 학계에서 책임을 져야 합니다. 올바른 역사를 버려두고 침략의 목적으로 사소한 사실을 과장하여 임나일본부라는 괴물을 만들어 한국을 마치 속국인 양 여기지 않았습니까? 그러나 한국의 학자들은 없는 사실에 대해 대항하는 방법에 능할 수 없었습니다. 아무리 정통적인 방법, 즉 다른 사서에는 그런 기록이 전연 없다고 이의를 제기해도 일본은 받아들이지 않았습니다.

그러던 차에 육군참모본부에서 은밀히 해독 작업을 추진했다는 것을 알게 되고, 상이한 탁본들 간에 일치하지 않는 글자가 많은 점에 주목해 참모본부의 석회도말론이 나오게 된 것입니다. 석회도말론이 사실로는 어떨는지 몰라도 최소한 참모본부의 음모를 간파했다는 점에서는 중요한 의미를 갖고 있습니다.」

「그렇다면 박 선생은 호태왕비를 어떻게 해석한다는 말이오?」

「호태왕비를 해석하는 데 있어서는 두 가지 관점이 있습니다. 하나는 쓰인 그대로를 믿는 것입니다. 이 경우는 다른 객관적 사료와의 균형이 무시되지만, 그렇기 때문에 더욱더 문자의 해석에 집중해야 합니다. 호태왕비에서 한일 간에 가장 큰 쟁점이 되어 있는 구절의 마지막 세 글자가 밝혀지기 전에는 함부로 해석할 수 없습니다. 대다수의 일본 학자들은 참모본부의 해석을 그대로 받아들여 일본 중심적 해석을 하는데, 이것은 학문의 세계에서 올바른 방법이 아닙니다. 학문은 진리를 발견하기 위한 가장 솔직한 노력이고, 그런 의미에서 학문의 세계에는 국가라는 것은 없습니다. 그 구절을 한번 볼까요. 우선 군국주의자들의 주장대로 띄어 읽습니다.

'백잔신라구시속민 유래조공 이왜이신묘년래도해 파백잔○○○라 이위신민 이육년병신 왕궁솔수군 토리잔국(百殘新羅舊是屬民 由來朝貢 而倭以辛卯年來渡海 破百殘○○○羅 以爲臣

民 以六年丙申 王躬率水軍 討利殘國)'입니다. 일본의 군국주의자들은 이 구절을 '백제와 신라는 본래 고구려의 속민이라 조공을 바쳐왔다. 일본이 신묘년에 바다를 건너 백제와 가야와 신라를 쳐부수고 신민으로 삼았다. 그래서 호태왕은 즉위 후 6년째인 병신년에 군사를 거느리고 백제를 토벌했다'라고 해석합니다. 이렇게 해석하는 학자들은 빈칸에 당연히 '가야' 혹은 '임나' 그리고 마지막에는 '신'자가 들어간다고 하는 성급하고 확인되지 않은 주장을 합니다.

그러나 이렇게 해석했을 때에는 두 가지 해석상의 큰 문제가 발생합니다. 하나는 어째서 같은 의미의 동사를 두 번 썼는가 하는 것입니다. 일본을 주어로 '이왜이신묘년래도해(而倭以辛卯年來渡海)'라는 구절을 보면 '일본이 신묘년에 왔다. 그리고 다시 바다를 건넜다'라고 해석해야 합니다. 왔다는 뭐고 다시 바다를 건넜다는 것은 무엇입니까. 군국주의자들 식으로 해석을 하자면 '래'나 '도해' 중의 하나를 빼야만 합니다.

또 한 가지 문제는 일본이 백제, 가야, 신라를 깨뜨리고 신민으로 삼았는데 어째서 호태왕이 백제를 토벌했는가 하는 모순입니다. 호태왕의 공적을 치하하는 비문의 문맥으로 볼 때, 호태왕이 백제를 깨뜨린 일본을 토벌해야 당당하고 이치에도 맞을 터인데 어째서 일본에게 깨진 백제를 토벌하겠는가 하는 것입니다. 다른 사서들은 그 당시의 백제와 일본의 관계를 매우 우호적으로 나타내고 있습니다. 이런 모순점들은 일본 위주로 해석을 하기 때문에 당연히 생기는 것들입니다.」

「중국 학자들의 주장도 우리와 유사하지 않소?」

「중국 학자 중 대표적인 왕건군의 해석을 보기로 합시다. 그는 일본과 한국의 학자들에 비해 월등히 유리한 위치에 있습니다. 십여 년간이나 비에 붙어 비면을 샅샅이 조사하고 비에 관련된 사람들을 추적할 수 있었습니다. 그러므로 이제껏 많은 일본의 학자들이 모르거나 잘못 알고 있던 사실들을 가려내는 데 큰 역할을 했습니다. 육년병신조의 구절에 있어서도 모두들 토리잔국이라고 해석하여 그 뜻을 파악하지 못하던 것을, 비면의 글자는 '리(利)'가 아닌 '벌(伐)'이라는 것을 밝혀냈습니다. 따라서 해석도 '토벌잔국(討伐殘國)', 즉 백제를 토벌했다는 것으로 매우 자연스럽습니다.

그러나 그도 역시 무리한 해석을 시도했습니다. 그는 이 구절 중 '이왜이신묘년래(而倭以辛卯年來)'를 '왜가 신묘년 이래'라고 해석합니다. '래(來)'를 동사 '오다'로 보지 않고 앞의 '이(以)'와 연관된 '이래(以來)'라는 뜻으로 보는 것입니다. 그의 해석은 '백제, 신라는 본시 고구려의 속민이라 조공을 바쳐왔는데 신묘년 이래로 왜가 바다를 건너 백제와 신라를 깨뜨리고 신민을 삼았다. 그래서 대왕은 즉위 6년째인 병신년에 수군을 인솔하여 백제를 토벌했다'입니다.

그러나 그의 해석은 자가당착을 범하고 있습니다. 우선 '이'와 '래'를 연결하여 쉽게 '이래'라는 의미로 받아들인 것입니다. 호태왕비에는 '이(以)'가 독립적으로 많이 나오고 있습니다. 그 뜻은 모두 '~는' 혹은 '~가'라는 것입니다. 그런데 그는 이런 예들을 모두 무시하고 자의적으로 '이래'라는 해석을 했습니다. 그러나 그의 말대로라면 '신묘년이래(辛卯年以來)'라고 해야 자연스러울 것이고, 이런 표현은 비문에도 나오고 있습니다. '자차이래(自此以來)'라는 표현이 바로 따라 나오는 것입니다. 만약 그의 주장이 옳다면 이것은 '이자차래(以自此來)라고 나와야 할 것입니다.

또한 그 역시 고구려가 백제와 신라를 정벌한 일본을 깨뜨리지 않고 백제를 토벌했다고 하는 모순된 설명으로부터 벗어나지 못하고 있습니다. 그는 그 까닭을 그간 백제는 조공을 바치다가 일본의 신민이 된 이후로 조공을 끊었기 때문에 고구려가 백제를 친 것이라 하고 있습니다. 그러나 이 설명은 역사적 사실과 모순됩니다. 그 무렵 백제는 고구려에 조공을 바치기는커녕 고구려를 공격했습니다. 호태왕이 즉위하기 20년 전에는 호태왕의 조부인 고국원왕을 죽이기까지 했습니다. 그런데 어째서 신묘년, 즉 호태왕이 즉위하던 해까지 조공을 바쳐왔다고 자의적 해석을 하는 겁니까? 또한 일본이 백제를 신민으로 삼고 있었다면 호태왕이 백제를 정벌할 때 어째서 왜인은 백제와 같이 고구려에 대항하지 않았단 말입니까? 그는 이에 대해 당시 백제와 신라를 정벌하여 신민으로 삼은 왜는 일개 왜구에 불과하여 잠시 내습했다가 곧 물러갔기 때문이라고 말하고 있습니다. 그렇다면 당시의 백제와 신라가 일단의 왜구로부터 내습을 받자 곧 신민이 되었다는 말입니까? 그토록 강성한 고구려에게도 수백 년간 한 번도 그런 일을 당하지 않았는데 한낱 왜구의 내습에 백제와 가야, 신라가 한꺼번에 신민이 되어버렸다는 주장은 성립하지 않습니다.」

「그렇다면 그 구절에 대한 박 선생의 해석은 어떤 것이오?」

「이렇게 띄어 읽는 것이 가장 자연스럽습니다. '백잔신라구시속민 유래조공 이왜이신묘년래 도해파 백○○○라 이위신민 이육년병신 왕궁솔수군 토벌잔국', 즉 '백제와 신라는 본시 우리 고구려의 속민이라 조공을 바쳐왔다. 왜가 신묘년에 내침하니 우리 고구려는 바다 건너 그들을 격파했다. 백제가 신라를 침략하여 신민으로 삼았으므로 대왕은 병신년에 수군을 이끌고 백제를 토벌했다'입니다.」

「그 빈칸에는 어떤 글자를 넣는단 말이오?」

「나는 빈칸에 어떤 글자를 넣어야 한다고 주장하고 싶지 않습니다. 해석을 자의적으로 만들 소지가 있기 때문입니다. 그 전에 왜에 대해 언급한 것과 역사적 사실을 고려한다면 그 빈칸에는 백제가 신라를 공격했다는 뜻의 어떤 글자가 있었다고 생각하는 것이 온당할 것입니다.」

「그것 역시 자의적인 해석이 아니오?」

「지금에 있어서 광개토대왕비의 연구는 누구라도 나만이 옳다고 주장할 수는 없습니다. 모두가 겸허한 마음으로 쇼비니즘적 태도를 버리고 진실을 추구해야 할 것입니다.」

「박 선생은 아까 두 가지 관점이 있다고 했는데, 문자를 있는 그대로 해석하는 것 외에 또 어떤 방법론이 있다는 말이오?」

「사료를 해석하는 데 있어서는 다른 사료들과의 균형이 가장 중요합니다. 어느 한 사료에 씌어 있는 사실을 여과나 검증 없이 진실로 받아들이면 과거는 언제나 심하게 굴절된 모습으로 남아 있을 것입니다.

우리는 광개토대왕비의 비문을 매우 귀중한 자료로 받아들입니다. 그러나 모든 것을 씌어 있는 그대로 받아들일 수는 없는 부분이 있다고 생각합니다. 예를 들면, 비에는 추모왕이 천제의 아들이고 그의 모친은 알에서 태어났다는 내용이 있습니다. 우리는 이것을 사실이라고 받아들이지 않습니다. 같은 맥락에서 그 유명한 신묘년 기사에 대한 해석도 문자에만 치우쳐서는 안 될 것으로 생각됩니다. 호태왕비는 아들 장수왕이 부왕의 공덕을 칭송하는 공덕비입니다. 따라서 모든 것을 대왕의 관점에서 얘기하고 있습니다.

비에는 백제와 신라는 본래 고구려의 속민이라고 되어 있습니다. 그러나 다른 어느 사서에도 신라와 백제가 고구려의 속민이라고 기록되어 있지 않습니다. 그렇다면 이 구절은 고구려의 과장이 있다고 볼 수도 있을 것입니다. 마찬가지로 백제·신라·가야는 일본의 신민이 된 적이 없습니다. 그러나 일본의 육군참모본부는 이 비를 보고 눈이 번쩍 뜨였습니다. 빈칸이 있어 왜곡 해석할 여지를 발견한 것입니다. 그리고는 임나일본부라는 허구의 전설을 실체화하는 데 착수한 것입니다. 그 전설 자체가 조작되었다는 것은 여러분 일본 학자들 자신이 더 잘 알고 있지 않습니까?」

「무슨 소리를 하는 거요? 전설이 조작되었다니?」

「들고 싶은 예가 너무나 많지만 한 가지 중요한 사실만 지적하겠습니다. 《일본서기》는 그보다 10년 전에 나온 《고사기》를 참고로 하여 만들어진 책인데, 그토록 중요한 임나일본부에 대한 기록이 《고사기》에는 하나도 없지 않습니까? 사소한 기록이라면 그럴 수도 있겠지만, 일본이 한반도를 200년간이나 지배하면서 설치한 관청에 대한 기록이 동시대의 다른 역사서에는 하나도 없다는 것을 어떻게 설명하겠습니까? 임나일본부는 우스꽝스런 쇼비니즘적 창조물입니다. 일본이라는 국명이 7세기에나 생겼음에도 이미 4~5세기에 임나일본부라는 이름의 관청이 있었다는 것도 우스운 일이 아닙니까?」

상훈의 대답은 거침이 없었다. 일본인 발제자들은 침착성을 잃은 표정이 역력했고, 청중들의 웅성거리는 소리가 커졌다.

「그렇다면 백제왕이 칠지도를 헌상한 것은 어떻게 설명할 거요?」

「칠지도 역시 마찬가지입니다. 참모본부에서는 칠지도 역시 백제왕이 왜왕에게 헌상한 것이라고 얘기합니다만, 한국의 어느 학자는 정반대로 일본에 분국을 두고 있던 백제왕이 분국의 왕에게 하사한 것이라고 합니다. 그러나 두 주장이 다 문제가 있습니다. 다른 사료에 같은 기록이 전혀 없다는 것입니다. 물론《일본서기》에는 칠지도에 대한 기록이 있습니다. 그러나 칠지도에 새겨진 명문과《일본서기》의 기록과는 연대가 맞지 않습니다. 게다가 칠지도에서는 백제왕이 왜왕을 후왕(侯王)이라고 부르고 있습니다. 후왕이라는 것은 무엇입니까? 신하라는 것이 아닙니까? 그렇다면 오히려 후자의 주장이 더 신빙성이 있습니다. 그러나 여러분은 한결같이 칠지도는 백제에서 일본에 헌상한 것이라고 주장합니다. 이것이 바로 여러분의 나라에서 진행되어온 역사라는 것입니다.

참모본부는 일본의 국민을 전쟁터로 불러내기 위해 한반도는 본시 일본의 땅이었다고 조작했습니다. 그 무지몽매한 군인들이나 관방 학자들은 그렇다 하더라도, 문제는 지금의 일본 학계입니다. 학문적 진리를 구하려는 겸허한 태도보다 민족의 우수성을 선전하려는 얕은 발상이 일본의 학계를 지배하고 있습니다. 과거 남의 나라를 지배한 것을 자랑으로 알고 역사를 조작했던 군국주의자들이야 그렇다 하더라도, 일본의 학계를 위해 참으로 슬픈 일이며 일본의 국민들에게 불행한 일입니다.

어릴 때부터 교과서에서 이렇게 왜곡된 역사를 배우고 있는 일본인들은 가장 신뢰하는 학자와 선생님들에 의해 역사적 진실에서 유리되고 있다는 이유 한 가지만으로도 불행한 것입니다. 본인은 이제라도 일본의 학계가 각성하여 국민들에게 진실을 알려야 한다고 생각합니다.」

「박 선생은 지금 당치도 않은 주장을 하고 있소. 그래 야마토 조정의 임나일본부가 결국은 한낱 허구란 말이오?」

「바로 그렇습니다. 일본의 학계에서는 광개토대왕비의 한 구절을 가지고 일본 고대사의 연대를 몇 백 년이나 소급하고 있습니다만, 그럼으로 해서 다른 사료와의 균형이 모두 틀어져 있습니다. 4~5세기경에는 야마토 조정이 일본을 통일하고 한반도에 군사를 보낼 정도가 되지 못한다는 것은 누구보다도 일본의 학자인 여러분이 잘 알고 있지 않습니까? 왜 국내 사료와의 균형을 취하여 과거를 바른 모습으로 보려 하지 않고 불거져 나온 외국의 사료를 왜곡하여 진실을 외면한단 말입니까?

중국이나 한국의 어느 사료에도 일본이 한반도를 2세기나

지배했다는 기록은 없습니다. 그래, 2세기에 걸쳐 한반도를 지배한 사실이 수천수만 종의 사서에는 한 구절도 언급이 안 되어 있고 오직 《일본서기》에만 한 줄 적혀 있단 말입니까? 같은 시기의 《고사기》에도 없는데 말입니다. 더군다나 여러분들은 식민지배 시절 그 사실을 증명할 자료를 찾으려고 혈안이 되지 않았습니까?

결국 한 점의 자료도 찾지 못하자 한반도 사람들이 치욕적인 사실이라 기록을 모두 없애버렸다고 주장하기도 했지요. 그러나 한반도 측에서 보면 일본을 쫓아낸 것이 자랑스러운 역사적 사실인데 그것도 모두 없애버렸을까요. 그것도 신라·가야·고구려·백제·중국이 모두 협의해서 말입니까? 세계 역사상 그런 일은 한 번도 없었습니다. 4~5세기경이면 양국 간에 사신 한 번 왔다 간 것도 모두 사료에 기록이 되어 있습니다. 그런데 2세기에 걸쳐 일본이 한반도를 지배한 것이 겨우 《일본서기》의 기록 한 줄로 압축될 수 있습니까? 터무니없는 주장입니다. 하루빨리 황국사관의 어두운 그림자로부터 벗어나야 합니다. 민족에게는 현재의 번영도 중요하지만 과거의 역사도 중요합니다. 일본이 그 어두운 역사의 잔재를 청산하지 못하면 결코 진정한 의미에서 앞선 나라라고 볼 수 없습니다.」

「집어치우시오!」

흥분한 한 학자의 고함으로 토론은 중단되었지만 상훈은

참으로 통쾌함을 느꼈다. 일본인 학자들 정면에서 당당하고도 논리적으로 그들의 역사 왜곡을 하나하나 지적해주었다는 생각에 너무나도 가슴이 시원하여 한동안 말없이 서 있었다. 그동안 그를 괴롭혀온 에이지 사건을 추적하면서 일본 역사학계의 허상을 꿰뚫어보게 되지 않았던가. 일본 참모본부의 추악한 비밀을 많은 사람이 모인 세미나에서 밝히게 된 것이 더욱 후련했다. 세미나는 웅성거리는 가운데 끝났다.

# 정죄

「뜻밖이군. 여기서 보게 될 줄은 몰랐어.」

단상을 내려오자 눈에 익은 얼굴이 악수를 건넸다. 언젠가 학회에서 인사를 나누었던 학교의 선배였다.

「아니, 선배님이 어떻게 여길.」

「일본에 온 길에 심포지엄이 있는 것을 알고 우연히 들렀어. 그런데 정말 놀랐어. 언제 그렇게 실력을 키웠지?」

「과찬입니다.」

「얼마 후에 서울에서 고대사 관계 심포지엄이 있는데 시간 있으면 한번 오게. 내가 초청장을 보내지. 같이 식사라도 했으면 좋겠는데 지금은 다른 일정이 잡혀 있어.」

다음날 학교에서는 같은 과의 우치다 교수가 상훈을 찾고 있었다. 지도교수인 미나미 교수의 얼굴이 밝지 않은 것으로 보아 좋은 일은 아닐 것으로 생각됐다.

상훈은 일본인이지만 미나미 교수와 같은 훌륭한 학자 밑에서 공부를 할 수 있게 된 것을 다행으로 생각했다. 유명한 하타다 교수의 수제자인 그는 상훈의 명석함과 성실함을 깊이 사랑했다. 하타다 교수는 일본 사학계의 주류와 정면으로 대립하고 있는 양심 있는 학자였다. 그는 한말의 정한론이《일본서기》의 그릇된 기술에서 나왔다고 주장함으로써 많은 주류 학자들의 비판을 들었다. 하지만 굴하지 않고 자신의 주장이 정당함을 수많은 연구와 논문으로 밝혀낸 양심 있는 학자였다.

상훈이 우치다 교수의 연구실로 들어가자 그는 대뜸 버럭 고함을 질렀다.

「자네가 역사에 대해 무엇을 안다고 세미나에 가서 그렇게 좌충우돌했단 말인가?」

「…….」

「역사학에 있어 하나의 이론이 성립되려면 얼마나 오랜 시간과 노력이 필요한 줄 아는가. 조금 주워들은 것을 가지고 그렇게 휘젓고 다니는 게 아니야.」

「…….」

「자네 나라에서는 어떤지 모르겠지만, 일본에서는 오랜 학문의 전통이 없이는 결코 그렇게 함부로 발표를 하거나 멋대로 토론을 하지는 않아.」

스승을 존경해야 한다고 생각하는 상훈이었지만 이 말에는 잠자코 있을 수 없는 노릇이었다.

「저의 발표가 한국의 학문적 전통과 관련이 있을 것으로는 생각되지 않습니다.」

「한국의 근대 학문이란 것은 모두 일본의 틀을 따르고 있는 것을 모른다는 말인가.」

「학문의 체계는 그럴지 몰라도 한국의 학자들에게는 일본이 감히 따라올 수 없는 학자로서의 유구한 전통이 있습니다. 그들은 결코 정치적 목적을 위해 학문적 진실을 왜곡하진 않았습니다. 비록 군사독재를 겪었지만 당대의 유수한 학자들이 군부에 충성을 서약하는 일 따위는 한 적이 없다는 말입니다.」

「그게 무슨 말인가. 그렇다면 일본의 학자들은 그랬단 말인가?」

「그랬지요. 분명히 그랬습니다.」

「당치도 않은 소리는 하지 말아!」

「증거가 있습니다.」

「뭐라고? 증거가?」

「그렇습니다. 일본의 대표적 학자들이 천황가의 허위를 들추지 않겠다는 맹세를 한 서약서가 있단 말입니다.」

이때 우치다 교수의 눈빛이 이상하게 변하는 것을 상훈은 눈치채지 못했다. 교수는 잠시 무엇을 생각하는 듯하다가 이제까지의 들뜬 목소리와는 다른 나지막한 목소리로 상훈에게 물었다.

「자네가 어떻게 그런 것을 알지?」

상훈은 그제야 아차 했다.

「그 서약서란 것은 어디에 있는 거야?」

「…….」

「왜 얼버무리는 거야? 말해봐.」

「달리 말씀이 없으시면 돌아가겠습니다.」

상훈이 돌아서 나오는데도 우치다 교수는 아무 말이 없었다. 다만 어떤 생각에 깊이 빠진 듯한 모습으로 상훈의 뒷모습만을 노려보고 있었다.

그날 밤 집으로 돌아온 상훈은 어딘지 이상한 느낌이 들었다. 크게 눈에 띄는 것은 아니었지만 누군가가 방을 뒤진 듯한 흔적이 있었다.

'내가 잘못 생각한 것일까?'

반신반의하는 중에도 조 전무가 그날 즉각 서류를 가져간 것은 매우 사려 깊은 행동이었다는 생각과 함께 새삼스레 조 전무가 자신을 위해 큰일을 해주었다는 것을 느꼈다. 정부 조직에 속해 있는 사람으로서 웬만해서는 도저히 할 수 없는 일을 조 전무는 자신을 위해 해준 것이었다. 곤두섰던 신경을 가라앉히고 책상에 앉자마자 울리는 초인종 소리에 상훈은 고개를 갸우뚱했다. 이 시간에 찾아올 사람이 생각나지 않았다.

문밖에는 두 사람이 서 있었다.

「누구시죠?」

「늦은 밤에 미안합니다. 경시청 형삽니다.」

「무슨 일입니까?」

「몇 가지 물어보고 싶은 일이 있어서 찾아왔습니다. 좀 들어가서 얘기를 나눠도 되겠습니까?」

「들어오세요.」

형사들은 들어와 자리에 앉으면서 무의식적으로 방 안을 둘러봤다.

「야마모토 서장이 죽었습니다.」

「뭐라구요? 언제요?」

「오늘 저녁. 그런데 그것이 타살입니다. 병실 감시가 잠시 소홀한 틈을 타서 누군가가 침입했습니다.」

「범인은 못 잡았습니까?」

형사는 고개를 가로저었다. 그러면서 상훈의 얼굴을 뚫어지게 바라보는 것이, 상훈은 무엇인가를 알지도 모른다는 생각을 하고 있는 것 같았다.

「나를 찾아온 것은 뭐라도 알아낼 것이 있다는 판단을 했기 때문이겠죠?」

「그렇습니다.」

상훈은 잠시 생각을 했다. 분명 배후에는 연구소가 있을 것으로 생각되었지만 함부로 단정 지어 얘기할 수는 없었다. 노련한 와타나베는 틀림없이 수사망을 벗어날 것이었기 때문에 확실한 증거를 잡기 전에는 선불리 얘기할 것이 아니었다.

「미안하지만 별로 짐작 가는 것이 없군요.」

그러나 형사는 상훈의 표정에서 무엇인가를 읽어낸 듯 쉽사리 물러서려 하지 않았다.

「박 선생께서는 야마모토 서장의 테러를 추리해냈습니다. 그에 대해 깊이 알지 못하고는 불가능한 일이죠.」

「그에 대해 조사된 바는 있습니까?」

「현재로서는 아무것도 캐낸 것이 없습니다. 현직 경찰서장으로서 능력을 인정받아왔고 매우 모범적인 인물로 평가받던 사람이라 조직과 연결되어 있다고는 아무도 상상할 수 없었습니다. 성장 과정에서도 별다른 의문을 찾을 수 없었어요. 형제는 없고 부친은 이미 오래전에 캐나다로 이민을 가 연락을 끊고 사는 듯합니다. 뭔가 생각나시면 협조를 부탁합니다.」

「알겠습니다.」

때르르릉.

서장의 죽음을 생각하다 늦게야 잠이 든 상훈은 한밤중에 걸려온 전화에 자신도 모르게 화가 났다. 경시청의 형사일 것이다. 머리맡의 시계를 보니 이제 막 1시를 지나고 있었다.

「저예요.」

형사일 것으로 판단한 상훈이 아직 잠에서 덜 깬 늘어지는 동작으로 수화기를 귀에 갖다 대자 뜻밖에도 하나코의 목소리가 흘러나왔다.

「아니, 하나코 씨. 무슨 일입니까?」

직감적으로 무슨 일이 났구나 싶어 반문하는 상훈의 목소리에 이어 하나코의 울먹이는 듯한 목소리가 흘러나왔다.

「하코네에 가야겠어요.」

「지금요? 무슨 일이 있습니까?」

「가즈오 씨에게서 전화가 왔는데 느낌이 이상해요.」

「뭐라고 했습니까?」

「청산으로 간다는 거예요.」

「청산으로 간다구요?」

상훈 역시 불길한 예감이 들었다.

「기분이 아주 이상했어요. 전화를 해도 받지 않아요.」

「같이 가봐야겠군요.」

「네, 제가 차를 가지고 나갈게요.」

늘 열차를 타고 가던 하코네에 하나코가 운전하는 자동차를 타고 가는 느낌은 새로운 것이었다. 더군다나 깊은 밤에 불길한 예감을 안고 어둠 속을 질주하자 처음 가즈오를 만나서부터 지금에 이르기까지의 일들이 주마등처럼 떠올랐다가 사라지곤 했다.

「목소리는 어땠던가요?」

「아무런 감정이 없는 목소리였어요. 여느 때처럼요.」

「다른 말은 없었습니까?」

「네. 제가 전화를 받으니까 다른 말은 없이 '하나코, 잘 있어. 이제 나는 청산으로 가겠어'라고 하더니 전화를 끊었어요.」

하나코의 목소리가 떨려 나오더니 액셀러레이터를 세게 밟았다. 그녀 역시 격렬한 감정의 소용돌이에 휩싸여 있는 듯했다. 두 사람은 하코네로 가는 긴 시간 동안 아무 말도 하지 않았다. 간간이 스쳐 지나가는 자동차의 불빛에 비치는 하나코의 얼굴에는 눈물이 배어 나왔다. 하나코는 액셀러레이터를 늦추지 않았으나 하코네로 가는 길은 여느 때보다 훨씬 멀게 느껴졌다.

이윽고 자동차가 하코네에 도착하여 산간도로를 따라 올라가는 동안 상훈은 왠지 이상한 느낌이 들었다. 새벽 4시가 다 되어가는 시간이라면 산은 고요히 잠들어 있어야 할 텐데 어딘지 모르게 산만하고 소란한 듯한 기분이 드는 것이었다. 불길한 예감 탓이려니 하며 무심코 차창을 열던 상훈은 바람을 타고 흘러온 매캐한 냄새에 코를 막았다.

「무슨 냄새죠?」

하나코가 물었다.

「뭔가 타는 냄새 같은데요.」

자동차가 미술관 바로 밑의 언덕에 다다르자 냄새는 더욱 심해졌다.

「혹시?」

두 사람은 자신도 모르게 얼굴을 마주 봤다. 짙은 불안감을 느끼는 모양인지 하나코의 눈이 더욱 커졌다. 불길한 예감은 적중했다. 자동차가 산모퉁이를 돌아서자 시뻘건 화염이 혀를 낼름거리며 어둠을 사르고 있었다.

「불이다.」

「미술관이에요.」

자동차가 정문 앞에 다다르자 상훈은 번개처럼 뛰어내렸다. 많은 사람들이 불길을 잡을 엄두도 내지 못한 채 불타는 미술관을 바라보며 발을 구르고 있었다. 불길은 강한 바람을 타고 너무나 기세 좋게 타올랐다. 소방차 몇 대가 와 있었지만 강한 바람을 타고 맹렬하게 타오르는 불길을 잡기에는 역부족이었다. 불길에 비치는 사람들의 얼굴이 안타까움으로 일그러져 있는 것을 보고 상훈은 불길한 마음을 가까스로 누르며 절규하듯이 물었다.

「어떻게 된 겁니까? 가즈오는 어디 있어요?」

평소 안면이 있던 경비원은 상훈을 보자 억지로 참고 있던 울음을 터뜨리며 말했다.

「요즘 도련님 상태가 안 좋았습니다. 한밤중에 괴성을 지르기도 하고 갑자기 밖으로 뛰쳐나오시곤 했어요. 그래도 이렇게까지 하실 줄이야.」

바람에 춤추는 불길이 나이 든 경비원의 가늘게 떨고 있는 얼굴에 어른거렸다.

「가즈오!」

하나코의 다급하고 날카로운 목소리가 어둠을 뚫고 허공에 울려퍼졌다. 처절한 절규는 이내 불길에 묻혀버리고 불타는 미술관 안에서는 아무런 대답도 없었다. 두 손으로 얼굴을 감싸며 주저앉는 하나코를 보면서 상훈 역시 망연자실했다. 미술관을 둘러싼 사람들에게 여봐란 듯이 혀를 낼름거리며 맹렬하게 타오르는 불길 앞에서 상훈은 아무 말도 할 수가 없었다.

'불쌍한 가즈오.'

무엇보다도 상훈의 기억을 아프게 때려오는 것은, 최독준 대장이 온다고 기뻐하던 가즈오가 곧 태도를 바꾸어 만나러 가지 않겠다고 하던 모습이었다. 그때 그의 얼굴은 고뇌와 갈등에 가득 차 있었으며, 자신의 존재를 힘겨워하는 안타까운 표정으로 얼룩져 있었다. 상훈은 자신도 모르게 나직이 가즈오의 이름을 되뇌었다. 눈물이 나오려는 것을 억지로 참고 영

혼만이라도 편안한 휴식을 누릴 수 있기를 빌었다.

우지끈 퉁탕, 탁탁.

미술관이 무너져 내리는 소리였다. 앙상한 골조를 드러낸 미술관 건물은 마치 가즈오의 소실될 육신을 상징하듯 어둠 속에서 조금씩 무너져 내렸다.

「가즈오야!」

이제 도착했는지 야마자키의 울부짖는 목소리에 이어 소동이 일어났다. 불타는 건물 안으로 미친 듯이 뛰어들려는 야마자키를 사람들이 붙잡았다. 야마자키는 사람들을 뿌리치려 팔을 휘두르며 악을 쓰고 있었다. 불길이 가라앉고 미술관이 검정 잔해를 드러낼 무렵까지 야마자키의 소동은 계속되다가 그가 탈진한 새벽녘이 되어서야 가라앉았다.

「이것 좀 보십시오. 뒤뜰에 그림들하고 같이 있었습니다. 도련님이 미리 그림들을 몇 점 꺼내놓으셨나 봅니다.」

경비원이 야마자키에게 하얀 봉투를 내밀었다. 그때까지도 넋을 놓고 있던 야마자키는 경비원이 내미는 봉투를 빼앗듯이 낚아챘다. 편지였다. 야마자키는 마치 편지 안에 가즈오가 살아 있기라도 한 것처럼 다급한 손길로 접혀진 편지지를 펴고는 읽어 내려갔다. 불빛에 비친 야마자키의 눈동자가 좌우로 몇 번 구르더니 고개가 푹 꺾이면서 입에서는 신음인지 비명인지 분간 못할 괴성이 흘러나왔다.

「으흐흐흐.」

상훈과 하나코는 야마자키의 옆에 한동안 서 있었다. 두 사람에게도 위로의 말을 건넬 여유가 없었다. 야마자키는 고개를 들어 두 사람이 눈에 들어오자 천천히 일어섰다.

「아저씨.」

하나코가 울먹이며 부르자 야마자키는 하나코의 어깨를 감싸안았다.

「미안하구나, 하나코야.」

상훈은 한바탕 울고 나서인지 야마자키의 얼굴이 어느 정도 안정을 찾은 것을 보았다. 아무런 말도 하지 못하고 서 있는 하나코에게 야마자키는 손에 쥐었던 편지를 내밀고는 불길이 사그라진 가즈오의 방으로 눈길을 돌렸다. 옆에 있던 상훈과 눈이 마주쳤는데 뜻밖에도 지난번에 보였던 적대감이 없는 눈빛이었다. 편지를 펴보던 하나코의 눈에서는 눈물이 주르르 흘렀다. 상훈의 눈이 하나코의 어깨 위로 편지를 찬찬히 훑었다.

아버지. 병이 나아 아버지를 기쁘게 해드리고 싶었습니다. 하지만 안 되더군요. 머릿속의 혼돈을 결국은 극복하지 못하겠습니다. 제가 가장 사랑하고 또 저를 가장 사랑하는 아버지가 집안의 원수라니요. 자신의 동포를 팔아버리고 조국을 배신

한 죄인이라니요. 그 현실 앞에 가즈오는 정말 어떻게 해야 할지 몰랐습니다.

병이 나아야 한다고 수천 번이나 다짐을 하며 흐려지는 정신을 다잡다가도, 현실 속으로 깨어나기가 두려워 슬그머니 아버지가 정성껏 지어오신 약을 버리곤 했습니다. 아버지가 지은 죄를 제가 대신 씻어야 한다고 생각하면서도, 저 역시 죄인이라는 자괴감에 늘 허물어지곤 했습니다. 그러나 아버지가 조국에 생채기를 낼수록 저는 가슴속에 조국을 품어야 한다고 생각했습니다. 아무도 몰래 모국어를 배우기 시작했지요. 그러던 어느 날인가 시조집에서 '나비야, 청산가자'라는 구절을 보고 얼마나 울었는지 모릅니다. 이 가즈오는 정말이지 한 마리 나비이고 싶었습니다. 청산을 향해 너울너울 춤을 추며 날아만 가고 싶었습니다. 그리고 이 고통스런 현실로 결코 돌아오지 않기를 바라면서요. 저는 그렇게 어린 시절을 보냈습니다.

아버지, 어떻게 하면 아버지도 저도 용서받게 될까요? 훌륭했던 저의 친조부와 저의 조국이 아버지와 저를 용서해줄까요? 며칠째 머릿속에서 윙윙거리는 소리가 납니다. 지금도 그 소리가 사라지지 않고 저를 괴롭힙니다. 고통이 너무 큽니다. 더 이상 견딜 수가 없어요. 아버지, 다음에 이 세상에 다시 태어나게 되면 아버지도 저도 순수하고 깨끗한 인간으로 태어나길 빕니다. 아버지, 아버지를 정말 사랑했었습니다.

「박 선생, 가즈오는 내가 죽였소.」

감정을 잃은 야마자키의 목소리가 바람에 날리는 재에 섞여 전해져왔다.

「내 부친은 동지를 배신하고, 나는 내 나라의 미술품을 암거래 했소. 가즈오는 할아버지와 아버지에 대해 극진한 애정을 갖고 있었는데, 우리는 가즈오를 배신했던 거요. 가즈오는 우리가 모두 한국인이라는 사실과 우리가 자기 집안의 원수라는 사실을 알고 있었던 거요. 그것도 모르고 나는 가즈오의 애비 노릇을 하고 조국을 파는 행위를 계속하고 있었소. 한국에서 몰래 미술품을 들여와 일본에 팔아넘기고 있었던 거요. 가즈오의 정신병은 나 때문에 생겨난 건데, 이제 결국 그 아이를 죽이기까지 한 거요. 가즈오! 나를 데리고 가라. 나 혼자 이 고통을 어떻게 견디란 말이냐!」

상훈과 하나코는 아직도 잔불길이 널름거리는 미술관과 그 앞에서 통곡하는 야마자키를 뒤로하고 말없이 도쿄로 돌아왔다.

상훈은 가슴이 텅 빈 듯했다. 혈육을 잃은 듯한 기분이었다. 하나코 역시 넋이 나간 듯했다. 상훈은 하나코가 걱정되었지만 그녀의 집 앞에서 말없이 헤어지는 수밖에 없었다.

# 야마모토 슈코

집으로 돌아와 문을 열려고 하던 상훈은 누군가가 집에 들어와 있는 것 같은 기척을 느꼈다. 어젯밤 나갈 적에 분명히 문을 잠그고 나갔는데 누군가 들어와 있다면 보통 일이 아니었다. 형사들일까? 손잡이를 잡은 손을 살며시 놓으려던 상훈은 갑자기 문이 확 열리는 바람에 소스라치게 놀랐다.

「어디 갔었어요?」

문을 열고 나온 사람은 김정애였다.

「아니, 어떻게 여길?」

「무슨 일이 있었던 거죠? 괜찮아요?」

「가즈오가 죽었습니다.」

「네?」

김정애도 충격인 모양이었다.

「자살입니다.」

「아니, 어떻게 그런 일이…….」

김정애는 도저히 믿어지지 않는다는 듯이 손을 휘휘 젓더니 가슴을 손으로 몇 번 두드렸다. 겨우 충격이 가셨는지 김정애가 용건을 말했다.

「조 전무님이 우리를 보냈어요. 다른 요원들은 밖에서 감시하고 있어요.」

「아니 왜, 들어오지 않고.」

「정체를 노출시키라구요?」

「그럼 누가 또 있습니까?」

「언론, 경찰, 야마모토의 살해 세력 할 것 없이 모두 박 선생님을 노리고 있어요. 조 전무님이 야마모토의 피살 소식을 어젯밤 늦게 아시고 전화를 했는데 받지 않으니까 바로 우리를 보냈어요. 조 전무님은 야마모토를 살해한 배후세력이 박 선생님을 해칠까 봐 상당히 신경을 쓰고 있어요.」

김정애는 이제 그만 가겠다고 일어섰다. 김정애가 돌아가자 곧 몇 사람의 기자와 형사들이 찾아왔다. 현직 경찰서장의 테러와 의문의 피살에 대해 여론이 들끓었지만, 경시청에서는 아무런 단서도 잡지 못하고 있는 형편이라 오직 상훈에게 매달리는 수밖에 없었다. 상훈으로서도 배후에 연구소가 있다는 사실을 말하고 싶었으나 자신에게 야마모토와 연구소의 관계를 밝힐 뚜렷한 증거가 없는 한 함부로 발설할 수는 없는 일이었다. 조 전무가 연구소에서 야마모토의 메모를 발견한 사실도 극비에 붙여야 했다. 뿐만 아니라 에이지의 살해 현장에서 사라졌던 책 뒷장의 종이가 연구소에서 발견되었다는 것도 얘기할 수 없었다. 조 전무도 역시 마찬가지 생각이었다.

「와타나베의 역량으로 보아 경시청에서 잡을 수 있을 것으로 보이지는 않소. 수사의 초점을 흐리기 위해 와타나베는 도난당한 서류들을 거론하고 나올 것이오. 잘못하면 나와 박 선생이 크게 당할 염려가 있소.」

방법은 야마모토와 연구소와의 관계를 밝혀줄 증거를 찾는 것뿐이었다. 그러나 아무리 생각해도 그 둘을 연결시켜 생각해볼 거리는 없었다. 연구소는 철저히 뒤에 숨어 있었고, 야마모토 역시 한 번도 연구소에 대해서는 입에 올리지 않았다. 아니, 오히려 철저히 위장하고 있었다. 이마무라 반장이 살해당했을 때도 전혀 연구소의 내막에 대해서는 모르는 듯이 행동했다. 연구소의 행정실장이 서장실에 나타나 거세게 항의를 할 때도 모르는 사람들처럼 행동했으니 상훈이 양자의 관계를 밝힌다는 것은 난망한 일이었다. 이럴 때 이마무라 반장이라도 있었으면 낫지 않았을까 하고 아쉬워하던 상훈의 뇌리에 문득 떠오르는 생각이 하나 있었다. 바로 이마무라 반장이 연구소로 가는 도중에 피살되었다는 사실이었다.

'반장은 어째서 연구소의 서무과를 찾아가려 한 것일까.'

야마모토를 의심하던 반장이 연구소를 찾아갔다면 그 이유는 야마모토와 연구소 간의 어떤 관계를 눈치챘기 때문이 아닐까. 반장은 이번에는 자신이 직접 큰일을 해내겠다고 무척 자신만만해 하지 않았던가. 상훈은 이제야 비로소 이마무라 반장이 결코 보통의 형사가 아니라는 것을 느낄 수 있었다. 에이지의 주민등록을 추적했던 것이나, 야마모토에 대해 의혹이 생기자 연구소를 찾아가려 한 일이나, 베테랑 수사관이 아니고는 할 수 없는 일이었다. 연구소의 서무과에서 하는 일을 곰곰 생각하던 상훈은 한 가지 사실에 착안했다.

'혹시 반장은 연구소의 명단에서 야마모토의 이름을 확인하려 하지 않았을까.'

그것밖에는 연구소의 서무과를 찾아가서 확인할 일이 없었다. 상훈은 전화기를 들어 연구소의 서무과를 연결했다.

「혹시 직원 중에 야마모토라는 이름을 가진 사람은 없습니까?」

「없습니다.」

추리는 빗나갔다. 그냥 끊으려던 상훈은 내친김에 한 번 더 물었다.

「아, 꼭 직원이 아니더라도 연구소와 관련이 있는 가까운 사람 중에 야마모토라는 사람이 없는가 말입니다. 가령 이사장님의 친구라든지 말입니다.」

「그런 건 잘 모르겠습니다.」

간단하게 대답을 하고 끊으려던 여직원은 갑자기 무엇인가 생각난 모양이었다.

「아, 잠깐만요. 어디선가 본 것 같은 이름이군요.」

상훈은 긴장으로 온몸이 팽창되는 것을 느꼈다.

「그분은 발기인이십니다.」

「네? 발기인이라구요?」

「그렇습니다.」

「야마모토 슈코. 연구소의 창립발기인이 틀림없습니다.」

「미안하지만 연구소의 창립발기인 명단을 불러주실 수 있습니까?」

「잠시 기다려주세요.」

잠시 뒤에 나온 여직원은 또렷한 목소리로 정관에 있는 창립발기인의 이름을 불러주었다.

「와타나베, 에이지, 가토, 야마모토 이렇게 네 분이십니다.」

「예? 바로 그 네 사람이 발기인이라고요?」

상훈은 현기증을 느꼈다. 놀라운 일이었다. 대동아연구소는 바로 울란야호이의 동지들이 만들었던 것이다. 상훈은 목이 메었다. 이마무라의 웃는 얼굴이 눈앞을 스쳐갔다. 그 생각을 못했었다니. 야마모토 슈코는 야마모토 서장의 부친일 것이었다.

「야마모토 선생도 계신단 말이지요?」

상훈은 한 번 더 물었고 영문을 모르는 여직원은 친절히 대답했다.

「네, 틀림없이 계십니다.」

「고맙습니다.」

전화를 끊는 상훈의 귓가에 언젠가 반장이 바이칼에 갔다 온 사람들을 추적해 와서 하던 말이 들려오는 것이었다.

'생존자는 두 사람입니다. 와타나베 외에 또 한 사람은 캐나다로 이민을 갔습니다.'

그랬었다. 참모본부의 첩보원으로 시베리아에 갔다 온 두 사람의 생존자 중에 한 사람은 캐나다로 이민을 갔다고 했다.

이마무라 반장은 연구소의 정관을 입수하러 간 것이었다.

야마모토는 연구소 창립발기인의 아들이라는 부정하려야 부정할 수 없는 명백한 관계를 갖고 있는 사람이었다. 비슷한 나이의 와타나베가 이사장을 맡고 있고, 같은 창립발기인의 아들인 야마모토는 바로 관할 경찰서장이었다. 그럼에도 불구하고 두 사람이 모르는 관계라고 주장할 수는 없을 것이었다.

상훈은 이 정도면 야마모토와 연구소의 관계를 보여주는 충분한 정황증거가 된다고 생각했다. 더군다나 연구소의 직원인 마쓰모토의 실종과 이마무라 반장이 연구소 부근에서 차에 치여 죽었다는 사실을 고려한다면 연구소는 빠져나가지 못할 것으로 생각되었다. 상훈은 즉각 경시청에 연락을 하려다가 다시 전화기를 놓았다. 일단 조 전무와 의논을 해보는 것이 필요할 것이라는 생각이 들어서였다.

「대단히 미묘하게 되었군요.」

「무슨 의미인가요?」

「그것은 뚜렷한 증거일 수도 아닐 수도 있다는 얘기요.」

「잡아떼지는 못할 것 아닙니까?」

「그렇겠지요. 그러나 결정적으로 혐의를 둘 수도 없는 심증 정도에 불과할 수도 있지요.」

「결국 연구소의 범행을 입증할 수는 없단 말인가요?」

「그렇다고 봐야 될 것 같소.」

「갑갑하군요.」

「박 선생, 굳이 연구소의 정체를 드러내는 것이 무슨 의미가 있겠소? 이미 알 만한 사람은 다 알고 있는데. 이마무라 반장도 야마모토의 테러를 막은 것으로 만족할 거요. 일본에는 이런 연구소나 우익단체가 수천 개나 있소.」

「저는 꼭 밝혀내고 싶은 것이 있습니다.」

「그게 뭐요?」

조 전무는 강한 호기심을 머금은 얼굴로 물었다. 상훈은 약간 망설이다 설명을 시작했다. 조 전무가 쉽게 알아들을 수 있을 것으로는 생각지 않았지만 자칫하면 조 전무로부터 자신을 무시한다는 오해를 사게 될 것 같아서였다.

「닛코의 살인 현장에서 사라졌다가 연구소에서 발견된 종이는 이런 것이었습니다. '동(東)의 옆에 있는 글자로서 적합한 것은 침(侵), 정(征) 혹은 벌(伐)이다. 셋 중에 어느 것이든 뜻은 같다. 초 씨는 영원한 비밀을 남기고 가버린 것인가.'」

「그건 무슨 뜻이오?」

「저도 확실히는 모르겠습니다. 그러나 이것이 어쩌면 호태왕비의 비밀을 푸는 결정적 열쇠가 될 수도 있다는 생각입니다.」

「그런데 연구소에서는 그것을 알고 있단 얘기요?」

「다른 사람들은 몰라도 아마 와타나베만은 어째서 에이지가 이런 메모를 남겼는지 알고 있을 것으로 생각됩니다.」

조 전무는 상훈의 눈빛을 보고서 에이지의 이 메모에 대한 집착이 대단하다는 것을 깨달았다. 이 젊은 청년의 집념으로 보아 잘못하면 자신이 연구소를 침입하도록 사주한 사실이 드러날 위험성이 매우 크다는 생각이 들었다. 그리고 이 청년이 연구소의 서류를 자신에게 모두 돌려주지 않았다는 것을 알았다.

「박 선생, 그 종이를 갖고 계시지요? 일단 그걸 돌려주시오.」

「안 됩니다.」

「왜? 돌려주기로 하지 않았소?」

「그러나 이것만은 안 됩니다.」

「내가 순수하게 박 선생에게 도움이 되라고 위험을 무릅쓰고 얻어낸 것 아니오. 그런데 박 선생이 그것을 가지고 문제를 삼는다면 배은망덕한 일이 아니오?」

「미안합니다. 그러나 이것은 한 개인의 일이 아닙니다. 어쩌면 그 종이에는 이제껏 호태왕비에 대해 알려진 것과는 전혀 다른 진실이 숨겨져 있을 것으로 생각됩니다. 저는 경시청에 그 종이를 제출하겠습니다. 에이지의 살해 현장에서 사라졌던 종이가 연구소의 비밀금고에서 발견되었다면 연구소는 결정적 살인용의자가 됩니다. 조 전무님께는 미안하지만 할 수 없습니다. 나는 그 종이의 비밀을 밝혀내야만 합니다.」

조 전무는 갑작스런 상훈의 변화에 몹시 당황했다. 눈을 감고 한참 동안 무언가를 생각하던 조 전무는 이윽고 눈을 뜨며 무거운 목소리로 내뱉었다.

「내가 그 종이를 공개하지 않고도 진실을 알 수 있는 방법을 강구해보겠소. 그러나 일이 잘못되면 나의 미래는 말할 것도 없고 누구도 감당할 수 없는 사태가 발생할 것이오.」

며칠 후 상훈은 조 전무로부터 한 통의 전화를 받았다.

「박 선생, 내일 정오에 벳푸의 스기노이호텔로 가보시오.」

「왜요?」

「프런트에서 야마모토 슈코 씨를 찾으시오.」

「어떻게 된 일입니까?」

「야마모토 서장의 부친이오. 그라면 박 선생의 질문에 답을 해줄 수 있을지 모른다는 생각이 들었소. 피살된 에이지와는 같은 연구소의 창립발기인이거든.」

상훈은 깜짝 놀랐다. 자신이 그토록 어렵게 추리를 해서 찾아낸 것을 이 사람은 너무도 빨리 알아내고 말았다. 상훈은 도대체 이 사람이 그런 것을 어떻게 알아냈는지 궁금증이 강하게 일었다.

「그런데 어떻게 찾았습니까? 캐나다에 있다고 알고 있었는데요.」

「박 선생 때문에 얼마나 고생했는지 아시오? 캐나다에 있는 직원에게 부탁하고, 입국자 명단 다 뒤지고……. 워낙 특별한 노인이라 정말 힘들게 찾았소.」

「아, 야마모토의 장례 때문에 들어온 모양이군요. 그런데 살아 있는 것은 어떻게 알았습니까?」

「혹시나 해서 야마모토의 국제통화 기록을 뒤졌소. 야마모토의 사망이 알려진 날 밤에 부인이 캐나다로 전화를 한 것이 있더군. 장례에 잠깐 참석하고는 바로 벳푸로 내려가버린 것으로 보아 부자간에 거의 의절하다시피 살아온 것 같았소. 만날 때에 참고로 하시오.」

「정말 고맙습니다. 급할 때마다 이렇게 묘안을 내주시니 어떻게 신세를 갚아야 할지 모르겠군요.」

「그 노인에게서 무엇인가 알아내지 못하면 다른 방법은 없소. 내 생각으로는 아마 가능성이 있을 것 같소. 노인은 자신의 아들과 연구소가 하는 짓들에 염증을 느끼고 캐나다로 갔다는 얘기가 있더군. 연구소에서 야마모토를 살해했다고 넌지시 비치면 성과가 있을지 모르지. 그리고 그 종이는 내게 돌려주시오.」

조 전무는 은근히 방법까지 일러주었다.

「알았습니다.」

다음날 상훈은 바로 오이타행 비행기를 탔다.

# 잃어버린 글자

하루 종일 유황천의 뜨거운 김이 피어오르는 벳푸의 전망 좋은 산 중턱에 자리 잡은 스기노이호텔은 깨끗한 현대식 건물이었다. 로비의 시원한 대형 유리창을 통해 벳푸만이 정면으로 보이는 호텔에는 다양한 목욕시설이 있어 일본의 수많은 온천 중에서도 단연 으뜸으로 꼽히고 있었다. 당일로 올라갈 수는 없는 일정이라 프런트를 찾아 야마모토의 방을 확인하고는 상훈도 방을 하나 잡았다.

「1536호, 오션뷰입니다.」

상훈이 15층으로 올라가자 대기실의 여자가 나와 깊이 고개를 숙이고는 열쇠로 방을 열고 유카타를 꺼내놓았다. 상훈은 차를 한잔 마시며 생각을 정리한 후에 야마모토의 방으로 전화를 했다. 벨이 한참 울려도 전화를 받지 않아 프런트에 확인하니 목욕 중이라고 했다.

좀 이따 다시 전화하기로 하고 상훈도 목욕탕으로 내려갔다. 비행기를 타고 오느라 피곤하기도 했지만, 깨끗한 인상으로 노인을 만나는 것이 나을 것이란 생각이 들어서였다. 그러나 욕탕에 들어선 순간 상훈은 아차 했다. 평일이라 그런지 목욕탕에는 단 한 사람의 노인만이 있었기 때문이었다. 팔순 정도인 것으로 보아 이 노인이 바로 야마모토의 부친임에 틀림없을 것으로 생각되었다.

상훈은 몸을 돌려 나오려다가 노인이 자신을 보고 있는 것을 느끼고는 자연스럽게 걸어 욕조에 들어갔다.

머리를 욕조에 기대자 커다란 대형 유리를 통해 벳푸만이 한눈에 들어왔다. 파란 인조잔디로 정원처럼 꾸며놓은 테라스에는 금붕어들이 유유히 헤엄을 치면서 한가로운 분위기를 만들어냈다. 상훈이 온천물이 넘쳐나는 큰 욕조에 몸을 담그고 잠시 눈을 감았다 뜨자, 바로 앞에 야마모토 노인이 수건을 머리에 동여맨 채 기분 좋은 표정으로 상훈의 얼굴을 바라보고 있었다. 상훈은 일순 당황했다. 야마모토 노인이야 아무것도 모르고 있겠지만 자신은 노인을 찾아 도쿄에서 내려온 입장이었다. 상훈은 아예 여기서 말을 꺼내는 것이 낫겠다고 생각했다.

「야마모토 선생님이시죠?」

「그렇소만…….」

뜻밖에도 야마모토는 크게 놀라는 기색이 아니었다. 나이 탓일 것이었다.

「박상훈이라고 합니다.」

상훈은 야마모토에게 에이지의 피살 이후 지금에 이르기까지의 과정을 낱낱이 얘기했다. 야마모토는 비상한 관심을 가지고 상훈의 얘기를 들었다.

상훈이 얘기를 끝내자 노인은 한편으로는 혀를 차면서도 또 한편으로는 상훈의 집념과 추리에 감탄한 표정이었다. 노인은 나이보다 훨씬 젊고 이해가 정확했다. 한동안 생각에 잠기더니 온천물이 솟아나오는 석대에 양손을 뻗쳐 더운 물을 얼굴에 몇 번 뿌렸다.

상훈은 노인이 야마모토 서장의 죽음에 연구소가 개입되어 있다고 얘기했는데도 별로 반응을 보이지 않은 점이 이상하게 생각됐다. 서장의 죽음 뒤에 연구소가 있다고 말하면 격분할 것으로 생각했던 상훈은 적이 불안해졌다.

「와타나베 그놈이 결국은 이런 일들을 저지르고 말았군. 어리석은 내 아들놈이야 어차피 그렇게 죽을 운명이었지만 에이지는 비참하게 죽임을 당하고 말았어.」

알고 보니 노인은 원래 별로 감정의 동요가 없는 사람이었다.

「아드님의 일은 정말 안됐습니다.」

역시 노인은 별반 표정을 나타내지 않고 담담하게 말했다.

「그놈은 뜻도 모르는 애국심에 미친 놈이야. 나는 이런 결과를 예상하고 있었어. 이놈들의 정신 나간 짓들은 더 얘기할 필요도 없으니 자네가 가장 알고 싶어 하는 에이지의 얘기를 해 주겠네.」

「고맙습니다.」

「이제 와 생각해보면 모두 정신 나간 짓이었어.」

노인은 과거가 후회스런 표정이었다.

「우리는 바이칼에서 금괴의 일부를 찾았지. 그런데 엄청난 양의 금괴를 찾자 대원들 간에 무서운 피바람이 몰아쳤어. 모두 생각이 달라진 거지. 어차피 전쟁도 막바진데 국고에 넣을 필요가 어디 있느냔 거였어. 딴생각을 하면 군법에 회부하겠다는 지휘관을 죽이고, 패전 후에도 일본의 정신을 지키면서 끝까지 투쟁해나가자고 결심을 했지. 그래서 금괴를 감추어두고 있다가 패전 직후 연구소를 차렸어. 그런데 일곱 명 중 셋이 자신들의 몫을 나누어달라고 했지. 와타나베는 무서운 자였어. 그들을 하나씩 모두 죽여버렸지. 이런 것을 보며 나와 에이지는 회의를 느꼈어. 이런 식으로 일본의 정신을 지킨다는 것이 우스꽝스런 일이라는 것을 깨닫게 된 거지. 나는 캐나다로 이민을 떠났어. 바보 같은 내 아들은 한창 연구소의 논리에 빠져들어 나를 비난했고 우리 부자는 의절했어. 에이지 역시 연구소가 일방적인 길로 치닫는 것을 보고는 회의를 품었지만 그는 한창 연구하던 것이 있었어. 연구소의 자금이 필요했지.」

「그분이 연구하던 것이 무엇입니까?」

「바로 자네가 관심을 갖는 호태왕비의 비문이었어.」

상훈은 고개를 끄덕였다. 뭔가 엄청난 비밀을 듣게 될 것 같은 예감을 느끼자 몸이 떨려왔다.

「그분이 살해된 현장에서 사라졌던 종이가 호태왕비와 관련이 있을까요?」

「그렇지. 연구소에서 끝까지 숨기려 했을 정도로 무서운 비밀을 갖고 있는 것이지. 에이지를 죽여서라도 말이야. 자리를 옮겨 얘기할까?」

두 사람은 야마모토의 방으로 올라갔다. 목욕탕에서 얘기를 시작한 것이 솔직함을 더하게 했는지 야마모토 노인은 상훈에게 우호적이었다. 벳푸만이 바라보이는 창가의 자리에 앉자 야마모토 노인은 감회 어린 표정으로 한숨을 내쉬었다.

「세상의 변화라는 것이 참으로 무상하다는 것을 깨닫게 되네.」

「무슨 말씀이십니까?」

「그 시절에는 그렇게나 한국인에게 숨기려고 하던 것을 이제 내 입으로 털어놓게 될 줄이야.」

「진실만이 영원하지 않습니까.」

「그렇지.」

노인은 한동안 창밖을 내다보다가 이윽고 얘기를 시작했다.

「에이지는 호태왕비가 있는 지안을 수십 차례 찾아갔었어.

그는 호태왕비 부근에 사는 사람들에게서 비의 해석과 관련한 단서를 찾을 수 있을 거라고 믿었지.」

「이제껏 학자들이 비면에만 집착하던 것과는 확실히 다르군요.」

「그렇지. 모든 학자들이 탁본에만 의거하여 왈가왈부할 때 그는 좀 더 폭넓게 비에 접근했었지. 신발이 닳도록 비와 관련된 사람들을 찾아다니다가 그는 결국 엄청난 발견을 해냈네.」

상훈은 자신도 모르게 숨결이 가빠지는 것을 느꼈다. 야마모토 노인의 다음 얘기에 온 신경이 쏠렸다.

「그는 호태왕비의 옆에 움막을 짓고 2대에 걸쳐 비를 탁본하여 팔던 사람을 상투(上套)라는 곳에 있는 그의 조카 집에서 찾았네. 그의 이름은 초균덕(初均德). 그의 아비의 이름은 초천부(初天夫)였어.」

「이미 나이가 많이 들었겠군요.」

「그렇지. 패전하던 해에 만났는데 이미 그의 나이 팔십에 가까웠지.」

「2대에 걸쳐 탁본을 했다면 이미 1880년대부터 그 작업을 해왔겠군요?」

「그렇지. 1883년부터 탁본을 했다고 했어. 그들이 처음에는 이끼로 덮여 있던 비에 말똥을 붙여 태워서는 탁본을 시작했다고 했어.」

「그러면 거의 모든 탁본이 그들에 의해 만들어졌겠군요?」

「그렇지. 호태왕비의 탁본 자체가 워낙 어려운데다가 이들은 탁본을 팔아 먹고사는 사람들이었기 때문에 탁본 그 자체에는 속임수가 많아.」

「동일인에 의해 만들어졌어도 탁본들이 일치하지 않는다는 말입니까?」

「그렇지. 게다가 이들은 작업을 쉽게 하기 위해 글자 사이의 틈새에 석회를 바르거나 석회로 글자를 보수하기도 했어.」

「그건 저도 비에 가서 확인한 적이 있습니다.」

「그런데 에이지는 그 초균덕이란 자가 가지고 있던 저본을 볼 기회가 있었단 말이야.」

「저본이라면 무엇을 말하는 것입니까?」

「그 비의 초록이지. 즉, 그들이 탁본을 하기 전 비에 원래 쓰여 있던 글자들을 종이에 옮겨 적은 것이야.」

「아, 대단한 자료군요.」

「그렇지. 그들 초 씨 부자가 무지한 사람들이었으니만치 어떤 의도를 가지고 글자를 조작했을 리는 없지.」

「그렇겠군요. 그러나 그 당시라 해도 지금으로부터 불과 100여 년 전이니 비문이 지금보다 월등히 잘 보인다고 생각할 수는 없지 않습니까?」

「그렇긴 해. 그러나 그 저본에 그 비에서 가장 중요한 세 글자 중의 한 자, 어쩌면 두 글자 중의 한 자가 적혀 있다면 보통 일인가?」

「그것이 무슨 자입니까?」

「아까 자네가 말하지 않았나? '이왜이신묘년래 도해파백잔 ○○○라'의 구절 중 마지막은 오른쪽에 근(斤) 자가 보이므로 결국 신(新) 자일 것으로 대부분 의견들이 일치하고 있으니, 앞의 두 자만이 미궁이지. 그런데 에이지는 그 초록에서 두 자 중 앞의 글자를 보았던 것이네.」

상훈은 가슴이 떨려오는 것을 느꼈다. 세상에 그런 저본이 있을 줄은 생각도 하지 못했던 일이었다. 상훈의 목소리 역시 떨려나왔다.

「그 글자는 무엇이었습니까?」

야마모토 노인은 잠시 감았던 눈을 뜨며 단호한 목소리로 내뱉었다.

「초록의 글자는 동(東) 자였던 것일세.」

'아, 그랬구나. 그래서 에이지의 메모에는 동의 옆에 들어갈 수 있는 글자가 쓰여 있었구나.'

그제야 상훈은 에이지의 메모를 이해할 수 있었다. 에이지는 초균덕의 저본에서 빈칸의 맨 앞에 동(東)자가 쓰여 있는 것을 보고 그 다음에 들어갈 글자에 대해 연구했던 것이다.

「아까 한국인에게 그토록 숨기려고 했다고 하셨는데, 무엇

때문에 그랬습니까?」

「거기에 있던 글자가 동(東)이라면 참모본부에서 몰아가던 해석과는 전혀 달라지지. 참모본부에서는 '이왜이신묘년래도해파 백잔임나신라 이위신민'이라고 해서 왜가 바다를 건너 백제와 가야, 신라를 깨뜨리고 신민을 삼았다고 해석했는데, 거기에 '동'이 들어간다면 그런 해석은 설 자리를 잃게 되지.」

「그렇군요.」

「그 자리에 '동'이 들어가면 다음에는 정(征), 벌(伐), 침(侵) 등의 동사가 오게 되고, 주어는 자연히 백제가 되어버린단 말이야. 즉 '백제가 동으로 신라를 쳐서 신민을 삼았다'가 되어 왜가 들어갈 자리를 잃어버리게 되지. 이것은 따라서 그 뒤에 나오는 구절 '그래서 병신 6년에 대왕은 수군을 거느리고 백제를 토벌했다'와 꼭 맞아떨어지지.」

「거기에 다른 해석의 여지는 없을까요?」

「그 구절의 주어를 왜로 보아 왜가 백제를 깨뜨리고 동쪽으로 신라를 침략했다고 억지 해석을 할 수 있긴 한데 아무래도 부자연스러워. 무엇보다도 참모본부와 학자들이 이제까지 주장해온 '백잔임나신라'라는 해석과도 배치될 뿐만 아니라, 상식적으로도 백제를 완전히 점령하여 식민지화하지 않은 이상 백제를 깨뜨리고 동진하여 다시 가야와 신라를 친다는 것은 있을 수 없는 일이지. 일본에서 바로 치는 것이 훨씬 유리하니까.」

상훈은 너무나 뜻밖의 사실에 놀라지 않을 수 없었다. 에이지는 너무나 대단한 발견을 한 것이다.

「에이지 선생은 그런 연구 결과를 발표하지 않았습니까?」

상훈은 자기도 모르게 에이지의 이름에 선생을 붙이고 있었다.

「발표? 그렇지, 발표를 한 셈이지. 죽음으로써. 나는 자네가 아까 나에게 에이지의 죽음을 얘기할 때부터 자네는 에이지가 보내서 온 사람이라는 생각을 했어. 내가 모든 것을 말해주어야 한다는 것을 느꼈단 말이야. 결국 이것은 역사의 섭리라는 생각이 들었어.」

「그러니까 에이지 선생은 최근 이런 사실을 발표하려 했고, 와타나베는 만류하다 소용없다고 판단하고는 결국 살해하고 말았단 얘기군요.」

「바로 그렇지.」

「그 후로 초균덕의 초록은 왜 알려지지 않았을까요?」

「초균덕은 패전 바로 다음해인 46년에 죽고 말았어. 에이지가 그해 5월에 다시 찾아갔을 때에는 생긴 지 두 달 된 무덤만을 볼 수 있었지.」

「초씨가 그 초록을 누군가에게 맡기고 죽지는 않았을까요?」

「그랬을 가능성이 있지만 전쟁 후에는 일본인이 그 지역에 들어갈 수 없었어. 에이지로서도 그 초록을 가져오는 것은 엄두를 못 냈겠지. 그럴 필요도 없었을 거야. 어차피 그로서는 틀림없이 확인했으니까.」

상훈이 야마모토 노인에게 증언해줄 것을 부탁하자 노인은 목숨을 걸고라도 증언해주겠다고 약속했다. 상훈은 목이 메는 것을 느끼며 노인에게 깊이 고개를 숙이고 호텔을 나왔다.

상훈은 하룻밤을 자려고 했던 예정을 바꿔 마지막 비행기를 타고 도쿄로 급히 돌아왔다. 무언가 짚이는 것이 있었다. 공항에서 서둘러 시내로 들어온 상훈은 역 앞의 도요문고를 서둘러 찾았다. 언젠가 중국의 학자가 쓴 호태왕비에 관한 책에서 초록에 대한 설명을 보았던 것이 생각났기 때문이었다.

서가에서 책을 뽑아본 상훈은 소스라치게 놀랐다. 그것은 중국의 학자로 호태왕비를 깊이 연구해온 지린성 고고연구소장 왕건군의 책이었고, 거기에는 분명히 초균덕의 초록이 실려 있었다. 초록에는 야마모토 노인의 설명과 틀림없는 동(東) 자가 선명하게 적혀 있었다. 상훈은 자신도 모르게 쥐고 있던 책을 떨어뜨렸다.

허탈감이 파도처럼 밀려와 온몸을 휘감았다. 자신이 이제껏 역사를 한다고 생각해온 것이 견딜 수 없도록 부끄러웠다. 일본과 중국의 학자들이 모두 이토록 철저히 호태왕비를 연구해온 데 비해 비의 주인인 자신을 비롯한 한국인들은 근거도 없는 석회도말론을 내세우며 눈뜬장님으로 머물러왔다는 사실에 몸 둘 바를 몰랐다.

이런 상태로 교역액이 세계 몇 위라느니 선진국에 진입한다느니 하는 것은 엄청난 모순이었다. 자신의 역사와 문화를 내팽개치고 무엇을 내세울 것이 있어서 세계화를 외친단 말인가. 상훈의 기억에 과거 신채호 선생이 호태왕 비문을 얻어 보려고 만주까지 걸어갔다가 엽전 몇 푼으로는 엄두도 내지 못한 채 눈물을 흘리며 되돌아왔던 일이 다시 한 번 고통스럽게 떠올랐다.

민족의 자존심을 일깨우는 수십만 권의 책을 불살리고 수십만 종의 문화재를 빼앗기고도 아무렇지 않게 잘사는 사람들, 하루저녁에 몇 십 몇 백만 원의 술값은 아낌없이 쓰면서도 제 나라 역사와 문화를 살리는 일에는 돈 한 푼 안 쓰는 사람들, 전쟁이 나도 나가지 않겠다고, 통일에도 관심이 없다고 말하는 사람들.

상훈은 뭔가가 크게 잘못되었다고 생각했다.

상훈이 생각하는 잘못의 출발점은 문화의 상실이었다. 고유문화의 맥을 잘린 겨레에게는 타락한 물질문화에 대한 노예적 종속이 있을 뿐이었다. 올바른 한국의 정신은 돈에 대한 무조건적 아부에, 힘에 대한 이유 없는 복종에 있지 않았다. 통일을 완수할 건강하고 힘찬 정신은 문화를 회복하고 역사를 바로잡는 데서 얻어질 것이었다.

상훈은 이를 악물었다. 누구를 원망하고 탓할 일이 아니었다. 필사의 노력을 기울여 일본의 역사 왜곡을 반드시 고치고 말리라는 결의를 새롭게 했다. 상훈은 책을 사들고 서점을 나왔다.

# 어떤 노인

다음날 상훈은 경시청을 찾아갔다.

「훌륭한 추리였습니다. 충분히 심증이 갑니다. 그러나 유감스럽게도 와타나베 이사장의 범행을 입증할 증거는 아무것도 없군요. 잘 아시겠지만 그는 워낙 영향력이 있는 인물이라 함부로 다룰 수 없습니다. 확실한 증거가 없이는 방문조사조차 할 수 없습니다. 충분한 시간을 가지고 내사를 하겠습니다.」

당연한 얘기였다. 상훈으로서는 살인 현장에서 없어진 에이지 노인의 메모가 그의 연구소에 있었다는 얘기를 할 수 없는 것이 답답한 노릇이었다.

「그의 정체를 노출시킬 수는 없소. 그렇게 되면 우리는 앞으로 일본에서 어떤 활동도 할 수 없소. 그 일과 관련해서는 나는 박 선생을 도울 수 없소. 이해하시오.」

조 전무도 역시 마찬가지 얘기였다. 다양하고도 막중한 임무를 수행하는 안기부의 책임자가 한 사람의 범죄를 입증하기 위해 조직의 활동을 드러내놓을 리는 없는 일이었다. 상훈은 결국 와타나베를 사법처리하는 것은 요원한 일이라는 생각이 들었다. 경찰이 내사를 하는 과정에서 정보는 샐 것이고, 와타나베는 자신의 막강한 힘을 행사하여 빠져나가버릴 것이었다. 답답했지만 상훈이 혼자서 어떻게 할 수 있는 일도 아니라 일단 한국에 다녀온 다음에 방법을 강구하기로 했다. 세미나에서 만났던 선배가 고대사 심포지엄의 초청장을 보내왔기 때문이었다.

오랜만에 서울의 심포지엄에 참석한 상훈의 마음은 가벼웠다. 분위기가 예전과는 크게 달라졌기 때문이었다. 몇 년 전만 해도 몇몇 교조적 학자들의 권위에 억눌려 고루하고 답답하던 분위기는 자유로운 발표와 토론으로 활기를 띠었다. 민족사학자들과 실증사학자들 간의 논쟁은 여전했지만, 계급투쟁에 몰두했던 경제사학은 자취를 감추었다. 민족사학에 눈을 뜬 젊은 사학자들이 관찬사학자들에게 날카로운 비난을 퍼붓는 것도 새로운 모습이었다. 과거에는 민족사학자란 거의 나이가 지긋한 한학자들이 대부분이었다.

「일본에서는《일본서기》에 대해 어떻게 가르치는 줄 아십니까?」

「…….」

「역사로 가르치고 있습니다. 분통이 터질 노릇입니다.」

「왜?」

「그놈들은 그 엉터리 사서의 말도 안 되는 몇 개 전설을 동원하여 한국을 지배했느니 뭐니 하는데, 우리는 정사에 있는 것도 믿지 못하겠다고 빼버리지 않았습니까.」

「그게 무슨 소리요?」

「왜 단군신화를 역사로 보지 않는 겁니까? 왜 이야기 정도로 치부해버리는 겁니까? 일본인들은 자기네 역사를 올리지 못해 안달인데 왜 우리는 깎아내리지 못해 안달입니까?」

상훈에게는 참으로 가슴에 와 닿는 얘기였다. 에이지의 사건을 추적하면서 뼈저리게 느끼던 부분이었다.

「실증이 안 되고 있잖아요.」

「밤낮 그놈의 실증 실증 하지 마십시오. 정말 싫증납니다. 박혁거세·온조·고주몽은 《삼국사기》를 못 믿어 교과서에서 빼버리고, 단군은 《규원사화》나 《제왕운기》를 못 믿어 빼버리고, 이 나라 학생들은 제 나라 시조를 유치원에서 이야기 정도로나 배우라는 겁니까?」

「학문이란 그런 게 아니오. 교과서에는 고증된 것만을 실어야지.」

「일본이 수천 권의 역사서를 불태우고 말살해버린 한국의 고대사는 시시한 사서에 한 줄만 있는 사실도 애지중지하며 키워내야 합니다. 그런데 《삼국사기》 같은 정사에 있는 기록도 못 믿겠다고 교과서에서 빼버리면 우리나라 역사를 어디로 끌고 가겠다는 겁니까? 왜 과거 일제강점기에 일본인들이 하던 주장을 그대로 되풀이하는 겁니까?」

학자들은 눈에 띄게 조선사편수회 시절부터 내려오던 뿌리 깊은 식민사관을 극복해가고 있었다. 상훈은 선배의 소개와 더불어 발표대에 섰다. 사람들은 에이지의 사건을 쫓으면서 알아낸 일본 군부의 음모와 광개토대왕비와 관련한 사실, 특히 초균덕의 초록에 대해서 지대한 관심을 보였다.

「결코 무시되어서는 안 될 발견입니다. 그들 초 씨 부자가 무지한 자들이기에 오히려 그 초록을 더 믿을 수 있는 것이 아닙니까?」

「그렇습니다. 그들에게는 비의 글자를 조작할 아무런 이유가 없습니다.」

「그런데 에이지는 그렇다 치더라도 그 초록을 발견한 또 다른 학자 왕건군은 왜 그 동(東) 자에 대해 일언반구도 없는 것입니까?」

「알 수 없는 일입니다. 그의 방대한 저서에는 어느 한 군데에서도 동(東) 자에 대한 언급이 없습니다.」

「동(東)을 인정하면 그의 이론은 설 땅을 잃게 됩니다. 야마토 조정이란 존재하지도 않았고 백제, 가야, 신라를 침공하여 신민으로 삼았던 왜의 실체가 왜구라는 그의 주장에 모순이 생기게 되죠. 일개 왜구가 백제를 치고 난 후 내처 동진하여 가야와 신라를 정복하고 모두를 신민으로 삼았다는 것이 말이 될 리가 없을 테니까요.」

「이제부터 광개토왕비에 대해서는 우리의 진정한 연구가 필요합니다. 그동안 조작되었다고 밀어붙이고 팽개쳐두기만 했던 것을 이제는 철두철미하게 제대로 연구해야 합니다. 그런 점에서 이번에 박 선생이 그 동(東) 자를 발견한 것은 너무나 중요한 일입니다.」

「왕건군의 저서에 이미 실렸던 초록을 그가 무시한다고 가볍게 지나쳐버린 것이 잘못입니다.」

「그렇다면 이번에 일본에서 열리는 한일 고대사 세미나에서 당장 문제를 삼는 것이 어떨까요?」

「좀 더 깊이 연구해봅시다.」

「참, 박 선생은 일본에 있으니까 그날 나올 수 있겠군요.」

「네, 나가겠습니다.」

세미나가 끝나자 상훈은 모교의 은사를 찾았다. 인사도 드릴 겸 일본에서 보았던 〈몽유도원도〉의 반환이라는 문제에 대해 조언을 구하고 싶었던 것이다.

「반드시 돌려받아야 해. 온 겨레가 나서서 되찾아와야만 해. 해방 후 반세기가 지난 지금까지 빼앗긴 문화재 한 점 돌려달라는 말도 하지 않고 살아왔으니 어떻게 나라를 이루고 사는 국민들이라고 할 수 있겠나?」

은사는 그러면서 문화에 대한 자각을 강조했다.

「우리도 냉정히 반성하고 자각해야 해. 문화재를 보존하고 관리하는 데 기울여야 하는 정성과 비용, 문화재를 아끼고 자신의 문화를 알려고 하는 의식, 이런 것들이 병행되어야만 해. 박물관에 가보게. 하루에 몇 사람이나 오는가. 천년 고도 경주에 지하철을 놓고 경마장을 만들면서 문화민족이라고 생각한다면 착각도 이만저만이 아니겠지.

세계화라 그러지만 사실 선진국들과 어깨를 겨눌 수 있는 우리의 재산이라는 게 무엇이 있겠나. 내세울 것이라곤 그래도 수천 년간 이루어온 유구한 역사와 문화가 아닌가. 그런데 이런 문화에 대한 의식이 없이 머리와 가슴이 텅 빈 채로 세계에 나가서 무엇을 하자는 말인가. 우리 한국인은 돈이 많으니 알아달라고 할 건가, 영어를 잘하니 봐달라고 할 건가. 〈몽유도원도〉와 같은 조상의 유산을 되돌려받지 못하는 한 우리는 언제나 영원한 후진국으로 머물 수밖에 없는 것이네. 수치상의 선진국 진입이 무슨 의미가 있겠나. 오히려 부끄러울 뿐이야.」

은사와의 대화는 상훈에게 많은 것을 생각하게 했다. 스스로의 문화에 대한 관심이나 보존 노력에 있어서 슬프게도 조국은 그 수많은 문화재를 강탈해간 일본에 견줄 바가 아니었다. 울적한 기분이 들었지만 상훈은 결코 실망하지는 않았다.

해방 후 반세기가 지났다고 하지만 한국인에게 시간이 그리 많았던 것은 아니었다. 식민지배를 청산하고 전쟁을 겪으면서도 수천 년간 고통을 겪어왔던 '먹고사는 문제'를 해결했다는 것만으로도 한국인들은 위대하다고 할 수 있었다. 더군다나 다른 어느 선진국과도 달리 한 번도 다른 나라를 침탈한 적이 없이 기적을 이루어냈다는 점에서는 세계사적 의미가 있는 일이었다.

게다가 수십 년간의 군사독재를 결국은 무너뜨리고 스스로 민주정부를 이룩한 것도 모든 한국인들의 자랑일 수밖에 없는 일이었다. 상훈은 이런 민족의 저력으로 틀림없이 문화의식도 회복하고 문화재도 돌려받을 수 있다고 확신했다. 한국인은 진정 뿌리 깊은 문화인이었다. 생각이 여기에 이르자 일본으로 돌아오는 길에는 새로운 희망이 용솟음쳤다.

'이번 금요일에 힐튼호텔로 나오세요. 중요한 일이에요.'

집으로 돌아오자 하나코의 전화 메모가 남겨져 있었다. 상훈은 하나코가 무슨 일을 가리켜 중요하다고 하는지 짐작할 수 없었다. 가즈오의 일로 충격을 받고는 무슨 중요한 선택을 했을 것이라 생각되었다. 그러나 금요일 힐튼호텔에 나간 상훈은 전혀 뜻밖의 인물을 대하고는 놀랐다.

「아, 안녕하십니까?」

「어서 오시오.」

하나코와 같이 나와 있는 사람은 야마자키였다. 야마자키는 몹시 초췌한 얼굴이었다.

「오늘 만나자고 한 것은 박 선생에게 할 얘기가 있어서요.」

야마자키는 무겁게 내리깔린 목소리로 입을 열었다. 하나코 역시 눈을 내리깔고 있는 걸로 보아 그의 입에서 무슨 얘기가 나올지 대략 짐작하는 모양이었다.

「가즈오는 내가 죽였소. 그토록 심성이 곱고 착한 아이를 결국 내가 죽이고 말았소.」

「…….」

「나는 그 애가 그렇게나 예민한 줄 몰랐소. 그 애를 위해 못 해줄 것이 없었는데. 그 애의 생각이 나와는 전혀 다르다는 걸 미처 깨닫지 못했던 거요. 돈을 벌고 권력을 탐하는 데 정신이 쏠려 있었던 탓이었소. 자신의 애비가 무슨 짓을 해서 돈을 벌고 있는지를 알게 된 후부터 그 애는 애비의 죄를 혼자 가슴에 품고 괴로워하고 있었던 거요. 그리고 결국은 나의 죄를 씻기 위해 미술관을 태워버린 거요. 이 애비에게 벌을 주면서 한편으로는 용서를 빌었던 거요. 나는 그 애의 유서를 읽으며 깊이 느낄 수 있었소.」

「그렇습니다. 가즈오는 정말 심성이 깊고 착한 사람이었습니다. 자신의 친조부를 해한 얘기를 들으면서도 오히려 양조부를 걱정하더군요. 차라리 자신의 내력을 몰랐더라면 더 나았을 것을.」

상훈의 이 얘기에 야마자키는 잠시 말을 끊고 울먹이다 이윽고 단호한 표정으로 무엇인가를 결심한 듯 말을 꺼냈다.

「그 애는 내가 양부라서, 나의 아버지가 친조부를 밀고해서 그렇듯 고통스러워했던 것만은 아니오.」

「네? 그렇다면 다른 무슨 이유가?」

「그렇소. 그 애를 죽게 만든 이유는 따로 있었소.」

「도대체 어떤 것입니까? 그 이유란.」

「가즈오는 어떻게 알았는지 자신의 내력에 대한 얘기를 듣고 내 아버지의 비밀서랍을 열었소.」

「알고 있습니다. 거기서 양조부가 집안의 원수라는 것을 알게 되었죠.」

「그렇지. 그런데 문제는 그것만이 아니었소.」

「…….」

「그 애는 정말 봐서는 안 될 것을 보고 말았소.」

「그게 무엇입니까?」

「음.」

야마자키는 차마 말을 하기 곤란한지 신음을 토해냈다. 약간의 시간이 흐르고 나서야 마음을 다잡은 듯 독한 표정으로 말문을 열었다.

하윤호는 최화영을 일본 헌병에게 밀고하고 거액의 상금을 받자 귀화하여 일본으로 들어왔다. 머리는 좋았지만 민족정신이 없었던 그에게 조선의 예술품 밀매는 복마전이었다. 전쟁이 끝나고 어느 정도 복구될 무렵부터 장사는 나날이 성황이었다. 식민지 시대에 조선 미술품에 맛을 들인 사람, 그 시절 강탈했던 문화재를 생활고로 팔려는 사람들이 늘 북적거렸다. 특히 대동아연구소는 그에게 고객을 끊임없이 소개했다. 연구소는 방대한 한국 미술품 소장가의 목록을 가지고 있었기 때문에, 연구소와 손을 잡고 하는 그의 사업은 탄탄대로를 걷는 것이나 다름이 없었다. 연구소는 그에게 준비해야 할 미술품의 목록을 주고는 그가 미술품을 확보하면 원매자를 소개했고, 그는 이익금의 반을 연구소에 주었다. 그는 연구소가 조직적이고 계획적으로 한국의 문화재를 파악하고 소개시키는 것에는 불순한 목적이 있다고 생각했지만 자신과는 아무 관계가 없는 일이었다. 연구소는 그에게 엄청난 부를 가져다줄 수 있는 소중한 연줄이었다.

아들 야마자키가 크자 그는 아들에게 일을 가르쳐주기 시작했다. 야마자키도 아버지의 재주를 이어받았는지 그들은 하코네에 미술관을 지을 수 있을 정도로 급성장했다. 그러나 워낙 막대한 공사비를 감당치 못해 쩔쩔매던 어느 날, 이들 부자는 육순도 넘어 보이는 한 재일 한국인의 방문을 받았다. 첫눈에도 병색이 완연한 이 노인은 숨 쉬는 것조차 힘들어했다. 야마자키 부자는 이 사람이 얼마 살지 못할 것 같은 느낌을 받았다.

「그림을 하나 구해줄 수 있습니까?」

「물론입니다. 무슨 그림입니까?」

「〈몽유도원도〉라는 그림입니다.」

「아, 그 그림은 구할 수 없습니다.」

「왜 그렇습니까?」

「소장가가 내놓으려 하지 않을 겁니다. 만약 내놓는다 하더라도 값이 엄청날 거구요.」

「얼마쯤 할까요?」

「아마 2천만 엔을 호가할 겁니다.」

노인은 깜짝 놀라는 표정이었다. 한참이나 괴로운 듯한 표정으로 부자의 얼굴을 쳐다보던 노인은 떨리는 목소리로 다시 물어왔다.

「천8백만 엔 정도면 안 될까요? 그 이상은 정말 불가능합니다. 내 육신까지 다 팔아도 그 정도밖에 안 됩니다.」

이 말을 듣자 야마자키는 의문이 생겼다. 곧 숨이 넘어갈 사람이 전 재산을 다 바쳐 왜 그 그림을 사려는지 이해할 수 없었다.

「그런데 도대체 왜 그 그림을 사시려 합니까?」

노인은 잠시 무엇을 생각하는 듯했다. 그러더니 이제까지와는 다른 아주 결연한 표정으로 대답했다.

「나는 조선에서 징용에 끌려와 온갖 설움을 다 겪었습니다. 징용 기간이 끝나자 40여 년을 죽도록 일했지요. 일본에서 밑바닥 생활을 하다 보니 조국이란 것이 무엇인지 알게 되었습니다. 돈은 좀 벌었지만 조국이 없이는 떳떳하게 살 수가 없다는 것을 뼈저리게 느꼈습니다. 배운 것은 없지만 우리의 정신이랄 수 있는 문화재들이 일본에 넘어와 있다는 사실이 늘 마음에 걸렸습니다. 그중에서도 〈몽유도원도〉라는 귀중한 그림이 일본에 있다는 것을 알게 되었지요.

나는 죽기 전에 꼭 이 그림을 사서 한국으로 보내고 싶습니다. 나는 조국을 빼앗기고 노예가 되어 남의 나라에 잡혀와 살고 있지만 우리의 후손들에게는 다시는 이런 일을 겪지 않도록 해야겠다고 생각했습니다. 그래서 우리 민족의 얼을 사서 나의 나라로 보내고자 하는 것입니다. 나는 이제 곧 죽을 사람, 처도 자식도 없습니다. 그동안 노동판을 따라다니며 국수를 팔고 긴자의 뒷골목에서 술을 팔아 40년간 모은 돈입니다. 부디 그림을 사주십시오.」

야마자키 부자는 의미 있는 표정으로 서로 얼굴을 마주 보았다.

「좋습니다. 해보지요. 사실은 우리도 한국인입니다. 최선을 다하겠습니다. 우리의 이익금은 한 푼도 붙이지 않겠습니다. 그런데 돈은 당장 가져올 수 있습니까?」

「아, 조상님이 도우셨군요. 내 인생의 마지막 순간에 당신들 부자를 만나다니. 돈은 일주일 정도면 될 겁니다.」

부자는 만감이 교차하는 듯한 표정의 노인을 현관에서 배웅했다. 이때 학교 수업을 마치고 가게로 들어서던 가즈오가 유심히 노인을 바라보고 있었다.

「누구예요?」

「그림을 사려는 노인이다.」

「무슨 그림이요?」

「한국의 이조 시대 그림이란다.」

「그럼 비쌀 텐데. 저 할아버지는 돈이 별로 많을 것 같지도 않은데 왜 그런 그림을 사려고 할까요?」

「우리가 그 이유까지 알 필요가 있겠니?」

가즈오의 시선이 야마자키 부자의 얼굴을 스쳐갔다.

일주일 후에 노인은 어떻게 구했는지 정말 천 8백만 엔을 가지고 왔다. 입원비까지 털어넣은 노인이 심한 기침을 하며 찾아온 그날, 야마자키 부자는 분간이 불가능할 정도로 훌륭하게 복사한 모조품을 내놓았다. 노인은 감동하여 눈물까지 흘리면서 그림을 품에 안고 고맙다는 말을 되풀이했다.

「그림을 어떻게 한국에 보내지요?」

「한국에는 국립중앙박물관이 있습니다. 거기에 저와 절친한 안인식이란 학예관이 있습니다. 그 사람에게 그림을 보내면 너무나 고마워할 겁니다. 아마 한국 정부에서 훈장까지 수여할지 모릅니다.」

노인은 흥분했다.

「훈장은 무슨……. 그런 건 나라를 위해 정말 공을 세운 사람들이 받는 것이지 나 같은 무식꾼이 어찌 감히 나라에서 주는 훈장을 받을 수 있단 말이오. 그럼 야마자키 선생, 아니 하선생. 하 선생께서 그 학예관에게 이 그림을 좀 보내주실 수 있겠소?」

「그렇게 하지요. 그러나 절대로 사람들에게 비밀을 지켜야 합니다. 이 그림이 한국으로 돌아간다는 것이 알려지면 모두 수포로 돌아갑니다. 일본인들이 가만있지 않을 것입니다.」

「아, 그럼. 여부가 있겠소. 나는 염려 말고 하 선생이나 조심하시오.」

「참, 몸이 무척 안 좋으시던데 병원에 입원하셔야죠.」

「입원은 무슨. 이제 그림을 보내고 나면 저세상으로 가야지.」

야마자키 부자는 노인을 병원에 입원시켰다. 노인은 급성폐렴이었다. 쇠약할 대로 쇠약해진 노인에게 병원의 약이 들을 리가 없었다. 하루하루 상태가 악화돼가던 노인은 막상 죽음의 날이 다가온다고 느끼자 한국 정부로부터 무슨 연락이라도 오기를 바라는 눈치가 역력했다. 훈장까지는 바라지 않더라도 감사하다는 말 한마디 정도는 듣고 싶어 했다. 그림을 잘 보냈다던 야마자키 부자는 처음 한두 번 오고는 연락조차 없었다. 노인은 혹시라도 일본인들이 알게 될까 봐 병원에서는 한마디도 않고 야마자키 부자가 찾아오기만을 기다리다가 어느 날 새벽 끝내 눈을 감고 말았다. 그토록 기다리던 한국 정부의 감사장은 받아보지 못한 채.

「돌아가시기 전 편지를 한 통 보내왔었소. 정부에서 하는 일이 개인의 일처럼 신속하게 되겠느냐고 오히려 우리를 위로하는 편지였소. 조국에 그림을 바치고 죽는 것만으로도 너무나 기쁘다고 하시면서 병원비 부담을 주는 게 미안하여 어서 죽기를 바라고 있다고 했소. 그 돈의 100분의 1만이라도 병원비로 썼으면 돌아가시지 않았을 텐데…….」

야마자키는 말을 잇지 못했다.

「그런데 그 편지를 가즈오가 보고 말았던 모양이군요?」

「그렇소. 그 애는 편지에 〈몽유도원도〉라고 쓰여 있는 것을 보고는 모든 것을 알아차렸소. 일본의 국보급인 그림이 그런 노인에게 팔릴 수 없다는 것을 가즈오는 너무나 잘 알고 있었으니까.」

「가즈오의 충격이 컸겠군요.」

「백지장처럼 하얘진 얼굴로 온몸을 부르르 떨며 내 앞에 다가와서는 아무런 말도 없이 내 눈만을 쳐다보더니 그 자리에 푹 쓰러지고 말았소. 의사를 불러 신경안정 주사를 놓았는데, 그 다음날 깨어나서부터는 그전까지의 가즈오가 아니었소.」

「그 후로는 한 번도 회복이 안 됐습니까?」

야마자키는 대답 없이 고개만 끄덕였다.

「가즈오는 우리 집안의 꿈이었소. 비록 친자식은 아니었지만 양심의 가책 때문에, 또 죽어가는 애를 우리가 살렸다는 인연 때문에, 무엇보다도 머리가 뛰어나고 성품도 착해서 애를 못 낳는 나에게는 하늘이 준 인연으로 믿었소. 그림에도 뛰어나 은근히 세계적인 화가로 키우겠다는 기대도 했었지.」

「…….」

「그 노인이 화근이었소. 그깟 천 8백만 엔이 무슨 소용이라고. 그 노인이 가게에 들어선 그날이 저주스럽소.」

야마자키는 흐느끼기 시작했다.

「한국에 미술관이라도 차려주어야겠소. 가즈오의 이름으로 말이오. 그 노인은 아무래도 혼령이었나 보오. 예전에 내가 못된 짓을 한 한국인들의 혼령이 사자를 보내 내 소중한 자식을 빼앗아간 것 같소. 이제 그들을 위로도 해야겠고, 무엇보다 가즈오를 위해 무슨 사당이라도 차려주고 싶은 심정이오. 돌아가신 아버님도 이해하실 거요.」

「정말 잘 생각하셨습니다.」

「그 미술관에는 일본에 밀매된 한국의 골동품들을 하나하나 되찾아 보낼 작정이오. 임진왜란 때 뺏기고 식민지배 때 뺏긴 수십만 점의 예술품들을 하나하나 되찾아야겠소. 그것만이 가즈오에게 용서를 비는 길이 될 것 같소.」

「고맙습니다.」

상훈은 자신도 모르게 야마자키의 두 손을 잡았다.

# 와타나베의 몰락

고개를 숙이고 자리에서 일어나려던 상훈은 무엇인가 생각나는 듯하여 멈칫했다. 언젠가 하나코와 식사를 하다가 야마자키를 만났을 때 그가 연구소의 기획실장과 같이 있던 것이 기억났다. 그리고 그 기억은 아까 야마자키가 연구소와 같이 미술품을 밀매했다는 얘기와도 연관이 되는 것이었다. 야마자키가 연구소와 가까웠다면 뭐라도 캐낼 수 있을지 모를 일이었다.

「참, 아까 대동아연구소와 손을 잡고 일을 했다고 하지 않았습니까?」

「그렇소.」

야마자키는 무심코 대답했다가 이내 한마디 보탰다.

「이제 거기와도 손을 끊어야 할 것 같소.」

「그들은 왜 한국의 문화재를 그렇게 철저히 관리했을까요?」

「음, 아마 그것은 문화 지배를 위해서일 거요. 일본에는 한국의 문화재를 연구하는 사람들이 매우 많소. 그들은 한국이 문화를 제대로 유지하지 못한다고 생각하오. 자신들이 관리해야 한다고 생각하기도 하지.」

답답한 얘기였지만 지금 상훈은 그 얘기에 신경 쓸 여유가 없었다. 어쩌면 큰 고기를 잡을 수 있다는 예감이 들었다.

「연구소와는 굳은 믿음이 있었겠군요.」

「그렇소. 와타나베 이사장과는 친해졌지. 최근에는 전화 한 통화에 1억 엔을 빌려주기도 했소.」

아무것도 아닌 얘기로 넘길 수도 있었지만 워낙 연구소에 관한 일이라면 꼬투리를 잡고 싶어 하던 상훈은 한마디 더 물었다.

「와타나베 이사장이 돈이 그렇게 없습니까?」

「그건 아니오. 그는 막대한 재산가요.」

「그런데 왜 돈을 빌려달라고 했을까요?」

「아마 무슨 사정이 있었던 것 같소.」

「무슨 사정이 있었을까요?」

「누구를 만나 전해달라고 했으니 급히 줄 돈이었던 것 같소.」

「누구였습니까? 만났던 사람은.」

「나는 모르는 사람이었소.」

「알 수 없을까요?」

야마자키는 별것 아닌 얘기를 상훈이 집요하게 물어오자

이상한 모양이었다.

「영수증이 있으니 이름은 알겠지만 그 이상은 모르오.」

「그 영수증을 제게 보여줄 수 있습니까?」

「와타나베 이사장이 간곡하게 부탁했는데. 돈은 곧 갚을 테니 아무에게도 그런 내용을 얘기하지 말라고.」

상훈은 목이 타는 듯했다.

「그 말씀을 경찰에게 증언해주실 수 있습니까?」

「곤란하오. 사업 비밀이오. 내가 지나친 얘기를 한 것 같군.」

「가즈오를 위한 길이기도 하고, 무엇보다 조국을 위한 길입니다. 그 연구소는 악의 세력이 규합된 집단입니다. 조국의 역사가 그 연구소에 의해 왜곡되고 있고 최근에는 살인사건까지 발생했습니다. 조만간 그 비밀이 공개될 겁니다. 무엇보다 가즈오를 생각하십시오. 연구소의 음모를 덮어두시면 가즈오가 두 번 죽는 것입니다.」

야마자키는 동요하는 듯했다.

「알겠소. ……증언해주겠소.」

상훈이라면 10년이 걸려도 못할 일을 조 전무는 하루 만에 알아다 주었다.

「안기부가 놀고먹는 사람들이 모인 데는 아닌 모양이군요.」

처음으로 상훈의 농담을 대하자 조 전무는 덩달아 기분이 좋아졌는지 호쾌하게 웃었다.

「박 선생이 오늘은 무슨 신나는 일이 있는 모양이야. 농담을 다 하고.」

「그래, 그 사람은 뭐하는 사람입니까?」

「보통 사람이 아니오. 죽음을 흥정하는 상인이지.」

귀가 확 트이는 얘기였다.

「무슨 얘기죠?」

「후지모리라면 무덤 속까지 비밀을 안고 가는 살인 브로커로 암흑가에서는 알려져 있소.」

「역시 그랬군요.」

「그런데 그 자의 이름은 어떻게 알게 됐소?」

상훈은 자초지종을 얘기했다.

「음, 그러나 야마자키의 증언만으론 부족하오. 보통의 경우라면 모르겠지만 와타나베와 후지모리라면 충분히 뚫고 나갈 거요. 와타나베는 야마자키에게 그런 부탁한 적이 없다 할 테고, 후지모리는 야마자키에게 받을 돈이 있었다고 하면 그만이겠지.」

「그렇겠군요.」

역시 마찬가지였다. 야마자키의 영수증이 결정적 증거가 될 수는 없었다.

「그들에게는 어떤 증거를 갖다 대도 소용이 없을 거요. 둘다 거물이라 각기 다른 방법으로 빠져나갈 테지.」

상훈은 한참 무엇을 생각하더니 나직한 목소리로 조 전무를 불렀다.

「하나 물어볼 것이 있습니다.」

「뭐요?」

「이것이 안기부의 일이라면 어떻게 처리합니까?」

「무슨 소리요?」

「어떻게 해서든지 와타나베를 사법처리해야 한다면 안기부에서는 이런 경우 어떻게 하느냔 말입니다.」

조 전무는 테이블 너머로 넌지시 상훈을 건너다보았다. 맹랑하달까 의표를 찔렀달까, 여하간 난처한 기분이 들었다. 그러나 이상하게도 다른 경우와는 달리 거짓말로 넘기고 싶지는 않았다.

「증거를 확보하기 위한 노력을 하겠지.」

「부탁입니다. 도와주십시오.」

「지난번에 한 번만 도와주기로 했었잖소.」

「뜻이 있는 일에 약속이 무슨 의미가 있단 말입니까? 그는 여러 사람을 살해한 배후자일 뿐 아니라 그냥 두면 더욱 큰 비극을 초래할 사람입니다.」

「얌전한 대학원생으로 알았던 박 선생이 날이 갈수록 자꾸 어려운 부탁만 해오니 못 견디겠소. 본국으로 돌아가버리든지 해야지.」

말을 이렇게 하면서도 조 전무는 미간을 찌푸리며 무슨 생각인가에 깊이 빠졌다가 낮은 목소리로 상훈에게 주문했다.

「박 선생, 야마모토 슈코 노인을 만나게 해주시오.」

와타나베 이사장은 평소와 같이 11시에 연구소로 출근했다. 의회와 관련된 일도 연구소에서 처리하기 때문에 그의 방 앞에는 항상 면담을 기다리는 사람들로 북적거렸다. 국민에 대한 영향력이 웬만한 의원 3, 40명보다 크다는 그였다. 책상에서 몇 가지 결재서류에 서명하고 맨 처음 방문객을 내보냈을 때였다.

「실례합니다. 와타나베 이사장이시죠?」

듣지 못하던 어조였다. 감히 자신의 사무실에 이런 식으로 들어올 수 있는 사람은 없다는 생각에 느릿한 동작으로 고개를 들던 와타나베는 다시 한 번 놀랐다. 목소리의 주인공은 이제 마흔도 안 돼 보이는 사람이었던 것이다. 그의 옆으로는 비슷한 나이의 사람들 둘이 섰고, 뒤로는 그보다는 약간 나이가 들어 보이는 몇 사람이 서 있었다.

이들을 보는 순간 와타나베의 불쾌감은 극에 달했다. 도대체 어떤 놈들이기에 한꺼번에 이렇게 우르르 들어올 수 있단 말인가. 비서란 놈은 밖에서 내방객들을 통제하지 않고 무엇을 하고 있는지 화가 치밀었다. 와타나베는 방문객의 물음에는 대답도 하지 않고 밖에 있는 비서를 불렀다. 그러나 이상하게도 항상 대기하고 있던 비서의 대답도 없었다. 짜증이 겹친 와타나베는 귀찮다는 어조로 내뱉었다.

「뭐요, 당신들은?」

「같이 좀 가셔야겠습니다.」

「무슨 소리야? 뭐하는 자들이야?」

「도쿄지검의 검사들입니다.」

「그런데?」

「조사할 것이 있습니다.」

「건방진 놈 같으니. 일개 검사가 감히 나를 조사하겠다고?」

「말조심하시오.」

「그래, 무슨 일로 나를 조사하겠다는 건가?」

「여러 가지 혐의가 있지만 우선은 야마모토 서장의 살해를 교사한 혐의요.」

「뭐라고, 그놈이 도대체 어떤 놈이야? 생판 모르는 놈을 내가 살해하라고 했단 말인가?」

「일단 검찰청으로 가서 얘기합시다.」

「겁이 없는 놈이군.」

와타나베는 전화기를 들었다.

「법무대신 연결해.」

분노한 표정으로 검사를 노려보고 있던 와타나베는 상대방이 나오자 대뜸 고함을 질렀다.

「법무대신, 당신 이럴 수 있소?」

「아, 와타나베 의원이시군요. 본인도 지금에야 검찰총장으로부터 보고를 받았습니다. 그런데 어떻게 된 일입니까?」

「아, 새카만 검사들 몇 놈이 와서 나를 살인교사 혐의로 연행하겠다는데 당신은 이제야 보고를 받았다는 게 말이나 되는 얘기요? 즉각 총장에게 지시해서 이 철없는 놈들을 불러서 혼쭐을 내라고 하시오.」

「총장 얘기로는 어쩔 수 없이 체포영장을 발부했다고 하더군요. 와타나베 의원이 결백하다면 가서 조사를 받는 것이 나을 것 같다는 생각입니다. 만약 검찰 측에 잘못이 있다면 본인이 엄중히 문책하겠습니다.」

「죽일 놈들, 어디 두고 보자.」

와타나베는 전화기를 내던졌다. 그러나 그의 머리는 무서운 속도로 돌아가고 있었다. 본능적으로 지금 이 순간은 아무도 자신을 도와줄 수 없다는 것을 깨달았다. 오직 자신이 해내야 하는 일이었다. 짧은 순간이지만 머릿속으로 모든 것을 생각한 그는 자신감을 회복했다.

「너희들 이름을 대.」

「모리, 이케다, 겐스케 검사와 수사관들입니다.」

와타나베는 침착하게 그들의 이름을 노트에 적어 넣었다.

「개업 준비나 해둬, 이 멍청이들아. 가자.」

와타나베는 자신의 승용차를 이용했다. 그것 역시 자신감에서 나온 행동이었다. 모든 것은 완벽했다. 어떠한 상황도 자신의 천재적 두뇌를 벗어난 범위에 존재하는 것은 없었다. 특히 야마모토 건은 잘못될 이유가 하나도 없는 일이었다. 후지모리가 입을 연다는 것은 지구가 망한다는 것과 같은 일이었다. 다시 한 번 머리를 돌리던 그는 그러나 전혀 이상한 방향에서 약간의 차질을 발견해냈다. 얼마 전 도쿄대학의 우치다 교수가 건네주던 이름 하나가 떠오르는 것이었다.

'박상훈'.

군부에 충성을 맹세한 학자들의 명단이 있다고 했다던 이상한 놈이었다. 명단은 금고 속에 그대로 있었고 그놈의 방도 뒤졌지만 이상한 점은 없었다. 그러나 뭔지 기분이 이상했다. 우치다의 말이 맞다면 그놈이야말로 몇 십 년간 단 한 번 자신의 완벽한 계산을 벗어난 이상한 놈이었다.

엘리베이터가 멎는 순간 와타나베는 기분이 몹시 상했다. 이유야 어떻든 자신이 검찰청에 온 이상 총장이 나와야 하는 것이었다. 아니면 차장, 최소한 수석부장이라도 나와야 하는 것이 정상이었다. 그러나 엘리베이터는 신문실이 있는 층에 멎었고, 자신은 바로 신문실로 안내되었다.

「총장 어디 있어?」

「일단 조사를 받으시지요.」

대답은 평검사도 아닌 수사관의 입에서 나왔다. 엄청난 불쾌감, 그것은 즉각 엄청난 불안감으로 이어졌다.

'이자들이 이렇게 자신 있을 이유가 없는데.'

신문실에서 와타나베는 독하게 버텼다. 치밀한 두뇌와 달변 앞에서 검사와 수사관들은 제자리걸음을 반복할 수밖에 없었다. 와타나베는 자신감이 넘쳐나는 것을 느꼈다. 점심때가 되자 그는 정식에 메밀국수를 하나 더 시켜 맛있게 먹었다. 오후 수사가 시작되면 이제는 자신이 어떤 사람인가를 검찰청의 전 직원에게 알릴 셈이었다. 아니, 전 일본 국민에게 명명백백히 보여줄 셈이었다. 그러나 수사가 시작되고 참고인이 나오는 순간 와타나베는 이상하게도 가슴이 방망이질 치는 것을 느꼈다. 왠지 모르게 불길하고 불안한 마음이 심장 한복판으로부터 자꾸 넓게 퍼져나왔다.

「도서관에서 공부하고 오느라 좀 늦었습니다.」

더욱 혼란을 주는 말이었다. 세상에 자신을 신문실에 불러 놓고 조사를 하면서 중요 참고인을 도서관에서 공부하게 놔둔단 말인가. 와타나베는 속이 부글부글 끓었다. 총장, 차장, 대검의 각 부장들, 담당 부장, 담당 검사, 수사관까지 모조리 처단해도 속이 풀리지 않을 것 같았다.

그러나 다음 순간 와타나베는 자신의 귀를 의심했다.

「귀하의 성명은 무엇입니까?」

「박상훈입니다.」

그 이름, 바로 그 이름이었다. 머리에 피도 안 마른 주제에 연구소에 감히 대적하려고 한 자. 당장 처치해버리라고 한 것을 무슨 이유에선지 야마모토가 좀 더 두고 보자고 반대했었지.

이 이름을 대하자 와타나베는 긴장이 스르르 풀리며 의자에 등을 기대는 자신을 느꼈다. 이런 이상한 기분은 처음이었다. 맥이 풀리고 분노가 사라지며 누구에겐가 공손해지고 웃음조차 실실 흘리고 싶은 기분이 들었다. 자신감이 사라지고 있었던 것이다.

와타나베는 이 한국 청년이 자신도 잘 알지 못하는 바이칼이며 금괴를 얘기하고 종내는 에이지와 마쓰모토, 이마무라와 야마모토 살해에 대한 진술을 하는 것을 들었다. 모두가 사실과 정확하게 들어맞았다. 아마 자신이라 하더라도 이렇게 정확하고 조리 있게 약 60년간에 걸친 거대한 스토리를 얘기해낼 수는 없을 것이었다. 그러나 이 청년은 마치 사관과도 같이 엄숙하게 역사를 조립해내고 있었다. 와타나베는 이미 더 이상 혐의를 부인할 수 없다는 것을 깨달았다. 한 시간 전 점심을 먹을 때와는 정반대의 절망감이 온몸을 휩싸고 들었다. 그러나 와타나베는 마지막 힘을 모아 고함을 질렀다. 인간으로서는 어쩔 수 없는 발악이었다.

「집어치워! 아무런 증거도 없이 그 따위 소설로 나를 얽어넣을 수 있을 것 같아?」

그러나 청년은 낮고 조용한 목소리로 진술을 계속했다.

「증거, 증거를 내놔. 그렇지 못하면 너는 끝장이야.」

상훈이 진술을 마치자 와타나베는 바닥에 가래침을 타악 뱉고는 독기 서린 목소리로 상훈에게 고함을 질렀다.

「이 테이프를 들어보시겠습니까? 의원님의 목소리인지만 확인해주십시오.」

옆에 있던 검사가 가로막고 나섰다. 와타나베는 무슨 소리인가 싶어 검사의 얼굴을 쳐다봤다.

「이미 수사연구소에서 검증을 마친 것이니 간단하게 확인만 해주시면 됩니다.」

검사는 수사관에게 턱짓을 했다.

— 안녕하십니까. 야마자키입니다.

— 아, 야마자키 선생. 잘 계십니까?

— 다름이 아니라 제 사무실에서 세무 보고를 해야 하는데, 전에 그 돈을 어떻게 처리해야 할지 의논을 하려고 전화 드렸습니다.

— 대여금으로 해두면 안됩니까?

— 그럴 경우 장부상에 이사장님 이름을 올려야 하는데요.

— 아니, 그러진 마세요. 곧 갚을 돈이니까 야마자키 선생의 가지급금으로 처리할 수 없습니까?

— 저도 가지급금 이월액이 많아 곤란하군요. 후지모리라는 사람 앞으로 대여금 처리를 하면 안 되겠습니까? 그때 이사장님이 대신 결제하라 할 때 영수증을 받아둔 것도 있어 문제가 없을 텐데요.

— 그것도 안 됩니다.

— 그 사람 뭐하는 사람입니까? 그 사람 명의의 사업체만 있으면 어떻게든 해결될 텐데요.

— 사업체 같은 것은 없는 사람입니다.

녹음기를 끄면서 검사가 물었다.

「의원님, 후지모리란 자에게는 어떤 이유로 1억 엔이나 주셨습니까?」

「나는 준 적 없어. 나와는 상관없는 일이야. 야마자키란 놈하고의 둘 사이에 일어난 일이잖아.」

「단순히 빌려준 것이 아니잖습니까. 대체결제하라고 야마자키 씨에게 부탁한 것이 테이프에 담겨 있지 않습니까?」

「야마자키의 함정이야. 당신들하고 짠 것이지. 나는 후지모리라는 사람을 잘 몰라. 돈이 필요하다기에 야마자키에게 소개한 것뿐이야.」

「그렇다면 이 테이프를 들어보시겠어요?」

수사관이 테이프를 바꿨다.

— 이사장님, 저 후지모리입니다.

— 전화하지 말랬잖아.

— 너무나 중요한 일입니다.

— 뭐야?

— 이사장님을 살해해달라고 청부해온 노털이 있습니다.

— 뭐라고, 누구야?

— 슈코라는 노인입니다.

— 뭐하는 놈이래?

— 그건 모르겠습니다.

— 자네가 한다고 해. 괜히 딴 놈한테 가면 문제가 생길 수 있으니까. 그리고 무슨 일로 그러는지 알아보고 연락해.

대화는 잠시 끊어졌다가 다시 이어졌다.

— 이사장님, 그 노털의 이름은 야마모토 슈코입니다.

— 야마모토 슈코? 들어본 이름인데. 아니, 야마모토의 애비잖아.

— 얼마 전에 보내버린 그 야마모토 말입니까?

— 그래, 캐나다에 있는데. 자식의 복수를 하러 왔나? 그런데 그 영감이 어떻게 눈치를 챘을까. 어!

놀란 목소리와 함께 급히 전화를 끊는 소리가 들렸다.

「다시 한 번 들으시겠어요?」

검사의 차가운 목소리가 와타나베의 귓전을 후리고 들었다.

「아니, 됐어.」

오히려 평정을 찾은 목소리가 와타나베의 입술에서 흘러나왔다.

「박 선생, 이것도 당신 작품이오?」

「그렇습니다.」

「그렇겠지. 바보 같은 검사놈들이 이렇게까지 할 수는 없었겠지. 역시 인생이란 어렵고 어려운 것이야.」

와타나베는 무슨 뜻인지 모를 말을 혼자 중얼거리며 느릿한 동작으로 고개를 들어 천장을 바라보았다.

상훈은 비로소 어깨에 짊어진 굴레를 내려놓은 기분이었다. 와타나베를 이렇듯 굴복시키다니, 이제 이마무라 반장도 편히 눈을 감을 수 있으리라 생각되었다. 옆에서 호탕하게 웃고 있는 반장의 모습이 눈에 선했다. 반장이 살아 있었으면 얼마나 기뻐했을까. 흔적 없이 살해되어 이승을 떠나지 못한 채 헤매고 다니던 준이치 노인의 혼령도 이제 편안히 제 갈 길을 찾으리라. 상훈은 감개가 무량했다. 처음 준이치 노인의 살해사건으로 이마무라 반장의 방문을 받았을 때부터 지금에 이르기까지 자신의 머리에 꽉 차 있던 대동아연구소의 문제가 드디어 결말이 난 것이다. 일본의 학계뿐 아니라 정계에까지 엄청난 영향력을 발휘하던 와타나베가 구속되고 나면 일본 내에 크나큰 파문이 일게 될 것이고, 올바른 정신을 가진 일본인들의 대각성이 뒤따르게 되는 것은 당연한 일이었다.

그럼에도 불구하고 상훈은 무엇인가 아직 머릿속에 남아 있다는 기분을 떨칠 수 없었다. 베란다에서 스미다강을 바라보고 있자니 이 묵직한 기분의 실체가 서서히 드러났다. 와타나베 한 사람의 구속으로 그치고 대동아연구소 같은 은밀한 단체들은 지하에서 여전히 그 뿌리를 뻗어나가지 않을까 하는 우려였다. 그러한 생각과 함께 이정호 교수의 모습이 떠올랐다. 이정호 교수가 당한 것 같은 보이지 않는 테러가 계속되지 않을까? 걱정스런 마음은 기무라 박사의 얼굴로 모아졌다. 상훈은 달력을 더듬었다. 기무라 박사가 참가하는 세미나의 날짜가 며칠 후로 다가와 있었다.

# 칠지도의 복수

세미나가 시작되는 날, 기무라는 당당한 모습으로 회의장에 모습을 나타냈다. 연례행사처럼 한일 양국의 학자들이 고대사의 밝혀지지 않은 부분에 대해 상반된 주장을 하고 나자, 기무라는 마치 심판관과 같은 태도로 등장했다. 고대사에 관한 한 일본 사학계의 태두라고 자타가 공인하는 그는 마지막 날에 발표를 하도록 순서가 잡혀 있었다. 그러나 첫날 간단히 주제설명을 하는 자리에서 그는 한 청중의 질문을 받았다.

「칠지도라는 것은 무엇입니까?」

고대사가 전공이 아닌 대학원생이거나 일반인일 것이었다. 기무라는 웃으며 답변을 시작했다.

「칠지도는 길이 약 75센티미터의 단철로 만든 것인데, 도신의 좌우로는 각각 세 개씩의 가지가 서로 엇갈리게 붙어 있습니다. 이 칼은 녹이 잔뜩 슨 채로 이소노카미의 신궁에 보관되어 있었는데, 1870년대에 신궁의 대궁사로 있던 간마사도모 선생에 의해 녹이 제거되고 명문이 해석되었습니다.」

「그 명문은 어떤 내용입니까?」

「앞면에는 '태화사년○월십○일병오정양 조백련철칠지도 생피백병 선공공후왕 ○○○○작(泰和四年○月十○日丙午正陽 造百練鐵七支刀 生辟百兵 宣供供侯王 ○○○○作)'이라고 씌어 있습니다. 이것은 문자 그대로 '태화 4년 ○월 십○일 병오정양에 백련철로 칠지도를 만들었으니 백병을 피할 수 있는 칼로 후왕들에게 공급할 만하다'라는 뜻입니다.

후면에는 '선세이래 미유차도 백자왕세자 기생성음 고위왜왕지조 전시후세(先世以來 未有此刀 百滋王世子 奇生聖音 故爲倭王旨造 傳示後世)'라고 쓰여 있습니다. 그 뜻은 '선세 이래로 아직 이러한 칼은 없었으므로 백제의 왕과 세자가 성음에게 기생하고 살아서 왜왕 지(旨)에게 바쳤으니 후세에 전하게 하시오'라는 뜻입니다.」

질문을 한 사람은 고개를 끄덕이며 듣고 있었다. 그러나 기무라의 설명이 끝나자마자 한 사람의 날카로운 목소리가 허공을 갈랐다. 상훈이었다.

「그런 해석에는 웃음이 나오는군요.」

「무슨 말씀이오?」

「백제의 왕과 세자가 기생충입니까? 성음에게 기생하여 그 고마움으로 왜왕을 위해 칼을 만들다니요?」

「기생은 신세를 지고 살았다는 뜻입니다.」

「그런 해석은 너무나 부자연스럽습니다. 고대사가 아무리 해석하기 나름이라지만 그 해석은 이미 문장 자체의 다른 구절과 어긋납니다.」

「무슨 말씀입니까?」

「그 뒤의 '전시후세(傳示後世)'라는 구절은 '후세에 전하게 하라'고 해석됩니다. 이 말은 위에 있는 자가 아래에 있는 자에게 물건을 하사할 때 쓰는 말이 아닙니까? 그런데 기생하고 산 사람이 그런 표현을 칼에 새긴다는 것이 말이 됩니까?」

「얼마든지 그럴 수 있지요. 고마움을 후세에도 기억하게 하려는 의도가 있는 얘기가 아닙니까?」

「결정적인 판단의 근거는 그 앞의 후왕(侯王)에서 찾을 수 있습니다. 후왕이란 제후와 같은 의미가 아닙니까? 아래에 있는 사람이 위의 사람에게 후왕이라고 하지는 않습니다. 그런데도 이 칼이 하사가 아니라 헌납되었다고 주장할 수 있습니까?」

「칠지도에 경어가 포함되어 있지 않은 것은 사실입니다. 그러나 그 명문은 아직 온전히 해석되고 있지 않습니다.」

「그러면 왜 아까 백제의 왕과 세자가 성음이란 일본인에게 기생해서 살았다고 설명을 한 것입니까?」

「단지 그런 해석도 있다는 것일 뿐입니다.」

기무라는 분노가 치밀어 올랐다. 정식 발표도 아니고 미숙한 대학원생 정도 되어 보이는 청중의 질문에 가볍게 대답하려 한 것이 상훈의 개입으로 궁색한 모습을 보이게 되어서였다. 짐짓 태연한 표정으로 자신을 몰아붙이는 목소리의 얼굴에 눈초리를 보내던 그는 흠칫 놀랐다. 언젠가 대동아연구소의 발표장에서 비분강개하던 그 젊은이였다. 그리고 그전에 자신을 찾아와 이정호 교수에 대해 묻던 기억도 떠올랐다. 분노에 찬 기무라의 눈빛이 번득였다.

「박 선생, 저녁에 시간이 있습니까?」

뒤를 돌아보는 순간 상훈은 깜짝 놀랐다. 기무라 박사였다. 그가 바로 뒤에 서 있는 것이 그리 놀라운 일은 아니었지만, 상훈은 언젠가 이정호 교수의 상황도 이랬을 것이라는 생각이 들었다. 묘한 일치였다. 자신이 이정호 교수를 대신하고 있다는 생각이 들 정도였다.

「네, 있습니다.」

「저녁이나 같이 할까요?」

「그렇게 하시지요.」

그렇잖아도 만나려던 기무라 박사였기에 상훈은 선선히 대답했다.

그날 저녁 상훈은 시내의 음식점에서 기무라 박사와 마주 앉았다. 기무라 박사가 조용한 음식점을 예약해두었던 것으로 보아 상훈과의 대화를 미리 준비해둔 것 같았다. 테이블이 두 개밖에 안 되는 음식점은 워낙 작기도 했지만 박사와 상훈이 들어오자 아예 문을 닫아버렸다. 도쿄 시내에는 종업원을 두지 않고 주인이 단골만 받는 이런 작은 음식점들이 제법 있는 편이었다.

식사가 나오고 술이 따라 나와 몇 잔 마셨을 때 기무라 박사가 여담을 끝내고 본론으로 들어갔다.

「박 선생은 이정호 교수와는 어떤 사이입니까?」

「한두 번 뵌 적이 있습니다.」

「그런데 지난번에는 이정호 교수와 나 사이에 무슨 일이 있었는지 묻지 않으셨던가요?」

「그랬습니다.」

「왜 물으셨지요?」

상훈은 기무라의 눈빛이 강렬하게 얼굴에 와 닿는 것을 느꼈다.

「그의 죽음과 관련하여 물어보고 싶은 것이 있었지요.」

「그가 죽었습니까?」

「네.」

상훈의 대답을 듣는 그의 얼굴에 묘한 기색이 잠시 흘렀다. 그는 당당한 얼굴로 상훈에게 물었다.

「박 선생은 이제까지의 한국 학자와는 달리 비가 변조되었다고 말하지는 않더군요. 다행이라 생각합니다.」

「한국 학자들이 모두 비가 변조되었다고 생각했던 것은 아닙니다. 또 비가 변조되었다고 주장한 학자들에게도 무슨 잘못이 있는 것은 아닙니다. 그런 주장에 대한 원인은 군국주의자들이 제공했으니까요. 오히려 군국주의자들의 간계를 꿰뚫어봤다는 측면에서는 훌륭한 면도 있습니다.」

「그건 무슨 말입니까?」

「군국주의자들은 사료를 훼손시키는 일을 거침없이 자행했습니다. 학자와 지식인들을 앞세워가지고요.」

「우리 일본의 학자들은 사료를 훼손시키는 일 따위는 하지 않습니다. 문화를 사랑하기 때문입니다. 조선인들은 때때로 모든 잘못을 일본인들에게로 밀어버리는 측면이 있지요. 모든 것을 일제 36년의 탓으로 돌린다는 말입니다. 사실 우리는 이제 한국인들을 지긋지긋하게 생각하고 있습니다.」

「답답한 노릇이군요. 그 엄중한 역사의 책임이 이런 식으로 또다시 왜곡되고 있으니 말입니다.」

갑자기 기무라의 목소리가 바뀌었다.

「박 선생, 아까 일본의 학자들이 사료를 훼손하고 역사를 왜곡한다 했는데 근거 없이 그런 얘기를 하는 것은 무서운 결과를 초래할 수가 있소. 이정호 교수의 경우를 생각해보시오.」

「근거를 제시하면 어떻게 하겠습니까?」

「그런 근거는 있을 수 없소.」

상훈은 기무라가 말을 마치자마자 바로 가방에서 서류를 꺼냈다.

「읽어보십시오.」

「이게 뭡니까?」

상훈이 내민 서류를 읽어내려가던 기무라의 얼굴이 벌겋게 달아올랐다.

먼저 조선 사람들이 자신의 일, 역사, 전통을 알지 못하게 하라. 그럼으로써 민족혼, 민족문화를 상실하게 하고 그들의 조상과 선인들의 무위, 무능, 악행을 들추어내 그것을 과장하여 조선의 후손들에게 가르쳐라. 조선의 청소년들이 그들의 부모와 조상을 경시하고 멸시하는 감정을 일으키게 하여 하나의 기풍으로 만들라. 그러면 조선의 청소년들이 자국의 모든 인물과 사적에 대해 부정적인 지식을 얻게 될 것이며 반드시 실망과 허무감에 빠지게 될 것이다. 그때 일본의 사적, 일본의 문화, 일본의 위대한 인물들을 소개하면 동화의 효과가 지대할 것이다.

「사이토 총독의 교육지침입니다. 바로 조선에 대한 일본의 정책이고, 일본의 학자와 지식인들은 이런 일에 앞장섰습니다. 이들은 조선에서 수십만 권의 책을 찾아내어 불태웠습니다. 그런데도 사료를 훼손하고 역사를 왜곡하지 않았다고 강변할 수 있습니까?」

「식민지에 파견되었던 사이비 학자들을 얘기하는 것이 아니오. 식민지에 가면 지식인이라도 식민지 수준에 맞춰 행동할 수밖에 없는 것이오. 본토의 학자들에게 그런 일은 없소.」

기무라는 교묘하게 말을 바꾸었다.

「장담할 수 있습니까?」

「물론이오.」

「그렇다면 내기를 하실까요?」

「뭐요? 내기를 하자구?」

「그렇습니다.」

기무라는 묘한 표정으로 상훈을 바라보았다. 젊은 유학생인 상훈이 의외로 만만치 않다고 생각되는데다가 내기를 걸자고 하는 부분에서 언뜻 불안한 느낌이 들었던 것이다. 내기라면 몇 년 전 자신이 이정호 교수를 꼼짝도 못하게 얽어맸던 방법이었는데, 이제 이 젊은 한국인 유학생이 자신에게 똑같은 방법을 제시하고 있는 것이었다. 기무라는 생각에 잠겼다. 일본 사학계를 대표하는 자신으로서 방금 장담할 수 있다고 말했다가 내기에 응하지 않는다면 부끄러운 일이었다. 학문을 하는 사람은 내기와 같은 천박한 짓은 하지 않는다고 거절할까 생각했지만 이 유학생에게는 그렇게 거절할 수도 없었다. 자신이 이정호 교수를 죽음으로 유도한 사실을 이 청년은 너무도 잘 알고 있기 때문이다.

기무라는 짧은 시간임에도 많은 생각을 했다. 도대체 무엇을 가지고 이 청년은 내기를 하자고 하는 것인가. 국내의 학자들이 도대체 어떤 사료를 훼손한 적이 있단 말인가. 생각이 나지 않았다. 떠오르지 않았다. 아니, 절대로 국내에서 학자들이 사료를 훼손할 리가 없는 것이었다. 이 젊은 친구는 무엇인가 헛다리를 짚고 있는 것임에 틀림이 없다. 기무라는 이윽고 결심을 했다.

「무슨 내기를 하잔 말입니까?」

「내가 잘못 생각한 것으로 밝혀지면 나의 목숨을 내놓겠습니다.」

「뭐요, 목숨을?」

「그렇습니다.」

기무라는 그제야 이 청년의 의도를 알 수 있었다. 이 청년은 자신에게 복수를 하려는 것이다. 그것도 자신이 이정호 교수에게 했던 방법을 그대로 쓰는 것이었다. 기무라는 차갑게 웃었다. 그제야 마음에 평정이 왔다. 청년은 아마도 이정호 교수의 제자이거나 그의 죽음에 분격한 젊은 사학도일 것이었다. 그래서 자신이 이정호 교수에게 썼던 그 방법을 그대로 답습하고 있는 것이다. 그러나 결과는 뻔하다. 일개 대학원생이 일본 사학계를 대표하는 자신에게 도전한다는 것부터가 계란으로 바위를 치는 격이었다. 청년은 스승의 죽음에 분격하여 마치 부나방처럼 죽음을 쫓는 것이다.

「만약에 사료를 훼손하여 역사를 짜맞추려 했다는 것이 증명되면 기무라 박사께서는 무엇을 걸겠습니까?」

그럼에도 불구하고 청년의 이 한마디는 기무라의 가슴에 날카로운 비수와도 같이 꽂혀들었다.

'도대체 무엇을 가지고 이 친구는 이렇게 당돌하게 내게 덤벼드는 것인가?'

나도 목숨을 걸겠다는 말이 목구멍에까지 튀어 올라오는 것을 가까스로 참아내고 기무라는 다시 한 번 생각에 잠겼다. 그러나 아무리 생각해도 일본의 학자들이 사료를 훼손하여 역사를 짜맞추려 한 것은 없었다. 만에 하나 있다 하더라도 그것은 학자들이 한 것일 터이므로 증명할 수 있는 방법은 없었다. 그런 정도를 할 수 있는 학자들이라면 그 분야에서는 단연 으뜸일 것이다. 그렇다면 얼마든지 빠져나갈 방법이 있었다. 사료라는 것이 그 객관적 존재 가치를 증명해줄 수 있는 다른 사료에 의해서만 인정을 받는 것일진대, 설사 문제가 있어도 주장을 밀고 나가면 되었다. 이정호 교수의 경우와는 달랐다.

기무라는 회심의 미소를 지었다.

「나는 그 사료의 훼손을 통해 달성하고자 했던 학문적 성과에 대한 포기를 선언하겠소.」

「그것은 안 됩니다.」

「일본 사학계에서의 나의 지위를 인정하지 않는단 말이오?」

「그것이 아닙니다. 이미 그 문제는 달리 논증이 되고 있기 때문에 굳이 그런 종류의 선언이 필요하지 않습니다.」

「그렇다면 굳이 내기를 할 필요는 없지 않소?」

「반드시 있습니다.」

「무엇 때문에?」

「그토록 무책임하게 양심을 저버리고 진실을 호도하는 일본 학계에 경종을 울리기 위해서입니다.」

'건방진 녀석 같으니.'

기무라는 속이 끓어오르는 것을 억지로 참아내며 탁한 목소리로 내뱉었다.

「그렇다면 무슨 내기를 원한단 말이오?」

「사료를 훼손하여 역사를 왜곡시키려 한 것은 학자에게는 죽음과도 같은 행위입니다.」

기무라는 그제야 이 청년이 바라는 것이 무엇인지 알 수 있었다.

「좋소. 그렇다면 나 역시 목숨을 걸겠소.」

「좋습니다.」

상훈의 대답이 너무 쉽게 나오는 것을 보는 기무라의 속이 다시 한 번 요동쳤다.

「사료를 훼손했는지는 어떻게 검증을 하자는 얘기요?」

「귀하가 좋아하는 방법으로 할 수 있습니다.」

「내가 좋아하는 방법이라니?」

「바로 레이저 검증법입니다.」

기무라는 뒤통수를 한 방 얻어맞은 기분이었다. 그리고 불안했다. 철저하게도 이 젊은이는 자신이 이정호 교수를 파멸시킨 방법을 그대로 자신에게 옮겨오고 있었다. 방법은 완벽한 것이었다. 그리고 그것은 틀림없는 자신의 방법이었다. 그러나 기무라는 왠지 자신의 목소리가 떨려 나오는 것을 느끼고 있었다. 상대가 자신을 이렇게도 철저히 연구했다면 그가 주장하는 훼손된 사료라는 것도 턱없는 것은 아닐 것 같았다.

「그래, 우리 일본 학계에서 훼손했다고 당신이 주장하는 사료는 도대체 뭐란 말이오?」

기무라의 질문에 상훈은 바로 대답을 하지 않고 가방에서 봉투 하나를 꺼냈다.

「아마 내일 마지막 발표를 하게 되어 있으시지요?」

「그렇소.」

「그날 어떤 발표를 하는가 지켜보겠습니다.」

상훈은 봉투를 내밀며 싸늘한 목소리로 말했다.

「이게 뭐요?」

「보시면 알 것입니다.」

왠지 불길한 예감이 드는 것을 느끼며 기무라는 짐짓 태연하게 봉투를 열었다. 뜯겨진 두 장의 원고지가 있었다.

「헉!」

메모의 내용을 살피며 글씨가 너무나 눈에 익은 것 같은 기분을 느끼던 기무라의 입에서 자신도 모르게 신음이 터졌다.

「이걸 어떻게 당신이 가지고 있소?」

「진실은 감추어지지 않는 법입니다.」

원고지를 잡은 기무라의 손이 가늘게 떨리고 있었다. 그의 시선은 단 한 문장에 그치고 있는 원고지에 고정되어 움직일 줄 몰랐다.

칠지도의 명문 중 '태화(泰和)'의 '화(和)' 자는 작은 칼과 같은 것으로 몇 번이나 깎아보려고 한 듯하다.

「그 밑의 서명을 보십시오.」

「이것이 정녕 후쿠야마 선생님의 글씨란 말이오?」

「그렇습니다. 칠지도 연구의 대가 후쿠야마 선생, 바로 귀하의 은사가 했던 양심의 고백입니다.」

한참의 시간이 흐르고 나서야 겨우 다음의 원고지에 눈을 돌린 기무라는 마치 넋이 나간 사람처럼 설레설레 고개를 흔들었다. 칠지도의 정밀조사로 유명한 가야모토 모리토의 이름 밑에 역시 마찬가지의 고백이 기록되어 있었다.

지금까지 칠지도의 글자에 가해진 자국들은 글자를 확실히 하기 위해 입혀진 상처인 듯이 말해져 왔으나 '태화(泰和)'의 '화(和)'처럼 글자를 지우려고 한 칼자국도 있다.

「왜 '화' 자를 지우려고 했는지는 누구보다도 귀하가 잘 알 것입니다. 그리고 이런 양심 어린 고백이나 진실된 조사의 결과를 파묻어두어야 하는 이유도 역시 잘 아실 겁니다.」

「어떻게 이런 일이!」

「내일 귀하의 발표가 끝나면 나는 이소노카미의 신궁에 있는 칠지도에 귀하의 방식대로 레이저를 투시하자고 공식 제안하겠습니다. 그것은 귀하와 나와의 약속입니다. 그리고 이런 메모들이 어떻게 금고에 있는지 수사를 의뢰하겠습니다.」

상훈의 목소리는 매몰차게 기무라 박사의 귓전을 파고들었다. 그러나 기무라 박사는 아무런 대답이 없었다. 다만 넋이 나간 듯한 표정으로 한없이 원고지만 들여다보고 있을 뿐이었다.

다음날 계속된 세미나에서 마지막 발표를 듣는 한일 양국의 학자들은 놀라움을 금할 수 없었다. 정해진 주제의 발표를 간략하게 마친 기무라 박사가 생각지도 못했던 몇 가지 소견을 얘기했기 때문이었다. 이 소견들은 평소에 기무라 박사가 주장하던 것과는 전혀 다른 것들이었다.

「어떻게 생각하면 우리는 조선에 대해 심한 역사의 콤플렉스를 겪어오지 않았는가 하는 생각이 듭니다. 일본인의 시조를 고고학적 자료에 의해 실증되는 기마민족 혹은 외래인으로 보지 않고 신화에서만 찾으려고 했던 것이나, 고대 일본 문화의 형성에 결정적 역할을 했던 '도래인'을 부정하고 그 도래인들의 나라 조선의 역사를 축소하려고 애썼던 것은 결국 이런 콤플렉스의 결과가 아닌가 합니다. 서양의 문물을 한발 앞서 받아들이면서 우리는 스스로를 미개한 조선이나 중국과는 다른 좀 더 우월하고 특수한 사람들도 만들고 싶었는지 모릅니다. 당장 무력으로 경제력으로 앞서고 있는데 굳이 문화를 받아들였다든가 뿌리가 같다는 식으로 조선을 이해하고 싶지 않았을 것입니다.

그러나 이제 와서 인정하지 않을 수 없는 것은, 그러한 각종 비학문적 욕구들을 우리 학계에서 받아들인 결과 작금의 우리 역사학계는 온갖 비학문적 주장이 난무하는 아수라장이 되었다는 사실입니다. 특히 임나일본부에 대해 본인은 이 자리에서 분명한 양심적 고백을 하고자 합니다. 지난 식민시대에 약 20년간 정부와 학계가 전력을 기울여 조선반도를 샅샅이 훑었으나 임나일본부와 관련한 어떠한 자료도 찾지 못했습니다. 임나일본부를 조립해내기 위해 우리는 광개토대왕비의 해석을 비틀었고, 칠지도가 백제가 아닌 중국에서 전해진 것으로 바꾸어버려야 했기 때문에 칠지도의 '화'를 지우려 했습니다. 이제 나는 임나일본부가 200년간 조선에 설치되었다는 가설이 철회되어야 하고 우리 학생들을 가르치는 교과서에서도 삭제되어야 한다고 양심에 의거하여 고백합니다.」

평소와는 완전히 다른 내용의 소견을 피력하고 단상을 내려가는 기무라 박사를 보는 한일 양국의 학자들은 어안이 벙벙한 채로 벌어진 입을 다물지 못하고 있었지만, 상훈은 묘한 감동에 빠져들고 있었다.

'기무라 박사님, 당신이야말로 진정한 학자입니다. 진실을 발견했을 때 그토록 솔직히 양심의 고백을 하는 모습은 우러러보지 않을 수 없군요. 따지고 보면 기무라 박사님도 우리 한반도의 사람들처럼 왜곡된 역사의 피해자입니다. 흐르는 강물만큼이나 순수하고 깨끗해야 할 학문의 연구가 하찮은 민족의 자존심과 국가의 이익을 위해 휘둘려왔다는 사실이 박사님의 고백을 보는 저의 가슴에 아프게 걸려오는군요.

한반도의 사람들, 이제껏 한 번도 남을 침략해보지도 못한 사람들이 무슨 죄가 있다고 역사 조작의 희생자가 되어야 하겠습니까. 그들에게 죄가 있다면 오직 서양 문물에 늦게 눈을 뜬 죄밖에는 없습니다. 그 죄로 귀국의 식민지배를 당하고 동족상잔의 전쟁을 겪었으며 지금껏 분단의 고통에 시달리고 있습니다. 그러나 우리들은 좌절하지 않고 열심히 일했습니다. 독재도 극복했고 이제 분단도 극복할 것입니다. 세계로 나아가 국제평화와 전 인류의 행복에 기여할 것입니다.

귀국과의 관계도 마찬가지입니다. 이제 우리는 귀국의 문화를 수입하느냐 여부를 건강하게 토의하고 있습니다. 지난날의 가슴 아팠던 역사를 포용하고 있다는 얘기가 되겠지요. 우리 한국인들은 귀국의 선량한 시민들에 대해 호감을 갖고 있습니다. 성실하고 친절하며 많은 점에서 우리와 비슷한 귀국의 시민들을 좋아하지 않을 리가 없는 것이죠. 다만 일본에는 침략의 역사를 미화하면서 민족의 우월성을 과시하려는 일부 그릇된 생각을 가진 사람들이 있습니다. 역시 우리나라에도 귀국을 무조건적으로 혐오하는 사람들이 있습니다. 이 같은 태도는 양국의 진정한 우호에 장애가 되는 것들입니다.

박사님, 이제 박사님은 역사 왜곡에 대한 진실의 고백을 해주었습니다. 그것은 우리 한국인들에게는 커다란 힘이 될 것입니다. 사실 한국과 일본은 고대뿐만 아니라 근대에 이르기까지 문화를 서로 주고받은 형제와 같은 나라입니다. 두 나라의 진정한 우호를 위한 박사님의 애정 어린 노력을 바랍니다.'

상훈은 기무라 박사의 뒷모습을 바라보면서 진심으로 존경과 염원을 보냈다. 진실을 발견하자 수십 년간의 주장을 스스로 철회하는 용기를 보여준 그야말로 진정한 학자라는 생각이 들었기 때문이었다. 그러나 다음날 아침 신문을 본 상훈은 안타까운 마음을 금할 수 없었다.

어제 학회에서 평소 자신의 주장을 완전히 뒤엎는 소견을 표명한 기무라 박사는 학계에서의 은퇴를 결심했다. 고대사 학계를 대표하는 그의 은퇴 이유는 분명치 않으나 측근에서 전하는 바로는 한 한국인 역사 교수에 대한 양심의 가책 때문이라고 한다. 남은 생을 한일 간의 왜곡된 역사를 바로잡는 데 바칠 것을 맹세한 박사는 우선 식민지 시대에 조선으로부터 반입된 역사관계 자료들을 추적해 반환하는 작업을 시작하겠다고 했다.

상훈의 마음이 착잡하게 내려앉고 있었다. 정신병원에서 무거운 걸음을 옮겨놓는 이정호 교수의 모습과, 고통스런 표정으로 은퇴를 선언하는 일본 사학계의 대가 기무라 박사의 모습이 머리 한 켠에서 엉키고 있었다. 허전한 마음과 더불어 비애가 가슴속으로부터 솟구쳐 올라왔다. 비애는 양국 간의 역사만큼이나 고통스럽게 감겨들었다.

생각하면 모두 부질없는 짓이었다. 서로 이해하고 진심으로부터 도움이 되고자 노력하며 살아야 할 가장 이웃한 두 나라. 따지고 보면 형제나 다름없는 두 나라가 그리도 오랫동안 질시와 반목으로 살아오고 있다는 것은 부끄러운 일이었다. 한편 준이치 노인, 이마무라 반장이 저쪽에서 미소를 지은 채 고개를 끄덕이며 바라보고 있는 기분이 들었다. 상훈은 다시 한 번 죽은 이들의 명복을 빌었다.

역사의 희생이 된 분들이여, 저승에서는 편히 쉬소서.

# 나비야 청산 가자

에이지의 피살부터 기무라의 고백에 이르기까지 거대한 역사가 의미 있는 날개를 한 겹 접었지만 상훈은 가슴 깊숙이로부터 밀려오는 허탈감을 억누를 수 없었다. 가즈오 때문이었다. 한동안 무거운 기분으로 지내던 상훈은 어느 날 저녁 스미다강을 바라보다가 문득 하나코를 만나고 싶다는 생각이 절실하게 들었다. 상훈은 머뭇거리다가 하나코에게 전화를 걸었다. 그러나 하나코는 집에 없었다. 단지 기타야마에 요양을 떠난다는 메모만이 남겨져 있었다. 며칠 후 상훈은 하나코로부터 편지 한 장을 받았다.

하코네는 한국인들이 만든 마을이라고 얘기했던 걸 기억하세요? 아마 그래선지 하코네행 열차에서 상훈 씨를 처음 만난 순간부터 무척 친근감을 느꼈나 봅니다. 함께 있으면 마음이 편해져서 늘 상훈 씨 곁에 있고 싶다는 터무니없는 생각도 했었지요.

저는 한국과 인연이 깊어졌어요. 덴리교에 편지를 보내며, 가즈오 씨를 떠나보내며, 한국 사람들을 깊이 생각했습니다. 나름대로 한국을 위해 뭐라도 할 수 있다는 생각을 하며 상훈 씨와 함께 보고 함께 느꼈던 한국의 그림들을 떠올려봅니다. 〈몽유도원도〉를 돌려보내고 싶어요. 하나코가 일본의 한 미술연구가로서 열심히 노력하는 것을 보고 일본에 대한 서운한 감정을 푸시기 바랍니다. 그리고 〈월중도하도〉가 손상되지 않아 너무나 다행입니다. 가즈오 씨는 혼돈에 휩싸여 격정에 빠질 때조차 일반인보다 더 침착할 수 있었습니다. 놀라운 정신력입니다.

가즈오 씨는 제게 현실적인 존재로 다가온 적이 없었습니다. 다가가면 멀어지는 불가해한 존재라고 할까, 혼탁한 세상을 비춰주는 미약한 등불이라고 할까, 어쨌든 속세를 등진 은자 같은 모습으로 비쳐졌지요. 그런 가즈오 씨의 모습을 보며 저 역시 세속에 물들지 않고 고고하게 살아야 한다는 생각을 무의식중에 심어왔는가 봅니다.

그런데 상훈 씨를 만난 이후 가즈오 씨와 저의 삶이 다소 잘못된 것이 아닐까 하는 생각을 처음으로 하게 되었습니다. 아마도 가즈오 씨는 저의 이러한 미세한 변화를 알아차렸을 것입니다. 그 예민한 감성이 얼마나 고통 받았을까요? 그 고통이 아무리 크다 해도 물론 절대 내색할 사람이 아니었습니다.

속으로 삭여버렸겠지요. 가즈오 씨의 고통을 제가 더하게 한 것 같아 괴롭습니다. 가즈오 씨는 죽음으로써 오히려 제게 더 커다란 의미가 되어버렸습니다.

가즈오 씨는…… 가즈오 씨는 청산으로 갔을 거예요. 혼자 한글을 배우고 발음도 분명치 않게 그 시조를 읊으며 눈물을 얼마나 흘렸을까요. 언젠가 '나는 청산에 갈 거야. 하나코도 함께 가지' 하면서 외로운 미소를 짓곤 하던 것이 그가 가고 나서야 이해가 되는군요. 그에게 청산은 무엇이었을까요? 그가 아련히 그리워하던, 갈등이라고는 전혀 없는 낙원이었을까요? 흔적도 없이 사라진 자신의 뿌리였을까요? 어쨌든 이제는 모든 고통에서 벗어나 청산에서 푹 쉬고 있겠지요? 우리는 여기 남아 있는데…….

여기 기타야마에는 오래 있게 될 것 같아요. 언젠가 다시 뵐 수 있겠지요. 그동안 정말 고마웠습니다.

-하나코 드림

편지를 다 읽고 난 상훈은 오랜만에 차분히 책상 앞에 앉았다. 기타야마의 깊은 골짜기에서 시퍼렇게 흐르는 계곡물을 하염없이 바라만 보고 있는 듯한 하나코의 투명한 얼굴이 떠올랐다. 청순하고 이지적인 여인. 하나코는 일본의 깨끗한 전통문화의 진수를 응집시킨 듯하면서 또한 일본의 양심을 대변하는 여인이었다.

한편 하코네에서 처음 만난 순간의 가즈오의 강렬했던 그 눈빛이 떠올랐다. 가즈오. 혼자 해결하기에는 너무나 큰 짐을 지고 태어난 인물이었다. 그 고통을 자제하려고 애쓰다가 예민한 감수성이 파괴되어버린 안타까운 인물. 아무리 어른들의 장난이라 하더라도 가즈오와 하나코 두 사람의 의식은 어릴 때부터 서로 엮어졌던 것이다. 가즈오는 정말 청산에 가 있을까? 한 마리 나비가 되어 훨훨 날아 그를 괴롭히던 갈등이라고는 하나도 없는 이상향을 날아가고 있을까?

상훈은 가즈오와 하나코가 너무나 보고 싶었다. 두 사람에게 달려가 꽉 끌어안고 싶었다. 상훈은 텅 빈 두 팔 안에 마치 두 사람이 있기라도 한 것처럼 허공에 팔을 뻗은 채 한참 동안 몸을 떨며 앉아 있었다. 눈물 때문인지 시야가 흐릿해져왔다.

끝